파리 카페

350년의 커피 향기

파리 카페

윤석재 지음

arte

저자의 말

"나는 하루 대부분의 시간을 카페에서 보냈다"

— 장 폴 사르트르

나는 왜 파리 카페에 관심을 가졌을까?

몇 년 전부터 나는 한 달 정도씩 파리에 머물며 사진을 찍는 작업을 해왔다. 유학 시절에 사진 찍었던 곳을 다시 찾아가서 재촬영하는 작업과 계절마다 분위기가 다른 파리의 카페를 카메라에 담으면서 최근 파리에서는 무엇이 어떻게 바뀌었는지 확인하고 또한 별도의 작품 사진을 만들기 위해서였다.

나는 20대 때 파리에서 영화와 영상을 공부하면서 파리의 곳곳을 헤집고 다니며 사진을 많이 찍었다. 그랬었기 때문에 중년의 나이에 들어선 내가 파리에 가서 옛 유학 시절을 떠올리며 이미 사라진 지 오래된 나의 발자취를 따라 사진 작업을 한다는 것이 실로 감회가 깊었으며, 또 내가 미처 알지 못한 파리 역사의 숨결이 있는 곳을 찾아 다니며 파리를 재발견한다는 것이 매우 흥미로웠다.

4년 전 늦봄, 나는 파리로 사진 촬영을 가기 전까지 파리에 대한 글을 쓰고 있었다. 유학 시절에 겪었던 파리 생활과 특이했던 기억들을 정리하여 당시 찍은 파리 사진과 함께 책으로 내고 싶었기 때문이다.

원고를 쓰는 도중 뒤늦게 나는 헤밍웨이의 자전적 에세이 《A Moveable Feast(움직이는 축제)》(프랑스어 제목은 《Paris est une fête(파리는 축제))가 있다는 것을 알게 되었다. 이 책은 헤밍웨이가 1920년대 파리에서 기자 생활과 글쓰기를 하면서 결혼생활과 청춘을 보내는 동안 본인이 파리에서 겪었던 일들을 쓴 글이었다. 이 책의 대부분은 그가 7년 동안 파리에서 생활하면서 파리의 카페에서 쓰지 않았을까 짐작한다. 이 책에서 헤밍웨이는 글을 쓰기 위하여 카페에 간다거나 혹은 카페에서 글을 쓰고 있는 자기 모습을 자주 묘사하곤 했다.

그가 자주 갔던 카페들은 주로 몽파르나스Montparnasse 대로에 있었던 '문학카페Café littéraire'로 1920년대에 세계적으로 명성을 날렸던 곳들이다. 몽파르나스 대로에 위치한 5개의 카페, 르 돔Le Dôme, 라 쿠폴La Coupole, 라 로통드La Rotonde, 르 셀렉트Le Select, 그리고 라 클로즈리 데 릴라La Closerie Des Lilas는 파리의 '벨에포크Belle Époque'(아름다운 시기)에 이어 다음에 온 '광란의 해Les années folles'에 세계에서 파리로 모여든 유명 예술가들이 제집처럼 드나들었던 카페들이었다.

이 시대 헤밍웨이는 파리의 문학 카페들을 전전하며 글도 쓰고 친구들도 만나고 커피와 술을 마시면서 '잃어버린 세대Lost Generation'로서 '파리의 축제'를 마음껏 즐겼다.

나는 유학 생활 첫 달부터 몽파르나스 대로의 바뱅Vavin 역에서 아주 가까운 곳에 위치한 프랑스어 어학원에서 불어를 배웠다. 3개월 동안 그곳에서 기초 불어를 배우는 동안 나는 헤밍웨이를 포함한 세계의 유명 예술가들이 드나들었다는 몽파르나스 대로에 있는 그 카페들을 숱하게 스쳐 다녔다. 하지만 그 카페들이 얼마큼 유명했던 곳이었는지 또 어떤 역사적 스토리가 있는지는 알 턱이 없었다.

유학 생활 2년이 지나서 운 좋게도 나는 비디오 아티스트 백남준 선생과 물방울 화가 김창렬 선생을 모시고 몽파르나스 대로에 있는 '라 쿠폴La Coupole'에서 인터뷰를 하게 되었다. 인터뷰 내용을 국내 전문 잡지에 기고를 하고 글은 특집으로 소개되었다. 그러나 귀국하여 사회생활에 바빠서 파리의 기억들은 아스라히 멀어져갔다. 헤밍웨이를 통하여 파리 몽파르나스의 유명 카페들을 알게 된 나는 유학 시절 백남준 선생과 인터뷰했던 '라 쿠폴'이 1920년대에 유명했던 카페임을 30년이 지나고 나서야 알게 되어서 다소 충격을 받았다.

몽파르나스 대로의 유명했던 카페들을 무심히 지나쳤던 과거를 떠올리면 당시 그 카페들에 대한 정보가 없어서 관심조차 두지 못했다는 것에 대한 안타까운 생각이 들었다.

이것이 계기가 되어서 '파리 몽파르나스 시대의 문학 카페'라는 제목으로 15페이지 정도의 글을 썼고 잡지사에 기고하려고 준비 중이었다. 그러던 중 이 글을 읽은 출판 기획가 한 분이 범위를 넓혀 '파리 카페'에 대하여 글을 써보라고 나에게 권유했다. 그러나 그 전에 이미 파리 카페에 대하여 자료 조사를 어느 정도 해 본 결과 참고할 만한 좋은 자료들을 발견하지 못하여 글쓰기가 어렵다는 것을 판단했던 나는 그분에게 손사래를 쳤다.

그런 후 한참 시간을 끌다 결국 파리 카페에 대하여 글을 쓰기 시작했다. 책을 쓰자고 마음을 잡은 나는 프랑스 웹사이트를 뒤지며 파리 카페에 대한 정보를 조금씩 모았다.

이 책에는 세기별로 그 시대 가장 유명했던 파리 카페들을 선별하여 셀럽들과의 관계, 카페에서 일어난 일, 카페 분위기 등을 담았다. 시대별로 파리의 유명한 카페를 살펴보면서 자연적으로 프랑스 역사의 흐름이나 그 시대의 정세나 사회상 일부를 알 수 있게 했다. 당시의 유명했던 카페를 주로 찾았던 고객들은 부르주아 계층과 정치가, 사상가, 예술가들이었기 때문에 시대별로 파리의 특정 카페들은 프랑스의 굵직한 역사와 문화사, 예술사에 맞닿아 있다. 18세기 파리에 커피와 카페가 없었다면 계몽주의 사상과 프랑스 혁명이 일어날 수 있었을까 하는 가설이 있을 정도다.

파리의 카페라고 하면 대부분은 노천카페를 연상하며 또 그곳에서 흔히들 낭만과 예술의 자유스러운 분위기를 느낄 거라고 생각한다. 그러나 350여 년의 역사를 이어오고 있는 파리의 카페는 유럽의 다른 국가들과 차원이 다른 카페 문화를 이끌어 오면서 세계 역사의 물결을 바꾸기도 하고, 인류의 위대한 사상을 전파하기도 했으며, 세계 미술사와 문학사에서 새로운 사조와 걸작품들을 창조하는 데 지대한 공헌을 했다.

파리에 가는 사람들은 누구나 한 번 이상은 카페에 들르기 마련이다. 이 책을 읽고 파리에 가서 카페에서 커피나 차를 마신다면 여러분들은 과연 어떤 생각부터 할까? 이제부터는 파리 카페가 그렇게 예사롭게 보이지 않을 것이다.

왜 파리에는 노천카페가 많은지(도로에 테이블을 놓고 장사하는 것을 허락해 주는지) 다시 생각해 볼 만하며, 각 카페마다 테라스에 있는 의자의 디자인과 색깔은 왜 모두 다른 것인지 생각해 보게 될 것이다. 아직도 전통적인 카페에서는 가르송Garçon(종업원)들이 검은색 나비넥타이와 자켓을 입고 앞치마를 두르고 서빙을 하는 것을 보면 새삼 경이로울 것이다. 또 카페에서는 커피와 차 외에 맥주와 같은 주류와 함께 간단한 식사도 제공한다는 것을 알게 될 것이다. 지금도 영업을 하고 있는 100년 이상 된 유명 문학(문예)카페들은 대부분 레스토랑으로 변신을 했지만 카페 영업도 병행하고 있다.

이 책이 파리 카페에 대하여 완벽하게 정리했다고 말할 수는 없지만 어느 정도 얼개는 이루었다고 생각한다.

한 가지 아쉬운 것은 그동안 한 번 더 파리에 사진 촬영을 갔다 올 수 있는 기회가 있었지만 갑자기 발생한 코로나로 인하여 그 팬데믹 기간이 너무 길었던 바람에 이 책에 들어가면 좋을 몇몇 특정 장소의 사진을 찍을 기회를 놓친 점이다.

지금 대한민국은 엄청난 커피 수요와 함께 카페 수는 아마 세계에서 가장 많은 국가로 등극하지 않았을까 할 정도로 각 동네마다 카페가 수십 개씩 안 들어선 곳이 없다. 이런 우리나라의 '카페 천국'과도 같은 좋은 환경과 흐름에 우리도 훌륭한 카페 문화를 형성하길 제언해본다.

끝으로 저의 졸고가 세상의 빛을 보게 출판을 허락해주신 북이십일의 김영곤 대표이사님께 진심으로 감사드리며, 아울러 교정과 편집에 애쓰신 편집 책임자와 편집부 직원에게도 감사를 전한다.

2022년 8월

윤 석 재

차례

Au Vieux
d'Arcole
Fondé en 1512

2년에 개업한 Au Vieux Paris(오래된 파리에서). 윤석재 作 (photographic)

프롤로그

프랑스의 사상과 예술을 꽃피운 파리 카페의 역사

파리의 카페는 출발부터 인문학과 밀접했다. 파리의 카페는 17세기 후반부터 프랑스 역사와 사상, 문화, 예술과 뗄 수 없는 밀접한 관계를 맺으며 발전했다. 오랜 역사를 통해 정치적 굴곡과 사회적 요소로 다져진 파리의 카페들은 매우 독특해서 존중할 가치가 있는 문화유산으로 인정받는다.

지금으로부터 약 350년 전쯤에 파리에 카페가 처음 문을 열었을 때부터 예술가(연극인, 문인, 화가, 음악가)들은 그들의 작품을 평가하고 토론하는 장소로 카페를 이용했다. 사상가들은 카페에서 사유하거나 자기 사상을 가다듬었고, 때로는 토론과 담론을 즐기는 장소로 활용했다. 정치가들은 정치적 연설로 선동하고, 논쟁하는 장소로 카페를 정치화하고, 화가들에게 카페와 카바레는 아틀리에가 되었고, 문인들에게 카페는 최적의 작업(사유, 작품의 구상, 집필)공간이었다.

이처럼 파리의 카페는 특정인들의 필요와 함께 발전했다. 일반인들에게는 만남의 장소로, 새로운 소식을 듣거나 혹은 서로 소식을 교환하는 장소로, 혹은 휴식의 장소로 파리의 카페는 그 본연의 기능에 충실했으며 점점 더 다양하게 특성을 가꾸고 발전해갔다.

이 책은 시대별로 등장한 파리 카페 중에서 역사에 기록될 정도로 유명한 카페를 선정해서 그 카페의 특징과 그곳에서 벌어진 역사적 사건, 또 잘 알려지지 않은 숨은 이야기를 담았다. 세기별로 가장 유명했던 카페, 이야기가 있는 카페 등 독자들에게 꼭 알려주고 싶은 카페를 선정했다. 시대별로 파리 카페가 어떻게 변해왔는지, 혹은 파리 카페를 통해 독자들이 그 시대의 사회상이나 풍속도를 조금이라도 알아보는 계기가 되었으면 하는 바람이다.

역사적으로 유명한 파리의 카페는 모두 프랑스와 세계 유명 인사들과 관련이 깊다. 위대한 사상가, 문학가, 화가, 음악가, 정치가들이 카페를 드나들면서 이들 셀럽과 파리 카페는 불가분의 관계를 맺게 된다. 이런 역사적인 인물들과 융합하여 파리에서 유명한 카페들이 번창하게 되었고 그 카페들은 역사적인 이야기를 보석처럼 소중하게 간직하고 있다.

17세기 파리에 처음 카페Café가 생겼을 때, 그곳은 아라비아반도 혹은 오스만제국에서 건너왔다는 열매를 끓여서 만든 '쓴 물'을 마시는 장소였다. 초콜릿 음료와 차에 익숙했던 프랑스인들에게 커피는 인기가 없었다. 또 파리에 처음 등장한 카페(커피하우스)들은 영세했고, 그래서 커피가 당시 이집트와 오스만제국에서 인기 많은 음료라는 것을 제대로 알리기에는 역부족이었다.

파리에 첫 카페가 생긴 이후 10여 년이 지나서 파리의 카페는 고급화, 대형화되기 시작했다. 이때부터 카페는 만남을 위한 곳, 사교를 위한 곳, 토론을 하는 곳, 쉬기 위한 곳으로 자리를 잡았다. 그리고 곧 인문학과 밀접해지기 시작했다. 17세기 말인 1686년 카페 프로코프Café Procope는 처음 문을 열었을 때부터 문화예술가들의 사랑방이 되었다.

18세기 들어서 파리 카페는 사교의 장소로 더 발전했다. 카페 프로코프에서 이미 터줏대감이 된 프랑스 계몽주의 사상가들은 그들의 사상을 서로 토론하고 정립하면서 그 이념을 프랑스와 유럽에 전파했다. 이렇게 프랑스 계몽주의 사상가들이 모여서 토론을 활발히 전개했던 카페 프로코프는 '문학카페Le café littéraire'의 효시가 되었다.

18세기 말 프랑스혁명의 전운이 드리우자 파리의 카페는 정치가들과 혁명가와 반혁명가들이 삼삼오오 모여들며 정치적 논쟁의 공간으로 변했다. 당시 카페들은 거의 모두 '정치카페'가 되었고, '문학카페'도 예외일 수는 없었다. 그 정점에 있던 카페 드 프와Café de Foy는 프랑스혁명의 시발점이 되어 역사에 각인되었다.

19세기 파리의 카페는 더욱 화려해졌다. 이미 고급 카페가 들어선 팔레 루아얄Palais Royal 쪽에 추가로 대형 카페와 고급 카페가 들어섰다. 오스만 남작의 파리시 정비 이후에 생긴 파리의 대로(Boulevard: 불르바르), 특히 오페라극장(오페라 가르니에) 부근의 대로변으로 고급 카페들이 문을 열었다. 19세기는 파리 카페의 황금기로서 고급 카페들은 귀족화되기도 했다.

반면에 파리 북쪽으로는 가난한 화가와 문인들이 변방의 카페에 터를 잡고 목가적인 생활을 하며 그들만의 풍류를 즐겼다. 그곳은 파리 몽마르트르Montmartre 지역으로, 인상주의 화가들을 중심으로 예술가들이 모였다. 몽마르트르의 한 카페에 매주 모이던 화가들은 세계 미술 사조에 한 획을 그은 인상주의를 탄생시키며 카페 문화의 꽃을 피웠다. 그들의 카페는 그림의 소재가 되기도 했고, 인상주의 화가들의 작품들은 그 시대의 풍속을 보여주는 귀중한 유산으로 오늘날 우리들의 눈을 즐겁게 해주고 있다.

1257년에 설립된 소르본느대학

20세기 초반에는 몽마르트르보다 주거비가 싼 몽파르나스Montparnasse 지역이 각광을 받으며 이곳으로 예술가들이 대거 모여들었다. 예술가들이 모이는 곳에는 항상 카페가 있거나 혹은 새로 생기기 마련이었다. 그리고 그 카페들은 예술가들에 의해 곧 유명한 카페가 되었다. 몽파르나스의 카페에는 헤밍웨이와 피카소 같은 당대의 유명 문인들과 화가들이 모두 모여들었고, 자연스럽게 이 지역의 카페를 중심으로 파리의 문학카페는 절정을 이루었다.

2차 세계대전 전후로 실존주의 철학이 프랑스를 휩쓸 때 파리의 문학카페는 또 한 번 찬란히 빛났는데, 생제르맹 데 프레Saint-Germain-des-Prés에 있는 카페 레 드 마고와 카페 드 플로르는 실존주의 작가들에게 각광을 받았다.

카페는 모든 사람이 갈 수 있는 장소다. 사람들은 그곳에서 친구나 동료 혹은 연인을 만나서 커피나 음료수를 마신다. 때론 그곳에서 와인과 맥주를 마시며 여흥도 즐긴다. 대부분의 파리 시민은 이렇게 카페를 이용해왔지만, 특정인들은 그들만의 목적과 가치를 위해 카페를 이용했다.

특정인은 사상가나 정치인, 연극인과 문인, 화가와 같은 예술인들이다. 그들은 카페에서 정서를 교류하며 사상가들은 자기의 주장을 펼치고 토론하는 장소로, 정치가들은 정치적 논쟁의 장소로,

비슷한 화풍을 가진 화가들이 모이는 아틀리에로, 문학가들의 작업실(작품의 구상, 집필, 창작)로, 그리고 만남과 휴식의 장소로 오랜 세월 이용하며 카페 문화를 꽃피웠다.

오랜 역사를 가진 파리의 카페는 소설가들의 작품 속 장소로 나오기도 하고, 화가들에게는 그림의 배경이 되고, 작품의 소재가 되기도 하면서 수많은 예술가와 함께 시대에 따라 발전과 진화를 하며 프랑스 역사를 만들어갔다.

카페는 파리 생활의 중심이었다. 정치와 예술 분야의 숱한 혁명들이 이곳에서 조심스럽게 시작되었다. 프랑스에서 카페는 '민주주의 살롱'이라고 불렸다. 누구나 마음에 드는 카페를 자유롭게 선택할 수 있었다. 다니는 카페를 바꾸느니 차라리 생각을 바꾸는 편이 더 쉽다고 누군가가 말했다. 17세기 여성이 주도한 문학살롱에서 미려한 문장을 읽으면서 대화의 스킬을 익힌 프랑스 상류 계층들은 카페라는 공공시설에서 교류의 장을 더 넓혔다.

파리의 카페는 곧 사회의 중심이 되었다.

오늘날 우리가 생각하는 공공시설로서 카페의 진정한 출발은 파리에서 이루어졌다. 19세기 파리가 세계의 중심으로 불렸던 까닭은 카페에서 대화와 사교를 나누는 유일한 도시였기 때문이다.

당시 파리는 유럽의 심장이고 세계의 중심이었다. 지금도 파리의 카페는 음료를 마시고, 글을 쓰고, 책을 읽고, 음식을 먹고, 무료한 시간을 때우고, 토론과 대화를 나누고, 친구를 만나고, 지나가는 사람들을 구경하며, 하루의 의미 있는 혹은 의미 없는 시간을 맡아주는 역할을 하고 있다. 지금도 어떤 특정인들은 파리의 어떤 카페에 모여 프랑스 미래의 역사를 만들어가고 있을지도 모른다.

파리에서 카페는 단순히 커피를 마시거나 시간을 보내기 위한 곳이 아니다. 커피를 생산하는 것도 아니고 또 커피하우스를 세계 최초로 오픈한 것도 아니지만 카페 문화를 세계 최고의 형태로 키운 파리에서 카페는 파리 사람들의 삶의 전체 방식을 대변한다. 파리의 카페들은 에펠탑이나 노트르담 대성당만큼 의미가 있으며 파리라는 도시의 모습과 분위기를 전달하는 데 큰 역할을 했고, 지금도 그 역할을 하고 있다. 파리의 카페는 파리지앵, 파리지엔느의 삶에서 사적으로 중요한 공간일 뿐만 아니라 만남과 사교와 교류의 공공장소로서도 중요하다. 그래서 파리는 카페의 대명사가 되었고 카페 하면 파리를 떠올린다.

"카페는 파리 생활 그 자체다."

CAFE DE

1357년 완공 후 1892년 재건축된 파리 시청

Ensemble
soutenons
Paris
PARIS

17세기 – 파리는 카페 여명기

프랑스 커피의 역사

커피는 14~15세기에 에티오피아 홍해 연안부에서 예멘으로 전해졌다. 이는 아프리카 동북부와 아라비아반도 사이에 있는 홍해가 해상교통로 역할을 하면서 아프리카의 커피가 아라비아반도로 이동했기 때문이다. 중세 시대 커피의 이동 루트는 홍해를 따라갔다. 아프리카 에티오피아의 커피는 홍해를 건너면서 가장 가까운 국가, 예멘의 모카Mocha항으로 갔고, 여기서 15세기 초에 각지의 이슬람 수도승(수피)들에게 퍼져나갔다.

이후 15세기 말경에 사우디아라비아 남서부 홍해에 접한 항구

도시 제다Jeddah로, 그리고 바로 옆에 붙어 있는 이슬람 성지 메카로 전해졌고, 1470~1495년에 메카에서 커피가 음용되었다. 이슬람 순례자의 대부분이 메카를 통과했기 때문에 커피의 파급력은 빨랐고, 커피는 북상해서 1510년경 이집트 카이로에 전해졌다.

이 당시 이슬람 세계에서 가장 강력한 세력 국가는 오스만제국이었다. 1517년 오스만제국의 황제 세림Selim 1세가 이집트를 정복하자, 커피는 자연스럽게 오스만제국으로 흘러들어갔다. 오스만제국의 수도 항구도시 콘스탄티노플(현재 튀르키예의 이스탄불)은 이슬람 세계의 정치, 경제, 문화의 최대 중심지로서 번영을 누렸다.

커피가 서민들에게 본격적으로 보급되기 시작한 것은 1500년대 중반 무렵이다. 이후 커피는 튀르키예에서 그 진가를 발휘하고 커피문화를 꽃피우게 된다. 커피의 이런 이동으로 1500년대 초에는 이집트의 카이로에, 1500년대 중반에는 튀르키예의 이스탄불에 커피숍들이 생겨나기 시작했다. 오스만제국에서 유럽으로 커피가 건너간 것은 1600년경이다.

이때 유럽으로 커피가 전달된 경로는 지중해를 따라, 동인도회사들의 무역을 통해 파리와 빈으로 이동한다. 17세기 중반, 이탈리아, 영국, 심지어 프랑스의 마르세이유에서도 커피가 유행을 타기 시작했지만 정작 프랑스의 수도 파리는 잠잠했다. 1644년 프랑스 상인 장 드 라 록크Jean de la Rocque가 마르세이유항으로 커피를 가져왔고 그 후 유럽, 북아프리카, 중동 및 인도를 여행한 탐험가 장 드 테브노Jean de Thévenot가 1657년 파리에 처음으로 커피를 소개했지만 조용했다.

파리에서 커피가 알려지기 시작한 것은 1669년에 오스만제국의 대사 슐레이만 아가Suleiman Aga가 태양왕 루이 14세를 알현하고 커피를 선물한 이후다. 1669년 11월 1일 베르사이유 궁전에서부터 서서히 퍼지기 시작한 커피가 파리시민들에게 알려지기까지 많은 시간이 필요했다. 루이 14세가 커피보다 쇼콜라를 더 좋아했기 때문에 커피의 전파 속도는 더욱 느렸다. 또한 파리시민들은 커피가 후진국에서 온 음료수라는 생각에서 벗어나지 못했던 관계로 파리시에 하나둘씩 생겨난 조그만 규모의 영세한 카페들은 파리시민들의 이목을 끌지 못했다.

커피, 혁신적 음료 vs 악마의 음료

유럽에서 커피가 처음 소개되고 환영받기까지 약 60년이 걸렸다. 프랑스에서도 커피는 호된 신고식을 치러야 했다. 프랑스에 커피가 유입된 후 한동안 커피의 효능과 단점에 대해 말들이 많았다. 커피가 궁정 밖으로 퍼지기 시작하면서 커피에 대한 찬성과 반대

루브르 박물관 광장에 있는 이탈리아 조각가 잔 로렌초 베르니니Gian Lorenzo Bernini의 루이 14세 기마상

그룹이 형성되었다. 커피 반대론자들은 커피는 모든 질병을 일으키는 독약이라고 비난했고, 반면에 옹호론자들은 커피는 모든 질병을 치유하는 만병통치약이라고 주장했다.

17세기 유명한 여성 서간문 작가 마담 드 세비네Mme de Sévigné는 커피의 부작용을 설파했다. 1672년경, 마담 드 세비네는 글을 통해서 프랑스인들이 절대 가까이하면 안 되는 것이 두 개가 있다고 귀족들과 지식층에게 적극적으로 알렸다. 하나는 커피고, 또 다른 하나는 라신느Racine(17세기 프랑스 연극작가, 시인)의 시였다.

마담 드 세비네는 라신느가 후세를 위해 글을 쓰는 것이 아니라 비극 역으로 명성이 높았던 당대 최고의 여성 연극배우 샹머스

마레지구 보쥬광장에 있는 마담 드 세비네 저택(오른쪽 하얀색 현판이 있는 곳 - 화살표). 현판에는 '1626년 2월 6일 이 집에서 태어났다'라고 적혀 있다.

레Champmeslé를 위해서만 글을 쓴다고 했다. 그리고 커피를 애호하는 것은 천박스러우며 오래지 않아 사람들은 곧 역겨워하게 될 것이라고 비난했다. 커피를 저주한 마담 세비네는 따뜻한 차와 쇼콜라Chocolat(초콜릿 음료)를 좋아했다.

1671년 마담 세비네는 그녀의 딸에게 보낸 편지에서도 "너는 건강하지 않아. 초콜릿을 먹으면 회복할거야"하며 초콜릿을 옹호한 반면, 커피는 악마의 음료라고 저주했다. 하지만 세비네의 절대적인 커피 반대가 사람들의 커피 중독을 막지는 못했다.

반면에 당시 커피 찬양론자인 프랑스의 한 작가는 커피의 효과에 대해 다음과 같이 찬사를 보냈다.

"커피는 기분 좋게 영감을 주고 건강에 좋은 음료다. 자극제로서, 소화제로서, 각성제로서 좋은 역할을 하며 노동의 적인 잠을 쫓아낸다. 또한 행복한 상상력과 영감을 불러일으킨다."

1700년대 초 계몽주의 정치학자 몽테스키외는 이 황금색 액체를 마시면 자연스럽게 사상과 대화, 정치 혁명에 대한 생각, 창의력이 쏟아진다며 커피를 가리켜 '혁신적인 음료수'라고 했다. 새로운 것에는 항상 저항이 있기 마련이다. 세상에 보지도 듣지도 못한 것이 나오면 늘 거부감을 일으키는 사람들의 부류가 있다.

루이 15세는 왕비와 딸을 즐겁게 해주기 위해 커피를 즐기는 데 많은 돈을 소비했다. 실제로 루이 15세는 베르사이유궁에 온실을 만들어 커피를 재배해서 매년 몇 파운드의 커피를 생산하고, 직접 커피를 로스팅할 정도의 매니아였다. 그리고 우유와 혼합한 카페오레Café au lait(이탈리아어로 카페라테Caffellatte)가 나오면서 비로소 커피는 프랑스에서 대중적인 사랑을 받게 되었다.

프랑스어 카페Café의 어원

프랑스어 카페Café라는 단어는 커피라는 뜻과 커피하우스(커피숍)라는 뜻을 동시에 갖고 있다. 카페Café는 1600년 이후에 이탈리아어 Caffè에서 유래되었다.

프랑스에서는 메종 드 카페Maison de café, 카바레 드 카페Cabaret de café, 메종 드 카와Maison de caoua 등 커피하우스를 뜻하는 몇 개의 단어가 있었으나 그냥 줄여서 카페Café라고 통칭하기 시작했다.

커피의 어원은 커피의 초기 생산지 에티오피아 카파Kaffa 지역의 이름에서 파생했다는 설과 아라비아어 카후와Qahwa에서 유래했다는 설이 있다.

이집트를 거쳐 오스만제국에 소개된 커피는 튀르키예에서 카베Kahve라 불렸다. 영어의 커피Coffee는 네덜란드어 코피Koffie에서 유래되었으며 독일에서는 카페Kaffee라고 표기하고 중국에서는 카페

카페 프로코프는 두 군데 길에서 출입이 가능하다. 정문이 있는 곳은 앙시엔느 코메디Rue de l'Ancienne Comédie길이며 도로가 넓다. 반면 카페의 테라스가 있는 뒤쪽의 좁은 길은 코메르스 생탕드레La cour du Commerce-Saint-André다. 이 길은 1776년도에 생겼다.

이咖啡라고 발음하고 한자음은 '가배'다. 이렇게 커피는 각 나라에 전파되면서 글자가 조금씩 바뀌었고 발음도 달라졌다.

시장터에 문을 연 파리 최초의 카페Café

프랑스에 처음 들어온 커피는 마르세이유항을 통해 들어왔기에 자연스럽게 그곳에 커피숍이 생겼다. 1654년 왕궁의 허락으로 프랑스 최초로 마르세이유에 커피숍이 탄생했고, 세월이 조금 흐른 1672년에 비로소 파리에 첫 카페가 등장했다.

파리에 처음으로 카페를 연 사람은 파스칼Pascal (파스카 로제Pasqua Rosée라고도 함)이었다. 런던은 파리보다 20년 앞서 커피하우스Coffee house가 등장했는데, 1652년 영국 런던에서 첫 커피하우스를 오픈한 것도 바로 라구사 공화국Republic of Ragusa출신의 파스카 로제Pasqua Rosée였다. 아르메니인으로 잘 알려진 파스칼은 런던과 파리에서 처음 카페를 시작한 주인공이다.

1672년에 파스칼Pascal은 생제르맹 데 프레 수도원이 있는 광장의 시장터에서 파리 최초의 카페를 시작했고, 생제르맹 박람회La foire Saint Germain에서 커피를 팔았다. 박람회를 뜻하는 프랑스어 프와르Foire는 각종 상품(특히 식품)을 판매하는 대형 공공 장터의 성격을 띤 단어로 특정 날짜와 특정 장소에서 열렸다.

파리보다 먼저 커피하우스가 시작된 런던의 커피문화는 파리를 앞서 나갔으며 1675년 영국에는 3,000개가 넘는 커피하우스가 있었다. 1670년부터 1685년까지 런던의 커피하우스는 그 수가 계속 증가했고, 토론 장소로 인기가 좋아서 정치적 중요성을 지니기 시작했으며, 특히 런던에서 커피하우스는 중요한 만남의 장소였다.

이렇게 17세기 중반을 넘어서면서 유럽에서 카페 문화가 서서히 태동하기 시작했다. 이슬람 세계에서 15세기에 커피하우스가 출현한 것에 비하면 유럽의 커피하우스는 약 200년이나 늦은 셈이다.

박람회의 전통은 12세기 샹파뉴 지방의 장터를 통해 처음 생겨났으며 매년 열리는 이 행사에는 유럽 각지의 도매상인들이 몰려들어 양털, 직물, 향신료 등 상품을 거래했다. 1472년부터 파리 생제르맹 박람회는 사순절 기간에 큰 장터가 운영되었다. 원래는 8일 정도로 축제 장터를 열었으나 2월 3일부터 부활절까지 최대 2개월 연장되었다.

17세기 들어 축제 장터에는 천장과 사방이 칸막이로 된 블록형 부스 24개가 바둑판처럼 들어섰고, 부스와 부스 사이에 사람들이 넉넉히 다닐 수 있도록 통로를 만들었다. 생제르맹의 봄철 장터가 문을 닫으면 자연히 카페도 문을 닫아야 했기 때문에 파스칼은 퐁

640년대 축성된 파리 6구에 있는 생제르맹 데 프레 수도원 L'abbaye de Saint-Germain-des-Prés

뇌프 근처에 두 번째 카페를 열었다.

초창기 파리의 카페들은 시테섬과 센강 우안의 샤틀레 지역을 잇는 샹쥬교Pont au change(퐁 오 샹쥬) 근처와 뇌프교Pont neuf(퐁 뇌프) 부근에 모여 있었다. 그러나 이 시절의 카페(커피숍)는 귀족이나 상류 계층과 사교계의 여성들에게 인기가 없었다. 카페가 파리에 소개된 지 10년이 넘도록 귀족 층이나 부르주아 계층은 카페를 거들떠보지 않았다.

카페 주인들은 커피를 서민들과 외국인에게 팔려고 노력했다. 그러나 손님들은 파스칼의 카페에서 커피보다는 술이나 다른 음료를 더 찾았기 때문에 그는 어떻게 하면 커피를 더 많이 팔지 고민했다. 소년들을 거리로 보내 "커피, 커피"를 외치면서 팔게도 했지만 파스칼의 커피 장사는 신통치 않았고 실망한 파스칼은 파리를 떠나 런던으로 돌아갔다.

무엇을 하든 처음 일을 벌인 사람들은 성공보다 실패할 확률이 높고 한발 늦게 뛰어든 사람은 실패한 사람을 타산지석으로 삼아 성공할 확률이 높다. 파스칼의 실패를 본 프랑스 상인 중에 돈 있는 자들이 생제르맹Saint-Germain 지역에 포석을 깔고 넓은 공간에 시설을 제대로 갖추고 커피를 팔기 시작했다.

실내에는 우아한 태피스트리 장식품과 대형 거울, 그림과 장식이 멋있는 촛대, 대리석 테이블을 갖다 놓고 넓은 창문을 만들고,

생트 샤펠La Sainte Chapelle의 스테인드 글라스

커피와 차, 초콜릿 음료와 과자를 팔았고 이런 상술은 성공을 거두었다.

대형 고급 카페들의 등장

튀르키예풍 커피에 대한 프랑스 파리의 적응은 1680년대 들어서며 확대되었다. 17세기 후반 무렵, 파리에는 조그마한 내부 공간과 남루한 시설을 벗어난 카페들의 성공이 시작되었다. 이탈리아계 프란체스코 프로코피오Francesco Procopio dei Coltelli는 1686년 카페 드 프로코프Café de Procope의 문을 열었다.

프란체스코 프로코피오는 향료, 아이스크림, 보리수, 레모네이드 및 기타 음료수를 판매할 수 있는 왕궁의 면허증을 보유한 레모네이드 판매업자였다. 프로코피오Procopio는 파스칼Pascal과 그 뒤를 이은 커피 장사들의 판매 방식과 확실히 구별되게 카페 시설을 고급으로 꾸미고 상류층 고객을 위한 공간을 만들었다.

새롭게 문을 연 코메디 프랑세즈Comédie Française에 자리 잡은 그의 카페는 위치 또한 탁월했다. 진정한 파리 카페 역사의 시작을 알리는 신기원이었다. 그러나 카페 프로코프보다 앞서 오픈한 대형 카페가 있었으니 카페 드 라 레장스Café de la Régence다.

유럽 최고의 체스카페 '카페 드 라 레장스'

파리 5구 투르넬 강변로에서 1582년 문을 연 유럽에서 가장 오래된 레스토랑 중 하나인 '라 투르 다르장La Tour d'Argent(은탑)'은 지금도 일류 레스토랑으로 영업 중이다. 이 레스토랑에 비해 비록 100년 늦었지만(커피가 17세기 중반 이후에 파리에 보급된 까닭에) 파리 카페 역사에서 규모가 대형이면서 고급스러운 카페가 등장했다. 카페 드 라 레장스Café de la Régence는 1681년에 문을 열었으니 카페 프로코프보다 5년 앞서 개장한 셈이다.

파리에 첫 카페가 생긴 지 약 10년 후, 규모가 꽤 크고 근사한 시설로 꾸며진 대형 카페였다. 1,000여 개의 호롱불로 카페 내부를 밝혔다고 하니 당시로서는 꽤 넓은 공간에 엄청난 장식을 한 셈이다. 첫 상호는 카페 드 라 플라스 뒤 팔레-루아얄Café de

1582년에 오픈한 투르 다르장Tour d'Argent 레스토랑

la Place du Palais-Royal로 매우 길다. 파리의 팔레 루아얄Palais-Royal 근처에서 개업했고, 1715년에 카페 드 라 레장스Café de la Régence로 상호를 변경했다.

카페 드 라 레장스는 120년 동안 프랑스뿐 아니라 유럽에서도 체스 게임의 중심지 역할을 했다. 18세기에는 계몽주의 사상가 루소, 디드로와 함께 이들의 사상에 심취한 미국 헌법을 기초한 벤자민 프랭클린도 카페 프로코프와 함께 이 카페를 애용했다. 프랑스 혁명 때는 나폴레옹과 혁명 주도 세력자 당통이 여기에 자주 드나들었다.

이 카페는 루소와 디드로 같은 계몽주의 사상가들이 자주 찾았음에도 불구하고 문학카페로 발전하기보다는 유럽 최고의 체스 카페로 입지를 굳혔다. 당시 백과전서파인 디르로가 1762년에서 1773년 사이에 쓴 그의 저서 《라모의 조카Le Neveu de Rameau》에도 카페 드 라 레장스가 언급되어 있다.

"좋은 날씨구나. 저녁 5시쯤 팔레 루아얄로 산책을 하는 것은 나의 습관. 나는 늘 혼자이며 아르장송 산책로의 벤치에서 꿈을 꾼다. 철학과 맛의 사랑에 대해, 정치에 대해 혼자 지껄이지. 비가 오거나 날씨가 추우면 나는 레장스 카페로 피신한다. 거기서 체스 게임 보는 것을 즐기지. 파리는 세계의 광장이며 카페 레장스는 체스를 즐기는 파리 최고의 장소다."

[주 : 라모Jean-Philippe Rameau (1683~1764)는 프랑스의 작곡가이며 음악 이론가]

이렇게 프로코프보다 앞서 문을 연 카페 레장스는 체스카페로 입지를 다져서 19세기 말까지 유럽 최고의 체스카페로 명성을 날렸다. 체스카페로 성공한 카페 레장스는 18세기에는 자주 찾는 디드로와 같은 계몽주의 사상가나 나폴레옹의 기호에 맞게 실내장식에 신경을 쓰기도 했다. 카페 레장스와 카페 프로코프는 18세기 말까지 파리 카페의 양대 산맥으로 군림했다. 이후 카페 레장스는 레스토랑으로 변신했다가 1910년에 문을 닫았다.

생제르맹 대로 145번지(파리 6구)에 있는 디드로 동상

사람들은 명사가 자주 애용하는 카페에 관심이 컸기 때문에 카페는 고객 확보 차원에서 카페를 찾는 명사들을 관리했다. 카페 프로코프는 사상가와 문학가들이 자주 찾는 곳으로, 그들의 대화로 시끄러웠기 때문에 '수다스러운 카페'라는 별명을 얻었고 반면에 카페 레장스는 체스를 두는 사람과 구경하는 사람들로 붐볐지만

모두가 게임에만 몰두하느라 '침묵의 카페'라는 별명이 붙었다. 만약 카페 레장스가 문을 닫지 않고 지금까지 영업했다면 현존하는 프랑스 최고最古의 카페가 되었을 것이다.

문학카페 이전에 태동한 문학살롱

문학카페 프로코프Procope를 언급하기 전에 먼저 프랑스의 문학살롱에 대해 알아보자. 문학살롱Un salon littéraire은 프랑스 중세 후반부터 있었다. 17세기 후반에 싹이 튼 프랑스의 문학카페는 이미 17세기 초에 성행하기 시작한 문학살롱과 깊은 관계가 있었다.

글을 읽고 쓸 줄 아는 사람들, 특히 귀족과 상류 계층들은 자기들의 큰 저택 응접실에서 미려한 글, 시, 문학, 연극 혹은 예술과 철학, 과학, 그리고 새로운 뉴스 등을 주제로 대화하거나 토론하는 모임을 가졌다. 14세기 전에는 이것을 사교계 모임이라고 했고, 이후 문학살롱으로 발전했다.

파리에 문학살롱Un salon littéraire, 혹은 Un salon de conversation이 나타난 것은 루이 14세 때였다. 물론 루이 14세 이전에도 문학살롱이 말레르브Malherbe, 브왈로Boileau 등과 같은 시인들에 의해 간헐적으로 개최되었지만 제대로 시작된 것은 17세기 초엽부터다.

문학살롱을 주재하는 인물은 대부분 여성이었다. 문학적, 예술적 소양이 풍부하며 아름다운 화술에 재기가 넘치는 여성들에 의해 문학살롱이 운영되었다. 문학살롱은 대체적으로 귀족의 큰 저택에서 개최되었고, 프로코프Procope 같은 문학카페와는 다르게 초대장 없이 누구나 함부로 참석할 수 없었다.

고정 회원과 초청된 회원에게만 개최 일정과 그날의 주제가 전달되었다. 문학살롱을 본격적으로 시작한 여성은 카트린 드 랑부이예Catherine de Rambouillet였다. 1588년 이탈리아 로마에서 태어난 그녀는 12살에 결혼했고, 20살이 되던 1608년에 그녀의 저택, 지금은 루브르 박물관의 일부가 되어버린 파비용 드 튀르고Pavillon de Turgot에서 문학살롱을 시작했다.

이후에도 문학살롱을 성공적으로 이끈 여성들이 많았으나 그중에서도 눈에 띄는 두 여성이 있다. 1713년부터 60년간 문학살롱을 운영했던 마담 마리 조프랭Marie-Thérèse Rodet Geoffrin과 1800년부터 19세기 중반까지 활약한 마담 쥴리에트 레카미에Juliette Récamier다.

본명이 Marie-Thérèse Rodet Geoffrin (1699~1777)인 마담 조프랭Madame Geoffrin은 그녀의 문학살롱에 볼테르, 루소, 몽테스키외, 달랑베르와 같은 18세기 계몽주의 사상가들을 초대하거나 혹은 그들 스스로 참여하도록 문학을 넘어 사상과 정치까지 주제를 넓혀서 담론을 즐겼다.

1730년에 문을 연 니콜라 스토레Nicolas Stohrer의 제과점. 루이 15세의 왕비(폴란드 출신)를 따라 베르사이유궁의 제과사로 왔다가 후에 독립해서 파리에서 제과점을 오픈했다..

지금도 생또노레거리 374번지(374 Rue Saint-Honoré)에 가면 건물에 마담 조프랭이 1713년부터 1773년까지 문학살롱을 운영했다는 내용이 현판에 새겨져 있다. 또 〈마담 조프랭 살롱에서 볼테르의 비극 강연〉이라는 제목의 그림을 보면 매우 사실적으로 당시의 문학살롱이 묘사되어 있다. 파리 귀족층이나 부유한 저택이 대부분 그렇듯이 층고가 매우 높고 소강당같이 넓은 응접실에 상류층 사람이 많이 모인 가운데 볼테르가 낭독하는 장면이다.

18세기 초 프랑스의 문학살롱은 상류층 귀부인의 소규모 모임이던 것이 점차 참석자도 확대되었고 주제도 다양화되었다. 또 다른 여성 쥘리에트 레카미에Juliette Récamier(1777~1849)는 마담 조프랭이 사망한 해에 리옹Lyon에서 태어났다. 마담 레카미에는 프랑스혁명 후 공포정치 시대를 맞아 15세에 금융가와 일찍 위장 결혼했고 남편 성을 따라 마담 레카미에Madame Récamier라고 불렸다.

마담 레카미에는 19세에 파리 사교계에 등장한 후 얼마 지나지 않아 뛰어난 미모와 문학과 예술적 재능으로 사교계의 여왕이 되었다. 그녀의 문학살롱은 정치적인 것과 사상적인 것에는 거리를 두었고 주로 문학과 미술계 예술가들과의 모임과 교류를 지향했다. 특히 낭만파 문인들과 신고전주의 화가들을 선호했으며 그녀 인생 후반기의 문학살롱은 문학 쪽에 좀 더 비중을 두었다.

마담 레카미에는 당대 유명 화가들의 모델이 되어 그림으로 재현되었다. 당대 최고의 화가이자 나폴레옹 대관식을 그린 궁정화가 자크 루이 다비드가 1800년에 그녀를 화폭에 담았으나 1805년에 다비드의 제자 프랑수아 제라르François Gérard가 다시 그녀의 모습을 캔버스에 묘사했다. 두 화가의 그림 스타일은 네오클래식(신고전주의) 양식이지만 결과는 달랐다.

역사적 그림을 잘 그린 다비드는 마담 레카미에를 어두운 배경에 무게감 있게 묘사했으나 마담 레카미에가 다비드의 묵직한 그림이 마음에 끌리지 않았는지 이 작품은 미완성으로 끝났다. 그녀는 다비드의 제자 프랑수아 제라르에게 자신을 그려달라고 요청

파리에서 오래된 제과점 중 하나인 니콜라 스토레Nicolas Stohrer의 매장

했고, 프랑스와 제라르는 레카미에를 다비드처럼 정숙하게 표현하지 않고 밝고 화사하게 그리고 관능적이면서도 요염하게 표현했다.

당대 유명한 두 명의 화가 외에도 여러 명의 화가가 마담 레카미에의 초상화와 그녀의 살롱 내부를 그렸고 조각가들은 그녀를 모델로 조각작품을 남겼다. 미모와 소양이 뛰어난 레카미에 부인을 많은 남성이 흠모했고 나폴레옹 황제의 동생과 귀족들이 그녀에게 청혼하기도 했다. 하지만 레카미에 부인은 작가이면서 정치가였던 샤토브리앙Chateaubriand(왕정복고시대 당시 외무장관)과 평생을 동반자로 함께 살았다.

문학살롱은 파리에 대형 카페가 문을 열어도, 특히 문학카페와 같은 경쟁자에게 전혀 방해받지 않고 19세기까지 지속되었다. 오히려 18세기에는 계몽주의 사상가들과 그의 추종자들이 문학살롱과 문학카페를 왔다 갔다 했다. 아니 문학살롱과 문학카페에서 그들을 서로 초대했는지도 모른다.

이런 사실을 볼 때 파리에서 문학살롱과 문학카페는 서로 공존하며 각기 다른 문화를 형성해왔음을 알 수가 있다. 음악가 비제Bizet의 부인 쥬느비에브 알레비Geneviève Halévy(1849~1926)와 같은 여성은 20세기 초반까지 문학살롱을 주최하며 프랑스 문화예술에 영향을 주었다.

1747년에 문을 연 농산물 가공업체 마이유MAILLE. 겨자(머스타드)로 유명하며 식초, 마요네즈, 기름, 피클, 향신료 등으로도 유명하다.

프랑스 카페의 레전드 프로코프

17세기 – 파리 최초의 문학카페가 문을 열다

유럽 카페 문화 중 백미라 할 수 있는 문학카페Un café littéraire는 프랑스 파리에서 꽃을 피웠다.

문학카페의 주요 고객은 지성인들과 문화예술가들이었다. 그들의 사상과 문학관, 예술정신을 토론하고 서로의 지식을 교류했던 카페를 문예카페라고도 한다. 17세기 말부터 시작한 파리 문학카페는 주요 고객이 대부분 당대 유명한 연극인, 사상가, 정치가, 문인과 화가들이었다. 그들이 어떤 특정 카페에 모이는지에 따라 문학카페가 되거나 아니면 일반 카페가 되었다.

파리에 카페가 많아지면서 문학을 하는 사람들이 먼저 좋은 카페를 찾았으며 유명 사상가나 문예인들이 자주 드나들면 그 카페는 이름을 얻어 문학카페가 되었다. 그러므로 오랜 전통을 가진 문학카페는 그만큼 더 역사적으로 가치 있게 되었다.

유럽에서 현존하는 가장 오래된 카페(커피하우스)는 영국 옥스포드에 있는 퀸즈 레인 커피하우스Queen's Lane Coffee House며, 1654년 문을 열었다. 프랑스에서 현존하는 가장 오래된 카페는 1686년에 문을 연 프로코프Procope며 오늘까지 이어지는 가장 오래된 문학카페다. 이탈리아 출신의 레모네이드 판매업자 프란체스코 프로코피오Francesco Procopio dei Coltelli가 그의 이름을 따서 '프로코프'라는 상호로 카페를 열었으며 현재에도 이 카페는 파리 오데옹 지역에서 영업 중이다.

프로코피오는 코메디 프랑세즈La Comédie-Française가 처음 있었던 거리에서 그의 카페 프로코프를 오픈했다. 코메디 프랑세즈는 테아트르 프랑세Théâtre-Français 혹은 몰리에르의 집La maison de Molière으로 불리는 당시 파리의 유명한 연극 공연장으로 1680년 10월에 준공되었으며, 카페 프로코프는 코메디 프랑세즈 건물 준공 6년 후, 바로 근처에서 개업했다. [주 : 몰리에르Molière (1622~1673)는 17세기 프랑스의 유명한 극작가이자 배우]

프로코피오는 파리에서 최초의 카페를 연 파스칼Pascal과 그 뒤를

현재의 위치로 이전한 코메디 프랑세즈Comédie-Française. 1 Place Colette, 75001 Paris

이은 장사꾼들이 커피를 판매했던 조그만 규모의 카페와는 확실히 다른 규모와 시설로 차별화했다. 카페 내부 공간을 크게 하고 시설을 화려하고 고급스럽게 꾸며서 고객층을 상류층으로 맞추었다.

사방의 벽에는 커다란 거울을 붙여 천장의 호화로운 크리스털 샹들리에가 내려 비추는 빛이 아름답게 반사되도록 했다. 탁자도 세련된 대리석으로 하는 등 시설을 최상급으로 꾸민 결과 그의 카페는 파리 카페 중에서도 귀족급이었다. 코메디 프랑세즈 연극 공연장에 가깝게 위치한 '프로코프'는 문을 열자 당연히 연극을 좋아하는 지식인들과 문인들로 문전성시를 이루었다.

프로코프 카페가 들어선 거리 이름은 포세 생제르맹Rue des Fossés-St. Germain이었으나 지금은 앙시엔느 코메디Rue de l' Ancienne Comédie라는 이름으로 바뀌었다. 코메디 프랑세즈 근처 위치는 카페로서 최상의 상권이었다. 지리적 이점 덕분에 카페 드 프로코프Café de Procope는 17세기의 유명한 프랑스 연극배우와 극작가, 문인과 연극 관련 인사들의 모임 장소가 되었고 이내 유명해졌다.

카페에 온 사람들 대화의 주제는 당연히 연극과 문학에 관한 것이었다. 그러다 보니 카페 프로코프에서는 자연스럽게 문학이 주제가 되었다. 카페 프로코프는 프랑스 최초의 문학카페라는 타이틀을 다는 데 긴 시간이 필요하지 않았고, 진정한 문학살롱으로 자리잡았다.

당대 유명 시인과 극작가 라신, 라퐁텐 등이 이곳을 찾으며 커피 마시는 집 프로코프는 문을 열자마자 유명 문예인들의 안방이 되었다. 대화방이며 토론장이자, 안방이자 휴식처 프로코프는 진정한 문학카페로서 그 역사의 서막을 열었다.

프로코프의 장사가 잘되자 파리에는 예술가와 지식인의 카페Café d'artistes et d'intellectuels들이 연달아 문을 열기 시작했고 이에 고무되어 파리에는 많은 카페가 들어섰다. 17세기를 마감하면서 프로코프의 주인공들인 라신, 라퐁텐 등의 극작가와 문화예술가들의 생명도 막을 내렸다.

18세기 – 계몽주의 사상가들의 아지트가 되다

18세기는 카페 프로코프의 전성시대였다. 막강한 멤버들이 프로코프에 진을 쳤으니 바로 프랑스 계몽주의 사상가들이 주요 손님으로 등장했다. 장 쟈크 루소, 볼테르, 몽테스키외, 디드로, 달랑베르 등 초호화 멤버들이 프로코프를 빛내주었다.

프로코프는 당대 계몽주의 학자들과 백과전서파 작가들의 만남과 회합의 장소였으며 또한 그들의 토론장이었으며, 글을 쓰는 작업장이기도 했다. 디드로는 《백과전서》에서 이 카페를 '카페의 전설La légend du café'이라고 묘사했다. 계몽주의 사상가 중 볼테르는 프

볼테르 강변길Quai Voltaire 27번지에 위치한 볼테르 카페 레스토랑. 건물에 붙어 있는 하얀색 명판(화살표 표시한 곳)에는 1778년 5월 30일 이곳에서 볼테르가 사망했다고 적혀 있다.

로코프의 영원한 후원자였다.

카페 프로코프는 정신적 지주 볼테르가 사용했던 대리석 테이블과 의자를 몇 세기가 지난 지금까지 카페의 자랑스러운 역사의 유물로 보관하고 있다.

볼테르는 그의 연극이 코메디 프랑세즈에서 공연이 되면 수도승처럼 변신하고, 커다란 코만 보일 정도로 얼굴을 가리는 헝클어진 가발을 뒤집어쓰고 카페 프로코프에 자리를 잡는다. 그곳에서 볼테르는 신문을 읽거나 바바루아즈Bavaroise(디저트의 한 종류)를 먹으면서 자기 연극을 보고 온 사람들의 평을 몰래 엿듣곤 했다.

관객은 언제나 열성적인 찬양자와 혹독한 비평을 하는 무리로 갈리게 마련이다. 그의 연극을 나쁘게 평가하는 무리가 많은 날에는 볼테르는 인상을 찡그리고 집으로 돌아갔다고 세바스티앙 롱샹Sébastien Longchamp은 그의 저서《볼테르 씨 개인생활에 대한 얘기들Anecdotes sur la vie privée de Monsieur de Voltaire》에서 밝혔다.

볼테르는 초콜릿 음료에 커피를 타서 마셨다고 한다. 그는 매일 커피를 숭늉 마시듯 했으며 하루에 12잔까지 마셨다는 기록이 있다.

몽테스키외의 서간체 소설《페르시아인의 편지Letters persanes, 편지 36호》에는 당시 파리 카페 현황과 카페 프로코프를 암시하는 말이 기록되어 있다.

"파리에서 커피는 많이 소비된다. 커피를 마실 수 있는 대중적인 장소가 너무나 많다. 그곳의 한편에서는 새로운 소식들이 전해지고, 다른 한편에서는 체스를 즐기기도 한다. 커피를 마시는 사람들에게 에스프리를 줄 수 있게 커피를 준비하는 카페(역주: 카페 프로코프)가 있다. 그 카페에서 나오는 모든 사람 중 들어갈 때보다 에스프리가 4배나 많아졌다고 믿지 않는 사람은 한 명도 없었다."

카페 프로코프에서 커피를 마시면 에스프리(재치 혹은 기지)를 받을 수 있다는 말은 프로코프의 주요 고객들이 대부분 지성인이었기에 그들과 어울리거나 혹은 그들의 대화를 엿듣기만 해도 지적으로, 이성적으로 조금이나마 도움이 된다는 뜻이 내포되어 있다.

《페르시아인의 편지》는 1721년에 발표된 것으로 이 글을 통해 1700년대 초반부에 이미 파리에 커피가 많이 소비되고 있고 또한 카페가 많았다는 것을 확인할 수 있다. 앞서 기술한 디르로의 저서 《라모의 조카Le Neveu de Rameau》와 몽테스키외의 《페르시아인의 편지》에서 볼 수 있듯 당시 카페 중에는 체스판을 구비 한 곳이 적지 않았음을 두 명의 계몽주의 사상가 저술에서 알 수가 있다.

또 당시 사람들은 카페에 감으로써 사회의 새로운 소식을 접하고 또 정보를 교류한다는 사실도 몽테스키외의 《페르시아인의 편지》에 적혀 있다. 루소가 살아있을 당시, 1750년 즈음에는 파리에 카페가 600여 개 있었다. 이 카페들은 당시 계몽주의 시대에 파리 시민들에게 커피와 음료를 제공하는 휴식처로서 또는 서로 만남과 커뮤니케이션의 장소로서 또 체스를 즐기는 곳으로 제 역할과 기능을 했다고 볼 수 있다.

미합중국 프랑스 초대 대사로 파리에 주재(1779~1785)했던 벤자민 프랭클린은 미국 헌법을 카페 프로코프에서 구상했으며, 미국의 독립선언서(1776)를 기초한 토머스 제퍼슨도 두 번째 프랑스 미국 대사로 프로코프의 단골손님이었다. 1800년에 미합중국 3대 대통령이 된 토머스 제퍼슨은 벤자민 프랭클린 후임으로 1785년

파리 16구 벤자민 프랭클린 거리 38번지38 Rue Benjamin Franklin에 그의 동상이 있다.

부터 1789년까지 미국 공사직에 5년간 있는 동안 능통한 불어로 프랑스 상류층과 교류하며 대화에 막힘이 없었다.

미합중국 건국에 기여한 벤자민 프랭클린과 토머스 제퍼슨은 프랑스 계몽주의 사상으로부터 영향을 많이 받았기 때문에 이 두 명의 위대한 미국인도 계몽주의자들을 이어서 이 카페에 드나들었다. 1790년 벤자민 프랭클린이 세상을 떠났을 때 프로코프는 그를 추모하기 위해 건물 내 외부를 모두 검은 깃발로 장식해서 애도를 표했다. 벤자민 프랭클린은 당시 유럽에서 제일 유명한 미국인 사상가로 인정받던 인물이다.

프랑스혁명 기간에 정치적 모임 공간으로 프로코프는 제 역할

카페 프로코프 내부 모습. 왼쪽 천장에 부착되어 있는 '인간과 시민의 권리 선언문'

을 했다. 프랑스 대혁명의 주인공 당통Danton과 마라Marat, 그들을 따르는 추종자들은 국민의회에서 열띤 논쟁을 한 후 카페 프로코프에 습관처럼 와서 목을 축이며 식지 않은 열정을 다시 토로했다고 한다. 나폴레옹도 장군 시절에 곧잘 이곳을 방문했다. 현재에도 프로코프에는 나폴레옹의 진짜 모자가 전시되어 있다.

프로코프는 프랑스혁명의 혼돈 속에서 문학카페에서 정치카페로 주인의 의지와 관계없이 변해갔다. 이 카페에는 제퍼슨의 미국 독립선언서를 참고로 한 〈1789년 인간과 시민의 권리 선언Déclaration des droits de l'homme et du citoyen de 1789〉이라는 헌장이 내부 벽에 펼쳐져 있다. 이 선언은 프랑스혁명 기간인 1789년 8월 26일 선포되었고, 카페 프로코프가 프랑스혁명 때에도 정치카페로서 중요 역할을 했던 것을 방증한다.

1799년 코메디 프랑세즈는 오데옹에서 팔레 루아얄 근처로 이전한다. 카페 프로코프의 최대 고객인 연극인들과 문예인들은 코메디 프랑세즈가 팔레 루아얄로 옮기는 바람에 대부분 그쪽 카페로 자리를 옮겼다. 이 당시 팔레 루아얄 부근에는 고급 카페들이 즐비하게 있었다.

이런 이유로 1800년에 들어서자마자 카페 프로코프는 운영에 일대 위기를 맞는다. 카페 최고의 손님이던 계몽주의 사상가들과 그들을 추종했던 이들도 1800년이 되기 전에 운명을 달리했다. 격렬했던 프랑스혁명 기간에 카페의 애용자들이었던 혁명 세력들도 단두대의 이슬로 사라졌고 피비린내 나는 프랑스혁명은 막을 내렸다. 100년 넘게 전통을 이어 온 카페 프로코프를 애용했던 주요 고객 중 유명 인사는 모두 저세상으로 갔다. 다만 나폴레옹만이 남아 몇 년 후 황제가 되었다.

프로코프는 혁명 기간 정치카페로 외도하며 그 명예에 크게 손상이 갔다. 100년 넘게 고결하게 문학카페로 입지를 다져 온 프로코프는 혁명의 아수라장에서 마지못해 정치카페로 변신해야 했지만 그 후유증은 매우 컸다. 문예인들이 더 이상 프로코프를 찾지 않았고 일반 카페로 취급했다.

그러나 백 년 이상 문학카페로서 전통을 쌓은 프로코프는 쉽사리 망하지 않았다. 1800년대 중반에 들어서며 보헤미안적인 상징주의 시인 폴 베를렌느Paul Verlaine가 프로코프를 출입하면서 한동안 잃어버렸던 인기를 되찾았다. 당대 최고의 소설가 에밀 졸라의 출입도 많은 도움이 되어, 19세기에 들어서며 프로코프는 당대 유명 문학인들이 자주 찾는 카페 리스트에 다시 이름을 올렸다.

19세기 - 최고의 문인들이 찾은 문학카페 프로코프

17세기 말에는 유명 연극인들의 무대가 된 장소. 18세기에는 계몽주의 사상가들과 프랑스 대혁명의 광기 어린 주인공들이 열띤 논쟁을 벌였던 곳. 19세기에는 당대 최고의 문인들이 찾았던 진정한 문학카페로 재단장한 카페. 1686년 첫 오픈한 프로코프가 프랑스 대혁명을 거쳐, 그 이후까지 파리 최고 지성인들에게 사랑받는 문학카페의 정상을 유지할 수 있었던 이유는 여러 가지가 있겠지만 그중에서 빼놓을 수 없는 성공 요인이 하나 있었는데 그것은 자체적으로 문학 소식지를 발행했다는 점이다.

1689년부터 200년간 꾸준히 발간된 카페 프로코프의 문학 소식지는 고객들과 카페를 잇는 가교역할을 했다. 어떠한 의도와 목적으로 문학 소식지를 발행했는지는 알려지지 않았는데 이것이 새

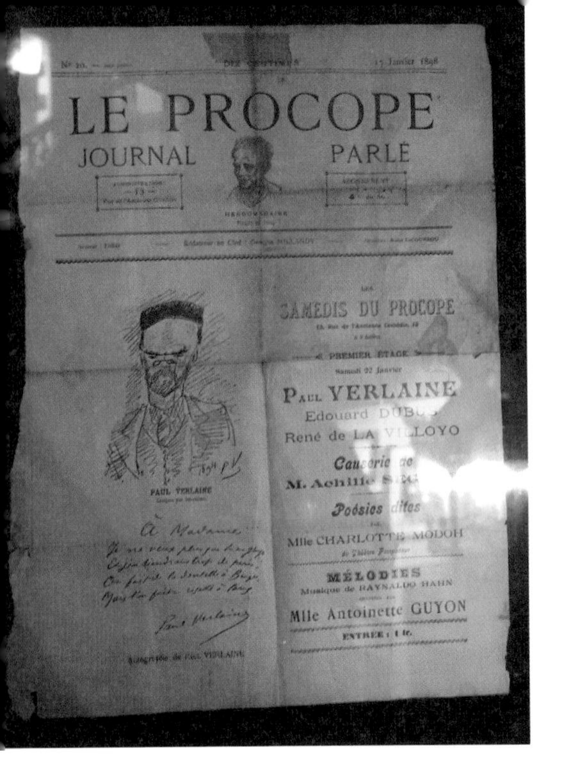
LE PROCOPE
JOURNAL PARLÉ

LES SAMEDIS DU PROCOPE

PREMIER ÉTAGE

PAUL VERLAINE
Edouard DUB
René de LA VILLOYO
Causerie
M. Achille
Poésies dites
Mlle CHARLOTTE MODOH
MÉLODIES
Musique de RAYNALDO HAHN
Mlle Antoinette GUYON
ENTRÉE : 1 fr.

PAUL VERLAINE

1898년 1월 17일자 프로코프 저널지. 베를렌느 자신이 그린 자화상 스케치가 게재되어 있다. 1년 구독료는 4프랑이라고 적혀 있다.

로운 고객을 확보하고, 고객의 이탈을 방지하는 방법으로서 훌륭한 영업 전략이었던 것은 부인할 수 없다.

첫 창간일로부터 208년째가 되는 1897년 11월 21일, 그 해 15호지부터 카페 프로코프의 문학 소식지는 주간지 형태로 매주 발행되었고 구독비는 0.1프랑(10쌍팀 Centime)이었다. 프로코프의 문학 저널은 4페이지로 구성되어 있으며 시, 꽁트, 문학 소식 및 문학계 근황, 희극, 독백 등의 문학적 내용으로 채워졌다. 당대 유명한 화가 혹은 일러스트레이터가 표지화를 장식했으며 19세기에는 소설가 발자크, 시인 베를렌느 등이 문학 소식지 표지화에 인물로 등장했다. 상징주의를 대표하는 유명 시인 베를렌느는 이 문학 소식지 편집위원으로 활동하기도 했다.

19세기에 프랑스 문학계에는 유명한 문인들이 많이 배출되었다. 소설가로서는 빅토르 위고, 플로베르, 발자크, 에밀 졸라, 마르셀 프로스트, 모파상, 콩쿠르 형제, 시인으로서는 보들레르, 베를렌느, 랭보, 말라르메 등 19세기의 프랑스 문학사를 주도적으로 이끈 인물들이다. 이들 중 특히 파리에서 활동한 작가들은 각자의 취향에 따라 자주 가는 카페가 따로 있었다.

이 시기에 파리에서 활동한 문인들은 모두 프로코프에 가보았을 것이다. 특히 에밀 졸라와 발자크, 베를렌느가 프로코프의 주요 고객이었음은 그들이 프로코프의 문학 소식지에 소개된 것으로 잘 알 수 있다. 하지만 19세기 상반기에 활약한 프랑스 시인이며 작가인 제라르 드 네르발Gérard de Nerval(1808~1855)은 그의 소설《사귀에 부인의 카바레Le cabaret de la Mère Saguet》에서 등장인물 중 한 명을 통해 프로코프가 재미없는 카페라고 묘사했다.

즐거운 대화도 없고, 큰 소리로 웃을 수 없는 곳, 따분하고 재미없는 곳, 신문이나 읽고 점잖게 당구를 치거나 카드 게임을 하는 곳이기 때문에 기존의 틀을 벗어나고 싶어 하는 예술가들에게는 적합하지 않은 카페라고 했다. 재미없는 카페 프로코프는 1874년에 한동안 문을 닫은 적이 있었다.

20세기 – 카페에서 레스토랑으로 변신하다

18세기 프로코프는 계몽주의 사상가들이 세상을 뜬 뒤에도 카페의 명성을 유지했고, 19세기에도 프랑스 유명 문학가들의 모임의 장소로, 교류의 장으로 명성을 날렸다. 명사들이 자주 출입하는 장소는 언제나 손님들이 들끓게 마련이다.

이렇게 프로코프는 세기가 바뀔 때마다 연극, 철학, 문학, 정치 등 인문과학 분야에서 당대 최고의 인사들이 드나드는 파리 최고의 문학카페로서 정상을 지켰다.

세계사의 한 페이지를 장식한 위대한 인물들이 프로코프의 단골손님이었다는 역사적 사실은 카페 프로코프의 존재를 더욱더 빛나게 한다. 19세기까지만 해도 에밀 졸라, 발자크, 베를렌느 등 프랑스 최고의 문인들이 찾았던 카페였지만 20세기 들어서는 그 명성이 퇴색되며, 300년 넘게 지켜온 문학카페의 아성을 신생 문학카페들에게 빼앗기는 굴욕을 겪는다.

1800년대 파리에는 규모가 크고 고급스러운 많은 카페가 있었지만 이런 카페들 대부분이 20세기가 되기 전에 문을 닫았다. 즉 하나의 가게로서 혹은 기업으로서 100년을 넘기기는 정말 어렵다는 것을 방증하는 셈이다. 이에 비하면 프로코프는 17세기 말부터 19세기까지 약 200년 넘게 자기 자리를 확실히 지키며 문학카페로 생존하는 데 성공했다. 그러나 생존의 몸부림도 한계가 있었다. 몽파르나스와 생제르맹 데 프레에 생기기 시작한 문학카페들에게 주도권을 빼앗겼고 문학카페로서 더 이상 버티기 어려웠던지 1890년에 완전히 문을 닫았다.

그 후 몇십 년간 프로코프는 다양한 비즈니스의 공간으로 탈바

꿈했지만 1957년에 개조하고 확장하여 역사적인 카페의 이름을 다시 유지한 채 현대식 레스토랑으로 변모해서 300년 이상의 전통을 이어 나가고 있다.

시대가 변하는 만큼 사회의 흐름도 변하고 사람들의 생활양식도 변하면서 20세기 들어 파리의 카페 수는 엄청나게 줄어들었으며 이에 따라 카페들의 생존 전략도 바뀌었다. 하지만 아직도 19세기와 20세기 초반에 생겼던 파리의 고급 카페들이 남아 있다. 21세기 현재 이들 대부분은 카페에서 모두 레스토랑으로 변신했고, 부차적으로 커피를 판다.

카페 드 라 페, 르 돔, 라 쿠폴, 라 클로즈리 데 릴라와 같은 100년 이상의 역사를 가진 문학카페가 이에 해당한다. 이렇게 변신하여 살아남은 카페들처럼 프로코프도 생존 전략으로 레스토랑으로 변신했을 것이다. 프로코프 카페 내부의 알림판에는 '18세기와 19세기 문학과 철학적 삶의 가장 유명한 곳'이라는 문구가 있다.

1835년에 로저 드 보부아르Roger de Beauvoir라는 소설가가 《카페 프로코프》라는 제목으로 한 권의 책을 발간했다. 책이 나온 것은 카페 프로코프가 문을 연 지 약 150년이 지난 시점이다. 꽤 알려진 작가에 의해 책으로 나올 정도라면 카페 프로코프가 얼마나 많은 역사와 이야기가 있는 카페인지 짐작할 수 있다. 프로코프는 진정한 파리 카페의 레전드이며 최고 지존이었다.

1686년에 문을 열고 아직도 영업을 하는 카페 프로코프의 앞쪽 모습. 뒤쪽 출입구에는 테라스가 있다. 13 Rue de l'Ancienne Comédie, 75006 Paris

단테 카페가 왜 파리에 있는가? 소르본느 대학 근처에 단테거리Rue Dante가 있다. 13세기 파리는 유럽에서 학문의 중심이었다. 신곡의 저자로 유명한 이탈리아인 단테도 이때 파리로 유학을 왔다. 단테가 강의를 들은 곳이 지금의 단테거리 근처에 있었기 때문에 단테를 기념하고자 단테거리가 생겨난 것 같다. 파리 카페는 역사적인 인물을 카페명으로 하는 걸 좋아한다. 이 거리에 단테 카페가 있다는 것은 결코 우연이 아니다.

팡테옹Le Panthéon 1781년 완공

팡테옹 내부 푸코의 진자가 움직이는 홀

SUMMARY

1669년 오스만제국의 대사가 태양왕 루이 14세를 알현할 때 가져온 선물이 커피였다. 루이 14세는 쇼콜라(초콜릿)를 즐겼기 때문에 왕궁에 들어온 커피는 처음에는 그렇게 환대받지 못했다. 1672년 파리 시장터에 등장한 첫 카페도 사람들에게 별 인기를 끌지 못했다.

1681년 카페 드 라 레장스Café de la Régence라는 대형 카페가 파리에 들어섰다. 이어서 1686년에 프랑스 카페의 전설이 될 카페 프로코프Café Procope가 문을 열었다. 카페 프로코프는 코미디 프랑세즈(연극 극장) 바로 근처에 있었기 때문에 자연스럽게 고객들은 코미디 프랑세즈에서 연극을 관람하고 온 사람들이거나 혹은 연극과 관련된 연기인, 희곡인, 시인 및 글 쓰는 사람들이 대다수였다. 카페를 이용하는 문화인들은 하루 종일 연극과 문학을 이야기하고 토론을 나누었다. 이런 까닭으로 카페 프로코프를 문학카페Café littéraire라고 했다.

17세기에는 사상적, 문학적 담론은 비공개장소인 살롱에서 했다. 궁정이나 귀족의 저택 살롱에서 인문학적 주제로 대화와 토론을 하는 것을 문학살롱Salon littéraire이라 했다. 문학살롱을 주재하는 사람은 주로 문예에 관심이 많으며 인문학적 소양이 깊은 여성이었으며, 특정한 날 초청한 인원들과 특수 계층만을 위한 지적인 모임인 동시에 사교적인 모임이었지만 폐쇄적이었다.

반면 프로코프 같은 문학카페는 문예에 관심 있는 사람들 뿐 아니라, 관심이 없는 사람들에게도 개방적이었다. 또 카페는 만남과 지식과 정보의 교류와 함께 사교의 장 역할을 했다. 이런 카페의 기능으로 파리에서는 부르주아 계층을 상대로 하는 카페가 생기기 시작했다.

그러나 무엇보다도 카페 프로코프가 사업에 성공하는 기미가 보이자 17세기 말엽부터 카페 프로코프를 모델 삼아 유사한 카페들이 생기기 시작했고 비로소 파리에 제대로 된 카페들이 들어섰다. 파리 카페 역사 초창기 무렵에 오픈한 이 두 개의 대형 카페(프로코프와 레장스)는 카페 드 라 레장스Café de la Régence가 먼저 문을 닫을 때까지 2세기가 넘도록 파리 카페의 지존이었다.

주요 카페

카페 드 라 레장스, 카페 프로코프

현재도 영업하는 업소

카페 프로코프

18세기 – 프랑스혁명과 파리 카페

18세기 파리 카페들의 모습

18세기 동시대의 프랑스 세 저술가들이 당시 파리 카페에 대해 짧게 언급한 글들이 있는데 한 작가는 18세기 초 무렵의 파리 고급 카페를 간단히 설명했으며, 다른 두 작가는 18세기 말경에 보잘것없는 서민들의 카페와 카페에 가는 사람들의 행태를 기술했다.

18세기 초 파리 카페의 모습을 알려주는 쟈크 사바리 데 브뤼롱Jacques Savary des Brûlons이라는 프랑스 세관 검사원의 《상업의 일반적 사전Dictionnaire universel du commerce》이라는 책이 있다. 저자가 1716년 사망한 후 1723년에 발행된 이 책에는 1700년대 초엽의 파리 카페 스타일과 기능이 묘사되었다.

"파리의 카페들은 대부분 화려하게 장식된 대리석 테이블과 거울, 수정 같은 샹들리에로 치장되어 있다. 품행이 바른 많은 사람이 대화의 즐거움을 위해 그곳에 모인다. 또는 주위의 갖가지 뉴스를 알기 위해, 음료를 마시기 위해 카페를 찾는다. 그렇지만 차나 커피와 같은 음료수는 집에서 만들어 마시는 것이 카페에서 사 마시는 것보다 좋았다."

이 글을 살펴보면 카페 드 라 레장스와 카페 프로코프의 영향을 받아서인지 18세기 초 파리의 카페 시설이 고급화되어 있음을 알 수 있다. 또 카페를 출입하는 사람들이 대부분 품행이 바르며 그들은 파리와 그 밖에서 일어나는 일들을 알고 싶어서, 대화를 나누기 위해 카페를 방문한다는 사실을 알 수 있다.

1723년 파리에는 380곳의 카페가 들어섰다.

18세기 작가 루이 세바스티앙 메르시에Louis-Sébastien Mercier(1740~1814)는 1781년에 발행한 그의 저서 《파리의 모습Tableau de paris》에서 당시 파리의 카페 수는 약 600~700개가 있다고 했다. 1720년대의 카페 수보다 약 두 배 늘어난 셈이다. 그의 저서를 통해 18세기 말의 파리 카페의 일면을 들여다보자.

"카페는 아무 일도 하지 않는 사람들의 도피처이며 안식처였다.

그들은 겨울에 자기들의 집 땔감을 절약하기 위해 이곳에서 따듯하게 보낸다. 이들 일부 카페에는 자기들의 학술적 사무실을 가진 이도 있다. 여기서 연극작품을 평가하기도 하고, 그들의 가치와 순위를 매기기도 한다. 초보 시인들은 이곳에서 더 많은 문제를 일으킨다. 비난으로 활동무대에서 쫓겨난 이들은 일반적으로 더 신랄하다. 가장 무자비한 비평가들은 항상 멸시당한 작가다."

이 문장만 봐서는 루이 세바스티앙 메르시에가 들여다본 파리의 카페가 어떤 곳이었는지 모르겠지만 추측해보면 삼류 문화예술가들과 문예인 떨거지들이 주로 가는 카페를 기술한 것 같다. 이런 카페에 출입하는 이들은 프로코프와 같은 고급 카페에는 명함도 들이밀 수 없는 인물들이다. 또 무위도식자들이 모이는 카페라고 기술한 것을 보면 메르시에는 당시 파리의 일반적이고도 평범한 카페를 묘사한 것 같다.

다른 작가 레티프 드 라 브르톤Rétif de La Bretone(1734~1806)은 1788년에 발행한 《파리의 밤들Les nuits de Paris》에서 카페를 단골처럼 드나드는 사람들을 분석했다.

"카페를 습관처럼 가는 사람들은 네 가지 유형의 인물로 나뉜다. 체커Checkers, Jeu de dames 게임을 즐기는 자, 체스를 하는 자, 행인들, 그리고 단골손님들이다. 체커를 즐기는 자들이 제일 많은데, '카페 드 라 레장스(파리에서 가장 유명한 체스 카페)'에서 거의 인정받지 못한 폐물 취급받으며 체스 하는 자들, 그리고 행인들과 단골들이다. 행인들에도 세 부류가 있다. 아무것도 시키지 않고 몸을 데우기 위해 온 사람들, 아무것도 시키지 않고 게임을 보기 위해 온 행인들, 필요에 의해 들어온 외지인들이다. 그리고 단골들은 즐기지도 마시지도 않고 아무 목적도 없이 밤이 올 때까지 기다리며 시간을 보낸다."

1789년 프랑스 대혁명의 기운이 스멀스멀 피어나기 시작할 무렵 파리 카페의 한 단면을 보여주는 글이다. 역시 18세기는 파리의 카페에서 체스를 하는 것이 대세임이 이 글에서도 나타난다. 그리고 앞서 작가 메르시에가 지적한 것처럼 무위도식자들이 카페를 점령하고 하릴없이 시간을 보내는 사회의 일면도 보여준다.

20세기 파리의 카페에서 나타나는 현상이 18세기부터 있었다는 사실은 겨울에 추위를 피해, 집의 난방비를 줄이기 위해 사람들이 카페에서 시간을 보낸다는 것이다. 실제로 1940년대 전후 실존주의 철학자 사르트르와 시몬느 보부아르가 겨울 추위를 피해 하루 종일 난방이 잘 되는 생제르맹 데 프레의 카페에서 보냈다는 실화가 이를 방증한다.

프랑스혁명이 터질 무렵에는 파리에 2,000개의 카페가 있었다. 2,000개의 카페에서 파리시민들은 커피를 마시며 그들의 희노애락을 나누었다. 특히 혁명에 관심이 있는 시민들은 카페에서 혁명의 열기에 휩싸여 커피나 술을 마시며 혁명의 당위성에 대한 논쟁을 벌였을 것이다.

1680년대 파리에는 이미 '카페 드 라 레장스'와 '카페 드 프로코프'처럼 시설이 으리으리한 대형 카페들이 있었다. 17세기 말에 이미 문을 연 이런 고급 시설의 대형 카페와 경쟁하려면 18세기에는 더욱더 좋은 카페들이 생겨나야 했을 것이다. 이에 부합하듯이 18세기 중후반에 팔레 루아얄과 근처에 멋있는 카페들이 들어섰다. 여기서는 18세기 당시 팔레 루아얄과 그 부근의 유명 카페를 간단히 알아보고 18세기 말엽 프랑스혁명 때의 카페에 대해 자세히 알아보기로 한다.

차, 코코아, 커피 중 뭘 마실까?

"혁명 이전의 18세기에 살지 않은 사람은 누구나 인생의 달콤함을 알지 못한다."

18세기 프랑스의 정치가이며 외교관인 탈레랑Talleyrand(1754~1838)의 말이다. 여기서 '인생의 달콤함'은 차Thé(떼), 커피Café(카페), 코코아Chocolat(쇼콜라)를 말한다. 탈리랑은 커피 애찬론자였다. 그는 커피를 '악마와 같은 검은색, 지옥과 같은 뜨거움, 천사와 같이 순수하며 사랑과 같이 부드럽다'고 했다.

18세기 프랑스는 차Thé(떼), 커피Café(카페), 코코아 이렇게 3대

음료수가 각축전을 벌였다. 17세기까지 차와 초콜릿 음료에 밀리던 커피는 18세기 들어서 비로소 그 진가를 발휘했다. 중국에서 온 차, 남아메리카에서 온 코코아, 튀르키예에서 온 커피, 이렇게 모두 외국에서 건너온 세 가지 음료가 18세기 프랑스 음료 판도를 지배했다.

한동안 귀족이나 부르주아 계층의 부인들이 만나서 탁자 앞에 앉아 대화할 때 하는 말이 있었다. 차를 마실까? 코코아를 마실까? 커피를 마실까? 어느 것을 마실까? 이 말들이 항상 화두였다.

0€90
: 2€10

팔레 루아얄의 카페들

팔레 루아얄의 고급 카페

18세기 파리 카페의 중심지는 팔레 루아얄Palais Royal이 있는 곳이었다. 팔레 루아얄은 프랑스 왕궁 루브르궁 옆에 있으며 루이 13세의 재상 리슐리외Richelieu에 의해 1628년에 지어졌고 그는 이곳에서 살았다.

재상의 저택은 그가 죽은 후 왕가에 기증되면서 '왕궁'을 뜻하는 팔레 루아얄이라고 불렀다. 루이 14세는 유년기를 이곳 팔레 루아얄에서 보냈다. 작은 크기와 건물의 위용으로 볼 때 팔레 루아얄 궁전은 왕에게 적합한 궁궐이 아니었다. 왕의 위엄을 충족시켜주는 곳은 바로 옆에 있는 웅장하고 장엄한 루브르궁밖에 없었다. 마침 1648년 일어난 프롱드의 난으로 루이 14세는 팔레 루아얄을 떠나서 루브루궁으로 들어갔다.

그 후 루이 14세의 동생 필리프 도를레앙Louis-Philippe d'Orléans이 팔레 루아얄에 살며, 도를레앙가Duc d'Orléans의 소유가 되었다. 팔레 루아얄은 약 반세기 동안 공사를 하여 1780년 재건립했으며 정원과 미술관이 있고 카페, 레스토랑, 술집, 게임룸 및 기타 유흥을 즐길 수 있는 거대한 상업적 복합공간으로 탈바꿈되었고, 왕궁은 시민의 공간으로 개방되었다.

우아하고 아름다웠던 팔레 루아얄은 과거에 귀족과 부자들만 입장할 수 있었으나 재건축 후 자유로운 파리 사회를 위한 우아하고 세련된 만남의 장소로 유명해졌다. 특히 건물 안에 조성된 정원Les jardins du palais Royal은 귀족, 부르주아, 예술가들이 가장 선호하는 만남의 장소였다. 팔레 루아얄은 정원을 둘러싼 회랑Arcade이 있는 사각형 형태의 대형 건물이다. 북쪽 회랑을 갤러리 보졸레La galerie de Beaujolais, 남쪽을 갤러리 자르댕La galerie du Jardin, 동쪽을 갤러리 발루아La galerie de Valois, 서쪽 회랑을 갤러리 몽팡시에La galerie de Montpensier라고 했다.

이렇게 팔레 루아얄의 동서남북 회랑에는 카페와 레스토랑뿐만 아니라 상점, 서점, 심지어 칼을 파는 점포까지 있었다. 프랑스혁명 당시 지롱드파의 편에 선 프랑스 북부의 캉Caen에서 온 24세의 처녀 샤를로트 코르데이Charlotte Corday(1768~1793)는 혁명 세력의 리더 중 한 명인 마라Marat를 만나기 전에 이곳 팔레 루아얄의 가게에서 미리 칼을 샀다.

1793년 7월 13일, 마라는 자기 집 목욕탕에서 샤를로트 코르데이가 찌른 칼에 의해 살해된다. 샤를로트는 마라를 살해한 후 현장에서 바로 체포되었다. 그녀는 혁명 재판에서 속전속결로 판결받고 마라를 살해한 지 4일 만인 7월 17일 단두대의 이슬로 사라졌다.

의협심이 강했던 그녀는 형장에서도 의연했다. 아름다운 미모에 꽃다운 나이로 단두대의 이슬로 사라진 그녀를 마음에 품은 남성이 많았다고 한다. 그녀의 사후, 1847년 프랑스 작가 알퐁스 드 라마르틴Alphonse de Lamartine은 그녀에게 '암살의 천사'라는 애칭을 붙여주었다.

18세기 중반부터 19세기 초반까지 팔레 루아얄Palais Royal 쪽으로 파리의 대표적 대형 카페들이 문을 열었고 장사는 번창했다. 이미 17세기 말, 1681년에 팔레 루아얄 부근에서 문을 연 카페 드 라 레장스Café de la Régence를 필두로 카페 드 프와Café de Foy(1749~1874), 코라자Corrazza(1787년 개업), 카페 밀리테르Café militaire(1762년 개업), 카페 뒤 카보Café du Caveau(1789년 개업)가 팔레 루아얄과 그 부근에서 문을 열었다.

이 중 기록물로 보관되어 지금도 그 존재를 확인할 수 있는 카페 밀리테르Café militaire를 알아보자. 카페 드 프와Café de Foy와 카페 코라자Corrazza는 프랑스혁명과 관계가 깊으므로 프랑스혁명 편에서 다루기로 한다.

카페 밀리테르Café militaire

카페 밀리테르Café militaire는 1762년 팔레 루아얄 근처 생토노레 거리Rue Saint-Honoré, 지금의 루브르 골동품Le Louvre des Antiquaires 상가에 오픈했다. '밀리테르'라는 명칭에서 군대에 관련된 느낌이 드는 것처럼 군인 장교들을 위한 휴식처 카페였다. 당연히 내부 장식도 군인과 연관된 것으로 꾸며졌다.

내부 장식은 끌로드 니콜라 르두Claude-Nicolas Ledoux(1736~1806)의 작품으로, 그는 루이 16세를 고객으로 둔 당대의 유명한 장식가이며 건축가였다. 밀리테르 카페의 주인은 당대 최고의 건축가이며 장식가에게 카페 내부 장식을 맡겨서 카페를 고급화하고 예술적으로 꾸몄다. 이렇게 유명 아티스트와 콜라보레이션으로 카페의 가치를 드높이면서 파리의 명사들이 소문을 듣고 오게 하는 전략적인 방법을 택했다.

카페 공간과 내부 인테리어의 엄격함과 절제미는 '승리한 전투 후에 병사들의 휴식을 위한 잘 정비된 군사 캠프를 표현하고 싶었다'는 건축가의 정신이 잘 나타나 있다. 카페의 풍속도를 알아볼 수 있는 카페 밀리테르의 내부 장식품의 일부는 현재 파리 카르나발레 박물관Musée Carnavalet에 소장되어 있다.

카르나발레 박물관은 파리시 마레Marais구역에 있으며 로마 시대부터 현재에 이르는 파리의 역사에 관한 유산과 기록물을 전시하며 그중에서도 16~19세기 역사에 관련된 자료가 많다.

카르나발레 박물관 입구. 2018년 5월 이곳을 방문했을 때 건물 재 단장으로 1년 넘게 휴관한다고 고지되어 있었다. 이번 여행에서 반드시 들러야 하는 곳이었는데 다음을 기약할 수밖에 없었다.

팔레 루아얄의 카페와 매춘

팔레 루아얄 안쪽에 꾸민 정원Les jardins du palais Royal은 18세기 말에는 의심의 여지 없이 귀족, 부르주아와 문화예술가들, 그리고 사상의 자유를 추종하는 모든 이들이 가장 좋아하는 만남의 장소였다. 정원을 산책하는 사람들이 읽을거리로 선호하는 도서 중에는 금서로 지정된 루소와 볼테르의 책들도 있었다. 그들에게는 생각의

팔레 루아얄 회랑에 있었던 카페와 같은 건물 스타일의 카페. 리볼리 도로Rue de Rivoli에 있다.

자유는 물론 도덕의 자유도 있었다.

팔레 루아얄 아케이드에 밤이 오면 화류계의 여자들이 이 자리를 차지했고 부근의 고급 카페에서도 매춘부Les petites vertus들이 진을 치고 요염하게 남자들을 유혹했다. 신분이 있는 남성들은 발작크가 묘사한 기쁨의 여성들Filles de joies (매춘부)에게서 잃어버린 환상을 찾았다.

1760년 팔레 루아얄에서 멋을 부리며 성매매를 한 여성들은 7천 명 정도였으며 프랑스혁명 때 그 수는 2만 명으로 늘었고 혁명이 끝난 총재정부Le Directoire(1795~1799)시대 말년에는 매춘부 수가 30만 명을 넘어섰다. 1852년의 공식 통계에 의하면 팔레 루아얄Palais-Royal 지역은 그 당시 가장 부유한 유곽(매음굴)이었고, 주요 고객은 상류 계급이었다.

팔레 루아얄의 고급 카페 중심으로 성이 문란해지자 1836년 루이 필리프 왕은 이곳의 도박장과 매음에 철퇴를 가했고, 팔레 루아얄 갤러리에 있는 카페들은 영업에 큰 타격을 받았다. 이런 조치로 직접적인 영향을 받은 팔레 루아얄의 카페들은 점점 활기를 잃어가게 되었고 100년이 넘던 영광의 시대를 마감했다.

오늘날 팔레 루아얄 정원의 아케이드에는 카페가 10여 개 있을 뿐이다. 다행히 1784년 고급 카페로 문을 열고 유행을 선도한 르 그랑 베푸르Le Grand Véfour가 레스토랑으로 바뀌어 영업 중이다. 프랑스혁명 때는 이 카페에 당통Danton과 마라Marat가 드나들면서 이름이 났다.

20세기 들어서는 장 콕토Jean Cocteau, 앙드레 말로André Malraux, 콜레트Colette, 루이 아라공Louis Aragon, 장 폴 사르트르Jean-Paul Sartre와 시몬느 드 보부아르Simone de Beauvoir 등과 같은 위대한 문인들과 사상가들에 의해 이 카페의 분위기가 더 풍성하고 격조가 높아졌던 때가 있었다.

그리고 시간이 흘러 1860년 오스만 남작의 파리 개조 사업으로 등장한 불르바르Boulevard (큰 도로) 시대에 오페라 가르니에를 중심으로 한 이탈리앙 대로와 카퓌신느 대로에서 고급 카페들은 다시 꽃을 피우게 된다.

르 그랑 베푸르 Le Grand Véfour

개업연도 1784년

업종 : 카페, 레스토랑

위치 : Galerie de Beaujolais des jardins du Palais-Royal

주요고객 : 당통Danton, 마라Marat, 나폴레옹, 장 콕토Jean Cocteau, 앙드레 말로André Malraux, 콜레트Colette, 루이 아라공Louis Aragon, 장 폴 사르트르Jean-Paul Sartre, 시몬느 드 보봐르Simone de Beauvoir

---

Au Vieux Paris(오래된 파리에서)의 테라스에서. 윤석재 作 (photographic)

카페와 프랑스혁명

정치 토론장이 된 팔레 루아얄의 고급 카페들

오귀스트 르파주Auguste Lepage는 1882년에 발간된 그의 저서《파리의 문예카페들Les cafés artistiques et littéraires de Paris》에서 팔레 루아얄의 지역에 있는 문학카페들이 프랑스혁명을 계기로 정치카페로 변해가는 사실을 기술했다.

"1789년까지 작가들이 모이는 파리 카페들은 정치와는 무관한 문학적 중심지였다. 그러나 혁명의 시점부터 정치인들이 시인과 산문작가(소설가, 에세이작가)들을 대체했다. 팔레 루아얄Palais-Royal의 가게(카페 포함)들은 소규모 의회가 되었으며, 알려진 인물이나 혹은 전혀 모르는 사람들도 그곳에서 그들의 정치적 의견을 주고받았다."

팔레 루아얄 지역과 그 부근에는 고급 카페들이 먼저 자연스럽게 정치카페로 변해갔다. 대표적인 정치카페는 프랑스 카페 역사에서 아직도 회자되는 카페 프와Foy, 카페 코라자Corrazza, 카페 드 라 레장스 등이 있었으며 그 외에도 열거하기 어려울 정도로 많은 카페가 있었다. 파리의 카페들 대부분은 혁명의 시대에 완전히 정치적인 논쟁의 장으로 탈바꿈하여 카페 본연의 기능 중 만남, 대화, 토론, 소식 듣기를 제공하는 장소로 자연스럽게 변모되었다.

프랑스혁명의 도화선, 카페 드 프와Café de Foy

'카페 드 프와'는 팔레 루아얄 서쪽 갤러리를 칭하는 몽팡시에 회랑Galerie Montpensier에서 아이스크림과 다과와 음료수를 파는 가게로 1784년에 문을 열었다. 팔레 루아얄에 최초로 들어선 카페였다.

그전에는 팔레 루아얄의 주인인 필리프 도를레앙 공에게 독점권을 받아 팔레 루아얄 정원의 밤나무가 있는 길가에서 테이블도 없이 의자만 놓고 다과와 아이스크림을 팔았다. 이렇게 노천에서 의자를 놓고 음료를 팔던 것이 파리 노천카페(테라스 카페)의 시초라는 설도 있다.

이 카페의 여주인 마담 주서로Madame Joussereau는 뛰어난 미모로 사람들의 시선을 많이 받았다. 마담 주서로의 미모가 소문나자 팔레 루아얄의 주인(루이 14세 동생 필리프 도를레앙 공)이 가게로 찾아간 것이 인연이 되어 '카페 드 프와'가 탄생할 수 있었다.

마담 주서로의 부탁으로 필리프 도를레앙 공은 팔레 루아얄 정원의 한 모퉁이에서 그녀의 남편이 아이스크림을 팔도록 허락했다. 그 후 팔레 루아얄의 건물이 완성되자 그녀는 몽팡시에 회랑La galerie de Montpensier에서 최초로 카페 문을 여는 행운을 얻었다. 아이스크림을 파는 가게로 출발한 '카페 드 프와'가 프랑스 역사의 한 장에 그 이름을 올리는 날이 왔다.

'카페 드 프와'가 프랑스혁명의 도화선이 되었기 때문이다. 혁명을 지지하던 젊은 변호사 카미유 데물랭Camille Desmoulins(1760~1794)은 소송 의뢰가 없어 거의 백수에 가까운 인물이었다. 1789년 7월 어느 날 카미유 데물랭은 마로니에 초록 잎으로 모자에 모표(군인 혹은 당원 등을 모자에 표시하는 것)를 하고 카페의 테이블에 올라가서 뛰어난 언변으로 민중들을 선동했다.

"시민 여러분, 저는 베르사유에서 왔습니다. 스위스와 독일 대대는 샹 드 마르스Champ de Mars에 모여 있으며 우리를 학살하기 위해 출동할 것입니다. 우리에게 남은 자원은 하나뿐입니다. 그것은 무장하고 우리가 서로를 인식하기 위해 모표를 만드는 것입니다. 희망의 색깔인 녹색이 우리 것이 될 것입니다."

그는 마로니에 나무에서 뜯어낸 초록색 잎으로 모표帽標(모자에 붙이는 일정한 표지)를 만들었다. 그가 모자에 마로니에 초록색 잎을 모표帽標로 선택한 이유는 희망을 상징하는 색이기 때문이며, 시위가 발생했을 때 적과 동지를 구별하여 반대파 사람들로부터 폭언과 폭행을 피하기 위함이었다.

데물랭이 연설했을 때 호메르스, 키케로, 카페 프로코프라는 단어도 있었다고 한다. 카페 프로코프를 들먹인 이유는 이곳에서 계몽주의의 사상가들이 거의 매일 모여서 만인에 대한 자유와 평등을 논하고 사상으로 정립한 것을 군중들의 뇌리에 깊게 인식시켜주고 왕정과 구체제에 대한 적개심을 자극하려는 생각이었을 것이다.

"시민들이여, 무기를 들라!(Citoyennes, Aux Armes!)"

데믈랭이 외쳤다. 카페에 모여 있는 수많은 부르주아를 선동시킨 이 날은 7월 12일 오후였다. 그리고 다음, 다음날 7월 14일 군중들은 바스티유 감옥으로 쳐들어갔다. 드디어 프랑스 대혁명의 화약고에 불덩이가 던져졌다. 이처럼 프랑스 대혁명의 신호탄이 터져 오른 곳은 바로 팔레 루아얄에 있는 '카페 드 프와'에서였다.

데믈랭이 격렬하게 외쳤던 구호 '시민들이여, 무기를 들라!(Aux armes citoyens!)'는 프랑스 국가 '라 마르세예즈La Marseillaise'의 후렴구에 들어 있다. 라 마르세예즈를 작사한 이는 프랑스 공병 장교였다.

1792년 4월 20일 프랑스혁명 정부가 오스트리아에 대해 선전포고하자, 프랑스 동쪽 끝 스트라스부르그에서 이 소식을 들은 공병 대위 클로드 조제프 루제 드 릴Claude Joseph Rouget de Lisle(1760~1836)이

출정 부대를 격려하기 위해 하룻밤 만에 작사, 작곡한 군가였다.

이 노래는 프랑스 제1공화국 때는 국가로 사용되었으나 나폴레옹이 가사 내용이 너무 전투적이고 잔인하다고 금지했다. 이후 1879년에 이르러서 우여곡절 끝에 국가로 다시 사용하게 되었다. 총 7절까지로 구성된 프랑스의 국가를 들으면 문화 선진국답지 않게 오히려 가장 폭력적이고 잔인한 가사로 채워져 있음을 알고 놀라게 된다.

바스티유 광장Place de la Bastille은 1789년 7월 14일부터 1790년 7월 14일 사이에 옛 바스티유 요새가 파괴된 프랑스 혁명의 상징적인 장소다. 1989년 오픈한 바스티유 오페라도 함께 있다.

다음은 프랑스 국가 1절이다.

나가자 조국의 자녀들아,
영광의 날이 왔노라!
우리가 맞서는 저 폭군의 피 묻은 깃발이 올랐다, (반복)
들리는가, 저 들판에서 고함치는 흉폭한 적들의 소리가?
그들이 턱밑까지 다가온다,
그대들 처자식의 목을 베러!

(후렴)
무기를 들라, 시민들이여!
전투 대대를 갖추라.
행진, 행진!
저 더러운 피가
우리의 밭고랑을 적시도록.

자코뱅당에 속한 카미유 데물랭은 변호사로, 혁명 리더 중 한 명이었으며 변호사라는 타이틀보다 저널리스트로 더 명성을 날렸고, 혁명의 시대에 팔레 루아얄의 카페에서 살다시피 했다. '카페 드 프와'는 프랑스혁명의 산실이며 혁명 세력의 아지트이기도 했다.

혁명 리더들은 수많은 사람을 단두대에서 피가 흐르도록 잔인하게 죽인 것처럼 본인들도 혁명의 동지 당통Danton과 함께 단두대에서 피를 흘리며 짧은 삶을 마감해야 했다. 1794년 4월 5일, 30대 중반의 열혈남아였던 혁명의 투사 두 명은 콩코르드 광장에서 기요틴으로 처형당했다.

혁명의 3인방, 카페 밀실에서

프랑스혁명은 유럽을 흔들었다.

1791년 1월 21일, 루이 16세의 머리가 기요틴으로부터 떨어져 나간 후, 프랑스의 모든 것은 원래대로 되돌아가지 않았다. 그날 이후 구체제(앙시앵 레짐Ancien Régime)는 혁명파에 의해 루이 15세 광장(지금의 콩코르드 광장)에서 기요틴에 목이 잘렸다.

혁명 이후 프랑스의 문호 빅트르 위고는 1793년 무렵의 프랑스혁명을 다룬 그의 마지막 소설 《93Quatrevingt-Treize》을 1874년에 발표했다. '93'은 1793년을 뜻한다. 이 소설에는 프랑스혁명 때 카페 밀실에 어떤 인물들이 모여서 역사적 사건을 만들었는지를 정밀하게 묘사한 장면이 있다. 그것은 혁명의 주체세력 3인방이 카페에서 회동한 장면이다.

작품명 : 3 Vertical Objects, 윤석재 作 (photographic)
콩코르드 광장La Place de la Concorde의 오벨리스크와 에펠탑. 광장은 1772년 완공. 프랑스 혁명때에는 '혁명의 광장'으로 불렸다. 루이 16세와 왕비 마리 앙투아네트, 그리고 혁명을 이끈 로베스피에르, 당통, 데물랭도 여기서 기요틴(단두대)으로 처형당했다.

"팡Paon(공작새) 거리에는 '카페café'라고 불리는 카바레가 있었다. 그 카페에는 역사적인 뒷방이 있다. 공공연히 서로가 말하기를 꺼리지만 정말 위세가 당당하고, 주위를 경계해야 할 사람들이 때때로 비밀리에 그곳에서 만났다. 그곳 카페에서 1792년 10월 23일, 산악파(프랑스혁명 당시 급진파)와 지롱드파(프랑스혁명 당시 온건파) 간에 유명한 결탁이 맺어졌다. (중략)

1793년 6월 28일, 세 남자가 이 카페의 뒷방에 있는 테이블 주위로 모였다. 그들은 각각 테이블의 한 자리씩을 차지하고 앉았으며, 4번째 자리는 비어 있었다. 그때가 저녁 8시경이었다. 바깥은 여전히 밝았으나 뒷방은 어두웠다. (중략)

이 사람들 중 첫 인물은 로베스피에르Robespierre, 두 번째는 당통Danton, 세 번째는 마라Marat였다. 그들만이 이 방 안에 있었다. 당통 앞에는 루터의 맥주잔을 연상시키는 먼지 덮인 유리잔과 와인 한 병이 있었고, 마라 앞에는 커피 한 잔이, 로베스피에르 앞에는 서류가 있었다."

카페 뒷방에서 있었던 세 명의 회담은 꽤 오래 걸렸다. 회의의 주제는 로베스피에르가 탁자에 얹어 놓은 서류에 적힌 내용에 관한 것이었다. 이 소설에서 빅토르 위고는 혁명의 삼총사가 카페 밀실에서 무슨 회동을 했는지를 보여준다. 프랑스혁명은 카페에서 불씨가 타올랐듯이 역시 혁명 세력들도 이같이 카페에서 프랑스 근세 역사를 만들거나 뒤집기도 했다.

빅토르 위고는 혁명 삼인방의 얼굴 모습을 자세히 묘사했다.

"로베스피에르는 창백하고 젊고 진지하며 얇은 입술과 차가운 표정을 지녔고, 그의 뺨에는 웃음을 방해하는 긴장된 경련이 있었다. 당통의 얼굴은 작은 수두 자국이 있고, 눈썹 사이에는 분노의 주름이, 입가에는 사교성이 묻어 있는 주름이, 두꺼운 입술과 큰 이빨, 짐꾼과 같은 주먹, 밝은 눈을 가졌다. 마라의 머리는 뒤로 넘겨져 손수건으로 묶여 있었고, 푸르스름한 검버섯이 있는 얼굴에 시뻘겋게 충혈된 눈과 거대하게 큰 끔찍한 입을 가지고 있었다."고 각각 묘사했다.

또한 마라는 회담을 하는 동안 자기가 키우는 경비견이 방 밖을

파리 지하철 오데옹역을 나오면 당통 동상이 있다.

지키게 했다고 소설에 쓰여 있다.

정치 파벌화된 카페들

프랑스혁명이 터진 후 혁명의 소용돌이가 강하게 일어난 파리는 정치 클럽(자코뱅파, 지롱드파, 산악파, 푀양파 등의 정치집단)들이 카페를 정치 토론장으로 활활 불태웠다. 즉 왕당파, 자코뱅파, 지롱드파, 산악파 등의 정치집단들이 자기들만이 모이는 카페들을 정해서 그곳을 회합 장소로, 토론 장소로 사용하며 밤이 새도록 토론하거나 술로 지새웠다.

정치카페들은 주로 팔레 루아얄과 그 부근, 그리고 생토노레 거리Rue Saint-Honoré에 있었다. 왕당파들은 카페 샤르트르Chartres, 카페 발루아Valois 등에 주둔했으며 자코뱅파들은 카페 코라자와 카페 드라 레장스에서 주로 활동했다.

팔레 루아얄의 4개 회랑Galerie 중 하나인 서쪽 갤러리 몽팡시에Galerie de Montpensier에 자리 잡은 카페 코라자Le café Corazza는 1787년 오픈했으며 '마라스키노 소르베Sorbet au marasquin(지중해산 버찌로 만든 아이스크림)'로 유명한 카페였다. 프랑스혁명 때 이 카페는 자코뱅파의 또 다른 본부로 사용될 정도로 로베스피에르와 그와 함께하는 주요 세력들의 아지트나 다름없었다.

자코뱅파의 본부는 팔레 루아얄에서 가까운 생토노레 거리Rue Saint-Honoré의 자코뱅 수도원이었으며 이 수도원의 이름을 따서 혁명 세력은 자코뱅 클럽Club des Jacobins이라고 했다. 자코뱅파는 헌법을 위한 친구들의 모임La société des Amis de la Constitution이라는 부속 명칭도 사용했다. 이 업소는 카페 프와Café de Foy와 함께 혁명을 거의 광신도적으로 지지하는 사람들이 모이는 카페로 유명했다.

루이 16세를 단두대로 보낸 자코뱅당의 혁명파들은 왕이 처형된 날, 당시 맛있는 음식과 음료로 인기가 높았던 카페 코라자Corrazza에 모였다. 그들은 그곳에서 도박판을 벌이면서 한편으로는 반혁명 세력들을 제거하는 음모를 꾸몄다.

카페 코라자에 나폴레옹 보나파르트도 자주 출입했다. 오귀스트 파쥬는 그의 파리 카페에 대한 저서에서 카페 '코라자'와 카페 '프와'는 가장 열성적인 혁명 당원들과 정치에 광적인 사람들이 들끓었던 곳이라 했다.

프랑스혁명 발발 이후 파리의 카페는 약 3,000개로 늘어나 있었고, 세계 최초의 문학카페 프로코프도 계속 영업 중이었다. 프랑스혁명 기간에 과격 진보주의인 코르들리에Club des Cordeliers클럽은 카페 프로코프 근처에 있었다. 이런 지리적 관계로 파리 최초의 문학카페 프로코프는 본의 아니게 혁명파들의 차지가 되었다.

파리 지하철 오데옹역에는 당통의 이름을 차용한 당통카페가 있다.

프로코프는 문학카페에서 정치카페로 바뀌었다. 혁명파의 우두머리 당통Danton과 마라Marat는 카페 프로코프를 열심히 드나들었고, 로베스피에르도 이 카페에 이따금 와서 커피를 마셨다. 또 다른 혁명 세력들은 카페 드 라 레장스와 카페 프와에 진을 쳤다.

다른 혁명 세력이란 자코뱅클럽Club des jacobins으로 당연히 로베스피에르도 거기에 있었다. 특히 로베스피에르는 카페 드 라 레장스를 자주 이용했다. 프랑스혁명파의 3대 거두 로베스피에르와 당통, 마라는 파리에서 최고 오래된 두 카페, 즉 카페 드 라 레장스와 카페 프로코프를 사실상 점령하고 혁명의 회오리를 몰고 다녔다.

황제가 되기 전의 정치군인 나폴레옹도 카페 프로코프와 카페 드 라 레장스를 동시에 드나들었다.

이처럼 혁명의 시대에 팔레 루아얄의 카페들은 정치적인 혁명 단체들 혹은 연맹들의 모임의 장으로 변했다. 팔레 루아얄 지역의 카페뿐만 아니라 카페 프로코프 등과 같이 유명한 파리의 카페들도 늘 혁명에 들뜬 세력들과 이에 반대하는 반혁명 세력들의 집회, 연설, 토론 등의 장소로 북적였다. 자코뱅당원들이 주로 갔던 카페는 팔레 루아얄 바로 옆 생토노레 거리에 있는 카페 시네, 카페 마들렌, 그리고 카페 슈레티엔 등이 있었다. 1793년 말 정치 연맹, 정치 단체들의 지회는 모두 6천여 개나 되었고 혁명의 소용돌이 속

이탈리아 태생 시인 기욤 아폴리네르가 생제르맹 데 프레 지역에서 문학활동을 하며 문예지를 발간했다. 그래서 이곳에 기욤 아폴리네르라는 거리명이 생겼다. 이 도로에 나폴레옹의 이름을 차명한 보나파르트 카페가 있는데 보나파르트 도로와 접하고 있다. 카페 '레 드 마고' 바로 뒷 블록에 있다. 위치: 42 Rue Boanparte 파리 6구

에 덩달아 불어난 것이 카페였다. 이때 정치와 카페는 떼어놓을 수 없는 불가분의 관계였다. 혁명의 과도기에 사람들은 흥분했고 그들이 몰리는 곳은 단연 카페였으니 이런 흥분한 사람들을 대상으로 카페에서 일장 연설을 하는 사람들이 많아졌다.

카페와 집회의 연설은 결국 사람들에게 연설을 들을 수 있는 권리를 주었다. 카페에는 혁명파 혹은 반혁명파들과 또는 정치에 미친 사람들이 와서 손님들 대상으로 연설을 하는 바람에 카페 주인들은 장사에 애를 먹었다. 기민한 카페 주인들은 이런 선동자들을 쫓아내기 위해 음료수 가격을 올리기도 했다.

마침내 1794년 혁명의 냉혈아 로베스피에르Robespierre 자신도 단두대에서 처형되었다. 혁명의 불길이 꺼져가자 거대한 정치적 살육의 현장에도 종말이 왔다. 프랑스 전국에 산재했던 정치적 이익집단들도 소강상태에 빠졌다.

영웅은 난세에 나온다고 했다. 나폴레옹이 혁명이 끝날 무렵 프랑스 역사에 화려하게 등장하고 황제로 등극하자 정치적인 시설물과 카페에 모였던 정치 패거리들은 완전히 사라졌다.

1766년에 오픈한 라뻬루즈Lapérouse. 1933년 최초로 미슐랭 3스타를 받은 레스토랑이다. 에밀 졸라, 모파상, 보들레르, 빅토르 위고 등 당대 유명 문예인들이 즐겨 찾던 곳이다.

시테섬 안에 있는 노트르담 대성당. 1163년 시공하여 1345년 완공한 대표적인 고딕양식 건축물

SUMMARY

18세기, 이국적 음료 세 가지가 파리 여성들을 유혹했다. 차Thé, 커피Café 그리고 코코아Chocolat는 모두 외국에서 들어온 음료였다. 셋 중에 커피가 제일 늦게 파리에 소개되었지만 18세기 들어 빠르게 부르주아층으로부터 퍼져나갔다. 커피의 확산으로 파리에는 자연히 카페가 불어났다.

18세기에 프랑스의 계몽주의 사상은 유럽의 문학과 사상에 많은 영향을 끼쳤다. 프랑스의 계몽주의자들 루소, 볼테르, 디드로 등은 카페 프로코프에서 진을 치고 토론하면서 그들의 사상을 정리하는 한편, 《백과전서》를 편찬했다. 계몽주의의 영향으로 파리에는 카페 수가 더 늘어났다. 계몽주의 시대에도 사람들은 대화와 토론을 할 장소가 필요했고 또 공론화할 수 있는 공공장소가 필요했기 때문이다.

프랑스혁명의 도화선에 불을 붙인 곳은, 팔레 루아얄에 있는 카페 프와Café de Foy였다. 혁명이 발발할 즈음에는 혁명파와 반혁명파가 격한 정치적 논쟁을 벌인 장소도 역시 카페였다. 부르주아 계층뿐만이 아니라 일반 시민과 노동자들도 그들만이 가는 카페에서 혁명에 대한 개개인들의 생각을 마음대로 피력했다.

프랑스혁명 기간에 파리 카페의 기능은 정치적 토론의 장으로서 자리매김했다. 문학가와 예술가들이 주로 모이던 특정 카페들은 거의 모두 정치카페로 바뀌었다. 주요 정치 클럽들은 그들의 정치세력을 더욱 확대하기 위해 전국적으로 많은 지부를 만드는 바람에 덩달아서 카페 수도 늘어났다.

혁명 후에 파리에는 3,000개 이상의 카페가 장사했다. 18세기 파리 고급 카페의 중심 지역은 팔레 루아얄과 그 부근 지역으로 대형 카페와 유명 카페들이 많이 들어섰고 또한 사업이 번창했다. 프랑스혁명 때에도 이 일대의 카페들이 정치카페로 변하여 한몫을 단단히 했다. 18세기 말엽에는 팔레 루아얄과 부근에 있던 카페에서 도박과 매춘이 성행해서 사회적 문제가 되기도 했다.

주요 카페

카페 프로코프Le Café Procope, 카페 드 라 레장스Café de la Régence, 카페 드 프와Café de Foy, 카페 코라쟈Corrazza, 카페 밀리테르Café militaire, 카페 뒤 카보Café du Caveau, 르 그랑 베푸르Le Grand Véfour

현재도 영업하는 업소

카페 프로코프Le Café Procope, 르 그랑 베푸르Le Grand Véfour

루브르 박물관. 1793년 박물관으로 오픈했다.

Copyright © Yun. SeokJae

19세기 – 파리 카페의 황금시대

파리 카페의 황금분할 시대

19세기 파리의 카페는 크게 지역적으로 팔레 루아얄, 파리 개조 사업 이후의 대로변, 그리고 몽마르트르 지역으로 황금분할 시대를 맞이하게 된다. 파리 카페의 황금시대였던 19세기, 프랑스혁명 때 정치카페로 이름을 떨쳤던 업소들은 다시 본연의 카페로 돌아갔다.

19세기 초반에는 프랑스혁명 기간 카페의 성지聖地였던 팔레 루아얄을 중심으로 그 부근에 유명 카페들이 들어서기 시작했다. 역시 팔레 루아얄은 귀족들이나 부르주아를 대상으로 카페를 운영하기에 딱 좋은 입지 조건을 가지고 있었다. 또 다른 지형 변화는 오스만 남작의 파리 개조 사업 후 19세기 중반 무렵부터 대로변에 생겨난 대형 카페의 등장이다.

19세기는 건축과 실내장식에 있어서 제국주의 양식과 아르누보Art Nouveau 시대였다. 카페 주인들은 아름답고 멋있는 카페를 만드는 데 투자를 아끼지 않았다. 실내장식도 19세기 초반에는 제2제정의 장식예술 스타일로, 19세기 말에는 새로운 아르누보의 스타일에 맞게 장엄하고 화려하게 꾸몄다. 이런 카페의 호화로운 장식에 압도당한 일반인들은 문을 열고 들어가지 못하고 밖에서만 쳐다볼 뿐이었다.

19세기 중반에 오픈한 '카페 드 라 페'. 제2제정 인테리어 양식으로 화려하게 장식을 해서 현재도 영업 중이다. 업체는 코로나 팬데믹 기간에 리뉴얼 작업을 해서 내부 모습을 완전히 바꾸었다. 2018년 5월 촬영

특히 오페라 가르니에 부근과 이탈리앙 대로에 들어선 대형 고급 카페들은 파리뿐만 아니라 유럽에서도 명성이 자자한 업소가 되었다. 유럽의 귀족 중 일부와 돈 많은 한량들은 이탈리앙 대로에 있는 유명 카페에 한 번쯤 들러야 한다고 생각할 정도였다.

19세기 중·후반 무렵에 몽마르트르가 파리시에 편입되고 난 후 그곳에는 예술가들을 고객으로 하는 카페들이 들어섰다. 이곳의 카페들은 미술 인상주의가 탄생하는 데 지대한 공헌을 했다. 특히 인상주의 화풍을 따르는 화가들이 특정 카페에 모임으로서 그곳은 역사적인 카페가 되었다.

19세기에도 왜 파리 사람들이 카페를 찾는지, 또 단골손님들은 어떤 유형의 사람들인지 그 궁금증을 해소해주는 책이 있다. 조리스 카를 위스망Joris-Karl Huysmans(1848~1907)은 그의 저서 《카페의 단골손님들Les habitués de café》에서 다음과 같이 말한다.

"어떤 사람들은 갈증을 해소하려고 온 단골손님들과 관계를 유지하기 위해, 또는 다른 단골들과 비즈니스적인 '좋은 거래'를 준비하기 위해 카페를 정기적으로 방문한다. 어떤 사람들은 게임의 열정을 충족시키기 위해 그곳을 간다. 보푸라기를 밀은 당구대에서 부딪치면 소리 나는 당구를 치러, 도미노 게임을 위해, 토론하기 위해, 조용히 카드놀이를 하러, 회의에서 따분함을 피하려, 어린아이의 울음소리에 지쳐서 불평하는 여자를 피하려고, 저녁 밥

오 로쉐 드 캉칼Au Rocher de Cancale. 1802년에 오픈함. 19세기 초부터 밤 늦게 디너를 제공해서 공연장, 오페라극장에서 공연을 보고 나온 사람들에게 인기가 높았던 레스토랑. 현재는 카페도 겸하고 있다.

VAUDEVILLE
VAUDEVILLE

상을 제대로 차려먹지 못한 것을 해결하기 위해 카페로 간다. 또 단순히 여러 가지 잔에 다양한 술을 마시러 오는 사람들, 정치적 잔소리를 쏟아내기 위해 퇴직한 사람들로 가득 찬 곳을 물색하러 다니는 사람들도 부지기수였다. 독신자들은 경제적 사정을 감안해 땔감과 기름, 심지어 신문까지, 돈 드는 것을 절약하기 위해 카페에 간다. 누가 이런 단골들을 모르는가?"

당시 파리시민들은 위스망이 지적한 다양한 이유로 카페를 찾았다. 19세기는 카페에서 체스보다 당구를 칠 수 있게 변화를 준 오락적 기능을 제공했다. 그리고 카페를 찾는 사람들이 식자층이나 부르주아 계층에서 일반인으로 좀 더 보편화되어 가고 있음을 알 수가 있다. 또한 19세기에도 여전히 난방비를 절약하기 위해 카페에 와서 보내는 사람들이 많다는 것도 알려준다.

고급 카페나 유명 카페를 찾는 부류에 대해서는 1867년에 발행된 프랑스의 작가 알프레드 델보Alfred Delvau의 저서 《파리의 즐거움Le Plaisir de Paris》에서도 설명하고 있다.

"당시 출세를 위한 사람들은 부르주아나 사교계 사람들이 있는 곳이라면 또 유행하는 곳이라면 물불을 가리지 않고 뛰어들었다. 파리에서의 삶은 다람쥐 쳇바퀴 돌 듯이 사람들은 매일 습관처럼 같은 구역을 맴돌고 있었다. 피가로 신문사가 있는 몽마르트르에서 내려와 카페 마드리드로 간다.

그리고 마드리드에서 디노쇼Dinochau카페로, 또 디노쇼에서 카페 라 모르Rat-Mort로, 라 모르에서 카페 바리에테Variétés로, 바리에테에서 바쉐트Vachette카페로. 카페에서 대화하고 의논하고, 웃고, 담배를 피우고, 지나가는 사람들을 바라보거나 열을 지어 가는 마차를 본다."

고급 카페는 사교계의 중심 무대였다. 그곳에 모인 정치, 사회, 문화계의 주요 인사들은 그들만의 세계와 영향력을 가졌다. 아무런 배경이 없는 사람은 출세하기 위해 이런 곳에 가서 눈도장을 찍거나 인사하는 것조차 어려웠다. 그렇지만 출세하려면 어떻게 하든 유명 카페, 좋은 카페에 가서 영향력이 있는 사람을 만나야 했던 당시의 사회상과 시대상의 일면을 보여준다.

프랑스 유명 작가의 소설에 묘사된 카페들

19세기 프랑스는 소설의 시대였다. 이 시대 소설 분야에서 다수의 훌륭한 작가들이 나왔으며 걸출한 작품들이 많이 잉태되었다. 빅토르 위고, 플로베르, 스탕달, 발자크, 에밀 졸라, 모파상, 알렉상드르 뒤마, 공쿠르 형제 등은 그들의 소설에서 다양한 각계각층 인간의 모습을 그렸다. 그들의 작품 속에는 19세기 카페가 묘사된 장면들이 많이 나온다.

다양한 주제와 소재로 글을 쓴 소설가들의 글 속에서 그 시대의 카페가 어떠했는지 살펴본다면 당시의 카페 풍속을 아는 데 조금이라도 도움이 될 것 같다. 여기에서는 19세기 프랑스의 위대한 작가들의 글 속에 나온 카페에 대한 묘사를 훑어보면서 동시대 카페 현황을 단편적이지만 조금이라도 알아보고자 한다. 그래서 1800년대 언제쯤인지 정확히 알기 위해 작품 발표 연도를 밝혀둔다.

1830년 스탕달이 발표한 소설 《적과 흑》에는 프랑스 지방 도시의 카페를 묘사한 구절이 있다.

"브장송Besançon(프랑스 동부 지역의 도시)의 그랑카페 앞에서 줄리앙은 화려한 치장을 한 우아한 손님들의 모습에 경탄하며 움직일 수 없었다. 두 개의 거대한 문 위에 커다란 글씨체로 카페Café라고 쓴 글자를 분명히 읽었지만, 그의 눈을 의심하지 않을 수 없었다. 소심함을 떨치고 문으로 들어섰다. 30~40보 되는 긴 복도가 보였고 천장 높이는 적어도 6m는 되었다. 그날 모든 것이 그에게 즐거웠다. 당구대에서 두 번째 게임이 진행되고 있었다. 가르송(웨이터)이 점수를 소리쳐 외친다. 당구대에서 당구를 치는 사람들을 에워싼 구경꾼들은 모두 담배를 물고 있었다."

파리가 아닌 브장송이라는 도시에 있는 대형 카페의 규모와 손님들의 옷차림, 그리고 카페 안 당구대에서 게임을 즐기는 것을 묘사했다. 당시 규모가 큰 카페에는 당구대가 있어 당구 게임을 즐겼음을 알 수가 있다.

"프랑스 사회에서 검은 옷차림은 심각한 문제가 되었다. 사실 카페 주인들이 격식 있는 옷을 입지 않은 사람들에게 맥주를 팔지 않았다는 것을 믿을 수 있을까? 슬픈 이야기지만 발자크가 연미복을 입지 않으면 카페 두익Café Douix에서 커피 주문을 거절당할 확률이 높다. 발자크는 커피 없이 글을 쓰지 않는다. 그래서 연미복이 없다면 발자크는(그 카페에서) 글을 쓸 수 없다. 이는 틀림없는 말이다."

상징주의 시인 샤를 보들레르Charles Baudelaire가 〈탱타마르Tintamarre〉(소음)라는 풍자문학지에 1846년 발표한 글이다. 고급 카페에 가기 위해 손님은 반드시 예복을 입어야만 했다. 발자크 같은 당대 최고의 유명 소설가도 검은 예복을 입지 않고 커피를 주문하면 카페 두익과 같은 최고급 카페에서는 거절당할 수밖에 없었다.

고급 카페에 가기 위해서는 양복, 모자와 지팡이는 꼭 필요한 것들이었다. 작업복 차림의 손님은 절대 테라스의 테이블에 앉을 수 없었다. 이런 규칙은 1865년까지 적용되었다. 이에 대해 당시 프랑스 사회와 문학의 반항아 샤를 보들레르가 그의 글을 통해 일성을 가한 것이다.

마네의 절친이자 몽마르트르의 카페에 자주 가서 인상주의파와 교류가 깊었던 《목로주점》을 쓴 소설가 에밀 졸라가 본 카페 리쉬Riche의 모습은 어땠을까? 에밀 졸라는 프랑스 자연주의 문학의 대표주자로 평가받으며 '소설의 시대'라 불리는 19세기의 마지막을 장식하면서 우리가 '로망Roman'이라고 부르는 장편소설을 화려하게 수놓은 인물이다.

1871년에 발표된 에밀 졸라의 《루공-마카르 총서》의 두 번째 소설인 《쟁탈전》은 파리를 세계의 중심지로, 현대적 도시로 바꾸려는 오스만의 야심 찬 파리 개발 시기(1853~1870)가 배경이다. 이 소설에서 카페 리쉬가 묘사되어 있다.

"카페 리쉬Riche는 태양의 광채를 받기 위해 테이블을 창문 아래로 바짝 붙여놓았다. 내부 불빛은 도로의 가운데까지 비춘다. 불이 밝혀진 휴게실 중앙에서는 손님들이 길거리에 지나가는 사람의 엷은 미소와 희미한 얼굴 모습을 보고 있다. 작고 동그란 테이블 주위로 남녀가 섞여서 음료수와 술을 마신다. 여성들은 화려한 의상에, 목 위로 늘어뜨린 머리 스타일을 하고 있다. 여인들은 의자에서 몸을 좌우로 흔들면서 듣기에 시끄러울 정도의 소음을 내며 떠들고 있다."

에밀 졸라의 《쟁탈전La Curée》으로 카페 리쉬의 내부 시설과 전체 분위기를 알기에는 턱없이 부족하지만, 유명 소설가를 통해 19세기 중반 무렵에 가장 유명했던 카페 중의 하나였던 카페 리쉬의 내부 시설을 일부라도 알 수 있다는 것은 다행이다.

스탕달의 《적과 흑》에서 볼 수 있듯 화려하게 치장하고 프랑스 지방 도시 브장송의 고급 카페에 들어가는 손님들처럼 카페 리쉬의 여성 손님들도 화려하게 치장했다. 더욱이 카페 리쉬는 그 시대 파리에서 제일 잘 나가던 카페 중 하나였으며 고급 카페들이 들어선 이탈리앙 대로에 있었다. 이런 카페에 올 손님들, 특히 여성이라면 어느 정도로 화려하게 잘 꾸며야 하는지 짐작이 간다.

19세기 중반 파리의 이탈리앙 대로는 고급 카페들이 모여 있던 상업지역이었다. 이 일대의 고급 카페는 누구나 함부로 들어갈 수 없는 곳이었고 서민들에게는 동경의 대상이었고 예술가들에게도 선망의 대상이었으며 돈 없는 예술가는 들어가지도 못했다.

19세기에도 파리의 고급 카페는 만인에게 평등하지 못했다. 플로베르Gustave Flaubert가 1869년 발표한 소설 《감정교육L'Éducation sentimentale》에서는 평범한 파리시민이 카페를 다니면서 보내는 하루일과를 묘사한 구절이 있다.

"아침 8시에 그는 노트르담 데 빅트와르 도로에 와인을 마시러 가기 위해 몽마르트르 언덕에서 내려왔다. 당구를 치고 나서 점심을 3시까지 했다. 그는 압생트를 마시기 위해 파노라마 파사쥬로 향했다. 아르누Arnoux에서 회합을 한 후, 베르뭇 술을 마시기 위해 작은 카페 보르드레에 들어갔다. 자연스럽게 조리된 가정식 식사를 서비스 하는 곳, 가이용광장의 작은 카페에서 저녁을 선택했다. 마지막으로 다른 당구장으로 이동해서 그곳에서 자정까지, 아니 새벽 1시까지 있었다. 가스불이 꺼지고 덧창이 잠기는 순간까지, 피곤에 찌든 업소 주인이 그에게 나가라고 닦달할 때까지 그곳에 있었다. 시민 레장바르가 이 지역에 끌리는 것은 애주가여서 그런 게 아니고 이곳에서 정치적인 이야기를 나누었던 옛 습관이 있어서다."

예술가도 혁명가도 되지 못한 플로베르 자신의 자전적 소설이다. 몽마르트르 언덕은 파리 18구이며 노트르담 데 빅트와르는 파리 2구에 있는 도로명이다. 파리 18구에서 파리 2구의 지역까지 소설에 나오는 곳을 따라가려면 아마 당시에는 도보로 1시간이 걸릴 정도의 거리다. 레장바르가 포도주를 마시기 위해, 카페를 가기 위해 몽마르트르 언덕에서 굳이 파리 2구까지 멀리 간 이유는 무엇일까? 그가 들렀던 노트르담 데 빅트와르 거리와 파노라마 파사주, 플라스 가이용은 모두 파리 2구에 있는 거리 이름이며, 구간마다 이동시간이 도보로 10분 남짓 걸린다.

그리고 이 구역은 고급 카페들이 있는 이탈리앙 대로변에서 가까이 있는 거리다. 포도주를 마시기 위해, 카페를 가기 위해 몽마르트르 언덕에서 파리 2구까지 왔다는 사실을 미루어 볼 때 당시 파리시에 갓 편입된 몽마르트르에는 괜찮은 카페가 많이 없었던 모양이다.

이 글의 등장인물은 아침 8시부터 새벽 1시까지 몇 개의 카페와 당구장을 전전하며 잠자는 시간을 제외한 하루의 모든 시간을 집 밖에서 특별히 하는 일 없이 탕진했다. 하루 종일 밖에서 시간을 허비할 수 있다는 것도 와인을 마실 수 있는 카페가 있었기에, 식사를 할 수 있는 카페가 있었기에, 당구장이 있었기 때문에 가능한 일이었을 것이다. 당시에는 카페에 당구대가 없으면 장사가 잘 안 되었는지 당구대를 설치한 카페들이 많았다.

또 당시의 풍속을 알 수 있는 것은 카페 보르드레L'estaminet Bordelais라는 가게 이름에서 에스타미네Estaminet라는 단어가 나왔다 점이다. 이 소설을 쓴 1860년대의 카페Café, 카바레Cabaret는 물론이고 에스타미네Estaminet 라는 단어가 식사를 하고 음료를 마실 수 있는 가게의 용어로 사용된 것을 확인하게 된다.

'에스타미네'는 벨기에·북프랑스의 작은 카페, 대중적 카페를 말한다. 그리고 작가는 레장바르가 저녁 식사를 한 곳을 가게 이름이 없이 프티 카페Un petit café라고 표기한 것으로 보아 1860년대에도 파리의 카페에서 식사를 할 수 있었음을 알 수 있다.

에밀 졸라는 그의 소설 《목로주점》(1877)에서 목로주점의 모습을 다음과 같이 묘사했다.

"콜롱브 아저씨의 선술집(목로주점)은 프와소니에르 거리와 로쉬슈아르 대로가 만나는 모퉁이에 있다. 간판에는 끝에서 끝까지 길게 푸른색 글씨가 씌여 있는데, '증류주'라는 단 하나의 글자였다. 문에는 반쪽짜리 술통 두 개에 먼지에 덮인 협죽도 나무가 있었다. 들어가면서 왼쪽의 테이블에 주석으로 된 측정용 용기와 물통과 유리잔들이 가지런히 진열되어 있고, 넓은 홀 주위는 온통 니스칠을 해서 반짝거리는 밝은 노란색의 커다란 술통으로 장식되어 있었다. 술통의 구리 꼭지와 원형 테가 반짝거렸다. 위쪽의 선반에는 술병과 항아리에 담긴 과일과 온갖 종류의 병이 잘 정리되

노트르담 성당 옆 생루이 섬 동네에 있는 작은 카페. 카운터 뒤 벽장에 술이 있고 천장에 매달린 선반에 빈 컵들이 뒤집혀 놓여 있다. 1877년에 발표된 에밀 졸라의 소설 '목로주점'에 묘사된 콜롱브 아저씨의 술집은 당시 파리에서 낙후된 지역인 18구에 있었음에도 불구하고 현재 파리 2구에 있는 사진의 이 가게보다 시설이 더 좋게 묘사되어 있다.

어 벽을 가리고 있었다. 카운터 뒤의 거울에는 녹황색, 혹은 빛이 바랜 부드러운 적갈색 등의 생생한 얼룩이 비쳤다. 무엇보다도 이 술집의 관심거리는 떡갈나무로 된 난간 뒤에 있는 증류기다. 한쪽 구석에 자리잡은 유리로 덮인 증류기는 술꾼들이 작동을 볼 수 있게 해두었다. 바닥까지 꾸불꾸불 내려가는 목이 긴 증류기는 술주정뱅이 노동자들을 꿈에 도달시키는 악마의 주방 설비였다. 점심 때였지만 술집은 비어 있었다."

에밀 졸라의 《목로주점》은 파리 하층민들의 가난한 삶과 비극을 묘사한 소설이다. 파리 하층민들은 당시 파리 18구에 많이 모여 살았으며 소설의 여주인공 제르베즈Gervaise도 파리 18구에서 생활했다. 《목로주점》에 나오는 콜롱브 아저씨의 술집L'Assommoir(목로주점)도 물론 파리 18구에 접해 있다.

파리 18구 클리쉬 대로에 있는 카페들. 파리 중심가에 있는 카페들보다는 시설이 좀 떨어져 있다. 현재가 이렇다면 19세기에는 더 차이가 있었을 것 같다.

그렇지만 콜롱브 아저씨의 목로주점 내부 시설은 파리 18구에 있는 술집치고는 꽤 근사해 보인다. 그의 술집은 흔히 우리가 생각하는 목로주점이라는 개념과 시설 면에서 거리감이 있어 보인다. 목로주점이라고 하면 내부 시설이 꾀죄죄한 술집으로 좁고 긴 널빤지에 술잔을 놓고 서서 술을 마시는 곳으로 알고 있는데, 마치 옛날 우리나라의 주막집이나 선술집 혹은 1970~80년대의 포장마차쯤으로 우리에게 인식이 되어 있기 때문이다. 에밀 졸라도 그의 소설 《목로주점L'Assommoir》에서 아솜므와르Assommoir를 사람들이 질이 나쁜 술을 마시던 저속한 카바레로 설명해놓았다.

이렇듯 19세기 프랑스의 저명한 소설가들의 일부 소설 속에는 파리의 유명했던 카페가 실제 이름으로 표현되어 있거나 혹은 이름 없는 카페, 카바레 등도 묘사되어 있어 그 당시 시대상과 카페 문화를 엿볼 수 있다. 그리고 유명 카페와 일반적인 카페와 카바레를 어떤 사람들이 이용하는지 묘사되어 있어서 당시의 풍속이 짐작된다.

프랑스 소설가 중에서 커피와 떼어 놓고 말할 수 없는 작가가 있다. 바로 19세기 프랑스 작가 중에서 가장 글을 많이 쓴 오노레 발자크Honoré Balzac다. 그는 커피광이었다. 1839년에 발표한 〈현대 각성제론Trait des excitants modernes〉에서 다음과 같이 커피의 효능을 기술했다.

"커피가 당신의 뱃속에 떨어진다. 그때부터 모든 것이 동요된다. 아이디어는 전장에 있는 대군의 대대처럼 요동친다. 그리고 전투가 벌어진다. 기억은 깃발을 펄럭이며 빠르게 도착한다. 비유라는 날쌘 기병들은 굉장한 질주로 발전하고 있다. 논리의 포병대가 탄약통과 그들의 대열과 함께 도착한다. 재치는 저격수로 도착한다. 형상들이 떠오른다. 검은 화약에 의한 전투처럼, 검은 물(커피)의 격류에 의해 밤샘은 시작되고 끝이 났기 때문에 종이는 잉크 글씨로 뒤덮여 있다."

나폴레옹의 숭배자답게 작가의 글은 마치 나폴레옹의 전투 장면을 연상시키는 듯하다. 마치 발자크 자신이 커피를 마시고 밤새워 글을 쓰는 동안 두뇌가 어떻게 작용하는지를 보여주는 것 같다. 기억, 비유, 논리, 재치 등의 단어를 모두 군사작전처럼 설명했다. 발자크는 밤에 잠을 안 자고 글 쓰는 작가로 유명했다.

그는 사업으로 진 빚이 많아서 그걸 갚기 위해 늘 글을 써야 했고, 글 작업의 집중도를 높이기 위해 새벽 1시부터 오전 8시까지 밤을 새우며 글을 쓰는 습관이 있었다. 밤잠을 쫓기 위해 아주 진한 튀르키예식 커피를 하루에 50잔까지 마셨다는 믿기지 않는 일화가 있을 정도로 그는 커피를 물 마시듯 했다.

발자크는 《인간희극La Comédie humaine》을 쓰는 동안 5만 잔의 커피를 마셨다고 하며, 51세에 단명한 이유도 커피 중독이 건강을 해

지하철 바뱅Vavin역 라스파이유Raspail대로 도로 분리대 안에 설치된 발자크 동상. 당시 프랑스 문인협회장 에밀 졸라가 로댕에게 의뢰해서 탄생한 조각품. 똑같은 동상이 지하철역 바렌느Varrene에도 있다.

쳐서 생명을 멈추도록 재촉했다는 의견이 지배적이다.

팔레 루아얄의 신흥 강자들

18세기에 이어서 19세기 초반에도 파리 카페의 중심은 팔레 루아얄Palais Royal이 있는 곳이었다. 이미 1681년에 팔레 루아얄 부근에서 문을 연 카페 드 라 레장스Café de la Régence는 체스카페로 명성을 날리고 있던 터여서 18세기에도 파리 카페의 중심지는 팔레 루아얄이었다.

프랑스혁명 때 정치카페로 이름을 날렸던 카페 드 프와Café de Foy(1749~1874), 코라자Corrazza(1787년 개업)도 이곳에 있었다. 19세기 들어 이곳에 들어선 신생 카페 랑브랭Lemblin(1805년 오픈), 카페 드 라 로통드Café de la Rotonde(1805~1884, 1911년에 몽파르나스 구역 바뱅 사거리에 오픈한 라 로통드는 아직도 영업 중), 카페 데 밀 콜론Café des Mille Colonnes(1807년 오픈)도 곧 그들의 존재감을 드러냈다.

르 까보Le Caveau, 몽팡시에Montpansier, 데 자브글Des Aveugles, 올랑데Hollandais를 포함한 수십여 개의 유명 카페들이 팔레 루아얄의 갤러리 부근에서 영업했다. 당시의 이런 유명 카페들의 특징과 스토리를 잘 정리한 책이 오귀스트 르파주의 《파리의 문예카페들Les cafés artistiques et littéraires de Paris》이다. 이 책에는 당시 유명했던 카페 수십 개 이상을 모아서 각 카페의 특징을 설명해놓았다.

카페 데 밀 콜론Café des Mille Colonnes

18세기 말 팔레 루아얄에 들어선 '카페 밀리테르'와 같이 내부의 실내장식을 특이하게 해서 이름을 날린 카페가 있다. 1807년에 팔레 루아얄에서 오픈한 카페 데 밀 콜론Café des Mille Colonnes은 내부에 수많은 거울을 마주보게 설치해서 거울에 비친 상들이 무한히 반복되게 해서 인기를 끌었다.

카페 내부의 기둥들이 카페 이름인 '천개의 기둥들Mille Colonnes'처럼 거울을 통해 서로 반사되어 형체가 천 개 이상이 있는 것처럼 했다. 또한 이 카페는 여주인의 미모가 워낙 출중하여 소문이 나기도 했다.

이런 카페의 여주인을 '라 벨 리모나디에르La Belle Limonadière'라고 불렀는데 '아름다운 카페 여주인'이라는 뜻이다. 미모의 카페 여주인은 1826년 남편이 말에서 떨어져 사망한 후 미망인이 되어 1828년 수녀원에 들어가서 그곳에서 삶을 마쳤다.

'그녀의 남편은 매우 추악하게 생겼다. 여자의 마음은 헤아릴 수가 없네'라고 오귀스트 르파주는 그의 저서《파리의 문예카페들》에서 기술했다. 그녀의 명성은 1820년대를 지나서 1800년대 말까

레스카르고L'Escargot. 1832년 문을 연 달팽이 요리 전문 레스토랑. 파리 1·2구에 접한 몽토르게이 거리에 있다.

지 지속되었다. 발자크는 1837년에 발표된 그의 소설 〈세자르 비로토César Birotteau〉에서 이 카페의 여주인이 아름다운 여성이었다고 한없이 찬양했다.

카페 랑브랭

카페 랑브랭은 오스테르리츠 전투La Bataille d'Austerlitz가 발발한 1805년에 문을 열었다. 루이 레오폴 브와이예Louis-Léopold Boilly (1761~

1845)는 두 개의 각기 다른 카페의 그림을 그렸다. 하나는 팔레 루아얄에 있는 유명한 '카페 랑브랭Café Lamblin'의 실내 모습으로, 1824년경에 그린 〈카페의 내부L'intérieur d'un café〉다.

카페 랑블랭에 출입한 사람들의 복장을 보면 한눈에 보아도 귀족이거나 부르주아 들임을 알 수가 있다. 체스를 두는 두 사람의 복장에서는 상류층 신분이 느껴지며 재킷을 자세히 보면 훈장 같은 것을 달았다. 왼쪽의 신사는 신체제(누보레짐Nouveau régime)를 옹호하는 자로서 이미 모자와 복장에서 곁에 있는 사람과 확연히 다른 것을 알 수 있다. 또 상하로 세련된 의상에 레지옹 도뇌르Légion d'honneur(프랑스 최고 권위의 훈장. 나폴레옹 1세 때 제정한 여러 등급의 훈장 중 하나)를 달고 있다. 반면에 오른편의 노인은 구체제(앙시앵 레짐Ancien régime)에 미련을 못 버린 듯 하의는 퀼로트Culotte(17~18세기 귀족들이 입던 반바지 스타일 옷) 차림에 상의에는 생루이 훈장L'ordre de Saint-Louis을 달고 있다. 양옆에서 체스판을 지켜보고 있는 사람들의 복장도 서로 다르다. 체스판의 왼쪽에는 젊은 사람들이 신식의 의상을 입고 있으며, 우측의 나이 든 사람들은 구체제의 복장을 하고 있다.

따라서 미술사학자들의 의견은 왼쪽에는 새로운 정권을 선호하는 자유주의자들, 신흥 부르주아 계층을 표현했고, 우측은 태어날 때부터 특권을 가진 앙시앵 레짐 때의 귀족들, 왕정복고Restauration를 원하는 왕당파를 상징한다고 보고 있다. 그러나 이 그림을 그린 작가는 정치적 성향이 없었다고 한다.

브와이예의 또 다른 그림은 카바레를 묘사했다. 1810년경에 제작된 이 그림의 제목은 〈카바레 모습Scène de cabaret〉이다. 이 카바레가 파리인지 혹은 어느 지역인지 그림으로 봐서는 알 수가 없다. 이 작품은 당시 카바레에서 어떤 사람들이 어떻게 시간을 보내는지 그 시대의 풍속을 알려주는 귀중한 사료로 루브르 박물관에 보관 중이다.

그림에 표현된 사람들의 복장은 남루해 보이며 세련되어 보이지는 않는다. 카바레에 있는 사람들은 어쩐지 하층민처럼 느껴진다(실제 하층민들이다). 카바레 안에는 마리오네트 놀이를 하는 아이들과, 식탁 밑의 개도 보인다. 창고에 커다란 식탁을 가져다 놓고 장사한다는 생각이 든다. 동일 작가가 그린 유명 카페와 일반 카바레 그림을 비교하면 당시 어떤 계층의 사람들이 카페와 카바레를 각각 이용했는지 일면을 들여다볼 수 있다.

카페 랑브랭에는 소설가 스탕달과 시인 보들레르가 자주 출입했다. 문학비평가 이폴리트 바부Hippolyte Babou가 1855년 1월에 이 카페에서 상징주의 시인 보들레르(1821~1867)에게 그 유명한 《악의 꽃Fleurs du mal》을 시집의 제목으로 쓸 것을 권유한 장소로 유명하다. 프랑스 문학계를 발칵 뒤집어 놓은 상징주의의 서곡이자 퇴폐주의 시집 《악의 꽃》은 1857년 6월에 발간되었다.

19세기 중반까지 바람기 많은 여인과 나폴레옹주의자들의 만남의 장소였던 이 카페는 발자크의 소설 배경으로도 나온다. 오노레 드 발자크가 1843년에 발표한 소설 〈라 라부이외즈La Rabouilleuse〉(영어 번역 제목은 〈The Black Sheep(말썽꾼)〉)의 등장인물 필리프 브리도가 제정 시대를 그리워하는 사람들과 도박하고, 음모를 꾸미던 곳도 랑브랭 카페였다고 묘사했다.

보들레르와 함께 소설가 스탕달Stendhal도 이 카페의 주요 고객이었다. 이 카페의 특별메뉴는 바욘 초콜릿Chocolat de Baynne(프랑스 지방 이름)이었으며 음료는 안틸리스Antilles(중앙아메리카 지역)산 커피와 중국산 차를 팔았다. 카페 랑브랭은 당시 팔레 루아얄에서 카페 코라자Café Corrazza와 함께 인기 높은 카페였다.

파리 개조 사업과 고급 카페

프랑스 제2제정 시절 파리시는 개조 사업Les transformations de Paris sous le Second Empire을 시행한 끝에 완전히 다른 모습으로 다시 태어났다. 나폴레옹 3세의 지시에 따라 조르주 외젠 오스만Georges Eugène Haussmann 파리시장이 1852~1870년에 걸쳐서 파리시를 개조했다. 그 결과로 나온 것 중 하나가 불르바르Boulevard, 대로大路였다.

오스만이 파리시를 정비하기 전까지 파리의 도로는 좁고 꼬불거렸다. 이런 지형을 이용해서 반정부군 혹은 시민들이 자주 봉기를 일으키고 골목길로 숨어버렸다. 반면에 이런 도로 지형에 장애물들이 있으면 정부군이나 기마병부대가 들어가서 이들을 진압하기 어려웠다. 나폴레옹 3세는 오스만 남작에게 이런 지형을 없애라고 했다.

그러나 실제 주된 이유는 나폴레옹 3세가 영국 런던으로 정치적 망명을 하던 시기에 본 런던의 경제발전과 도시계획에 깊은 감명을 받았기 때문이다. 런던시의 재정비에 영감을 얻은 나폴레옹 3세는 오스만 남작에게 파리 재정비 사업을 지시했다. 복잡하고 도로가 잘 정비되지 않은 비위생적인 파리의 도시공간이 전면적으로 바뀌기 시작했고 구불구불한 길들은 없어지거나 확장되면서 직선화되었다.

상하수도를 대폭 확충하고 많은 녹지 공간을 조성해서 맑은 공기가 유지되도록 했다. 이런 파리시의 대대적인 개조 사업 결과 좁고 미로 같은 도로들이 많이 없어지고 큰 도로가 만들어졌다. 이렇게 생긴 큰 도로大路를 불르바르Boulevard라고 불렀다. 대로변에는 석조 건물들이 새로 들어섰고 야간에는 도로변의 가스등이 밤을 밝혀, 사람들이 즐기기 좋게 만들었다. 불르바르가 나타난 이후에 파

오스만 대로Boulevard Haussmann에 위치한 갤러리 라파이예트 백화점 내부 모습. 철골과 유리로 세공한 듯한 아르누보 형식의 아름답고 웅장한 돔이 돋보임. 1912년에 완공했다.

리에는 대형 카페들이 대로변에 들어섰다.

파리 개조 사업으로 새로운 상업지역으로 부상한 곳으로 오스만 대로Boulevard Haussmann, 이탈리앙 대로Boulevard des Italiens, 카퓌씬느 대로Boulevard des Capucines등이 있다. 이 대로들은 모두 파리 2구와 9구에 걸쳐 있다.

파리 9구에는 파리 개조 사업과 함께 1875년에는 아름다운 건축양식의 오페라극장(오페라 가르니에)이 들어서며 주위를 더욱 가치 있게 만들었다. 오페라극장이 있는 대로를 따라 들어선 고급 카페들로 주위 풍광도 더 아름다워졌다.

당시 가장 인기가 많았던 카페 토르토니Le Café Tortoni와 카페 리쉬Le Café Riche(1785년 오픈)는 이탈리앙 대로에 있었다. 이들 카페는 유명 인사들과 우아하고 멋있는 여성들이 드나들었다. 거리는 활기에 넘쳤고 파리는 무도회와 만찬을 즐기는 사람들에게 기쁨을 안겨주었다.

사교계 시평 기자이면서 작가인 앙리 드 펜Henry de Pène의 눈에 비친 제2제정은 사람들이 즐기는 시간으로 잠잘 틈이 없었다고 했다.

"7시 30분에 만찬을 하고, 9시에는 공연 감상, 무도회 시작은 자정에, 야식은 새벽 3시나 4시에, 시간이 있거나 혹은 가능하다면

카페 드 라 페. 제2제정 인테리어 양식으로 내부를 황금장식으로 화려하고 예술적으로 꾸며 놓았다. 사진은 2018년 5월 촬영

잠은 나중에 취할 노릇이다."

마귀에 홀린 듯이 파리로 황제들과 왕들, 왕세자들, 그리고 기업가들이 모여들었다. 러시아의 왕족과 황제가 튀르키예의 술탄과 마주치고, 네덜란드 여왕과 이탈리아 왕이 만나고, 프로이센의 왕과 이집트의 왕세자가 서로 알고 지냈다.

이탈리앙 대로 바로 근처, 지금의 오페라 가르니에 앞에 들어선 카페 드 라 페Café de la Paix도 휘황찬란한 실내장식과 함께 엄청난 크기의 테라스로 사람들을 압도했다. 카페의 실내는 대리석에 붉은 빛이나 초록빛 벨벳과 금박으로 우아하고 화려하게 장식해서 파리에서 최고로 세련되고 유행의 선두에 선 카페였다.

19세기 들어 파리 카페에 새로운 변화가 왔다. 18세기에 체스판이 고급 카페에 선보였듯이 19세기에는 당구대를 설치한 카페들이 늘어났다. 어떤 카페는 당구대를 40대를 갖춘 곳도 있었다. 당구는 폭발적인 인기를 몰고 온 오락이었다.

또 다른 변화는 카페에 여성들이 손님으로 드나들 수 있었다는 사실이다. 카페와 여자는 사회가 원하지 않았기 때문에 오랫동안 사이가 좋지 않았다. 여자는 집을 지켜야 했으므로 일요일에도 교회에 다녀오면 집에 있는 것이 당연한 노릇이었다. 카페에 손님을 접대하는 여성이 있었지만 카운터를 벗어날 수 없었다.

19세기 들어 여성은 카페에 남자들을 끌어들이는 마케팅 도구로 활용되기도 했다. 그녀들이 교태를 부리는 것은 장사를 위한 어쩔 수 없는 행동이었지만 손님들도 여종업원들에게 치근대며 유혹했다. 이런 식으로 여성들을 카페의 장사를 위한 도구로 활용함으로써 매음도 성행했고 매춘은 서민들이 찾는 카페의 전유물이 되었다. 파리 대로변에 카페가 들어서자 고급 창녀들이 등장해서 카페에 들어가지 않고 밖에서 추파를 던지고 남성을 유혹했다.

에밀 졸라의 소설《나나》에는 당시 이런 카페의 장면이 잘 묘사되어 있다. 여성들은 혼자 카페의 테라스에서 커피나 음료수를 마실 수 없었는데, 19세기 말부터 여성들끼리도 카페에 가서 잡담을 나눌 수 있었고 비스트로에 가서 술을 마실 수 있었다.

카페 토르토니 Le Café Tortoni

카페 토르토니Le Café Tortoni는 1830년부터 1848년까지 파리뿐만 아니라 유럽에서 가장 세련된 최고의 카페로 명성이 드높았고 파리에서 최고로 성공한 업소였다. 17세기 문을 연 이래 파리 최고의 카페로 군림해온 '프로코프'의 창업자가 이탈리아인이었듯이 토르토니 주인 역시 이탈리아인이었다.

카페 이름과 같은 이탈리아인 토르토니는 19세기 초에 이탈리앙 대로Le boulevard des Italiens 22번지에 아이스크림을 전문으로 하는 카페를 열었다. 오페라 가르니에로부터 4블럭 떨어진 곳, 그리고

오데옹역 근처의 한 카페에서 담배를 피우는 파리지엔느. 1985년 4월 촬영(Ektachrome 64, 35mm 슬라이드 필름)

소르본느 대학가의 한 카페에서 담소를 즐기는 파리지엔느.
1985년 3월 촬영(Ektachrome 64, 35mm 슬라이드 필름)

옛 증권거래소에서 300m 떨어진 곳이었다. 당연히 고객은 정치인, 지식인, 금융인, 세련되고 멋있는 남성, 우아한 여성 등 상류층과 유행과 멋을 선도하는 선남선녀들이 전국에서 몰려들었고 외국인 여행자의 방문도 잦았다.

저녁에는 밝은 조명, 여름에는 시원한 그늘이 마련된 토르토니 카페에는 항상 많은 사람과 외국인으로 북적였고 그곳에는 아름다운 세상에서의 만남이 있었다. 그리고 오페라좌(지금의 오페라 가르니에)에서 연극과 공연을 보고 나오면 들렀다 가야 하는 휴식 공간이었다.

정부情婦와 고급 창녀들까지 이곳에 둥지를 틀었다. 당시의 유명 문인들은 서로 다투어 이 카페를 그들의 작품 속에 직접 기술하거나 묘사했다. 다음은 작품 속에서 카페 토르토니에 대해 묘사한 당대 주요 프랑스 문학작가와 작품들이다.

스탕달Stendhal의 《적과 흑Le Rouge et le Noir》(1830), 오노레 발자크Honoré de Balzac의 《인간희극La Comédie humaine》(1831), 알렉상드르 뒤마Alexandre Dumas의 《몽테크리스토 백작Le Comte de Monte-Cristo》(1846), 빅토르 위고Victor Hugo의 《작은 황제 나폴레옹Napoléon le petit》(나폴레옹 3세에 반하는 정치적인 책, 1852), 귀스타브 플로베르Gustave Flaubert의 《감성교육L'Éducation sentimentale》(1869), 모파상Maupassant의 《낮과 밤의 이야기Contes du jour et de la nuit》(1885)와 《비겁자Un lâche》(1885), 마르셀

푸르스트Marcel Proust의 《잃어버린 시간을 찾아서À la recherche du temps perdu》, 《스완네 집 쪽으로Du côté de chez Swann》, 《스완의 사랑Un amour de Swann》(1913) 등이다.

이 외에 다른 작가들과 화가들도 토르토니의 매력에 빠져 그들 작품에서 이 카페를 소개했다. 토르토니는 19세기 말까지 번창했다가 역사 속으로 사라졌다. 카페 토르토니 자리인 파리 9구의 이탈리앙 대로 16번지(16 Boulevard des Italiens, 75009 Paris)에는 현재 파리국립은행 BNPBanque Nationale de Paris 본사가 들어서 있다.

카페 리쉬

카페 리쉬Le Café Riche(1785~1916) 또한 이탈리앙 대로에서 문을 열었던 고급 카페다. 당대의 유명한 소설가 에밀 졸라, 오노레 발자크, 기 드 모파상이 이 카페를 소재, 혹은 배경으로 그들의 작품에 묘사했다.

40년 동안, 콩쿠르 형제는 늘 이곳에서 사람들과 만났다. 귀스타프 플로베르Gustave Flaubert, 샤를 보들레르Charles Baudelaire, 알렉상드르 뒤마Alexandre Dumas, 기 드 모파상Guy de Maupassant, 에밀 졸라Émile Zola 등 외 많은 작가가 이곳을 즐겨 찾았다. 앞에서 언급했듯 에밀 졸라는 《쟁탈전》에서 카페 리쉬를 다음과 같이 묘사했다.

"카페 리쉬Riche는 태양의 광채를 받기 위해 테이블을 창문 아래로 바짝 붙여놓았다. 내부 불빛은 도로의 가운데까지 비춘다. 불이 밝혀진 휴게실 중앙에서는 손님들이 지나가는 사람의 엷은 미소와 희미한 얼굴 모습을 보고 있다. 작고 동그란 테이블 주위로 남녀가 섞여서 음료수와 술을 마신다. 여성들은 화려한 의상에, 목 위로 늘어뜨린 머리 스타일을 하고 있다. 여인들은 의자에서 몸을 좌우로 흔들면서 듣기에 시끄러울 정도의 소음을 내며 떠들고 있다."

인상파 화가 모네는 가난했을 때 이 카페에 가고 싶었지만, 돈이 궁해서 이곳을 가지 못했고 그의 명성이 높아지면서 그림이 높은 가격으로 팔리자 이 카페를 드나들 수 있었다고 한다. 그의 동료 인상주의 화가들과 언제나 몽마르트르 언덕 아래에 있는 카페 게르부아에 모여 그들이 나아갈 방향을 토론했지만, 그의 마음은 카페 리쉬에 가 있었음을 알 수 있다.

카페 드 라 페

카페에서 영화를 상영한 곳도 있었으니 그곳은 '카페 드 라 페Le café de la Paix(평화의 카페)'였다.

이 업소는 1862년에 오픈한 르 그랑 호텔Le Grand Hôtel에 딸린 카페였고, 지금의 호텔 명칭은 인터콘티넨탈 파리 르 그랑InterContinental Paris Le Grand이다.

르 그랑 호텔 빌딩 1층에 있는 카페 드 라 페. 바로 옆에 오페라 가르니에가 있어서 관광객들로 붐비는 곳이다. 카페 테라스에는 화분대와 낮은 가림막이 설치되어 있다. 아마 소매치기로부터 고객의 물건을 보호하기 위함인 것 같다. 나의 유학시절에는 테라스가 모두 오픈되어 있었다. 2018년 5월 촬영

1875년에 완공된 오페라 가르니에 앞의 광장 바로 옆에 있는 카페의 내부는 제2제정 때의 양식과 금박으로 꾸며져 있으며 지금은 레스토랑과 바Bar와 카페를 겸하고 있다.

1896년에 이곳 2층에서 영화를 상영하고 입장료로 1프랑을 받았다. 영화 상영 시간은 오후 8시에서 12시까지였다. 스크린이나 벽에 투사해서 볼 수 있는 영화는 1895년 프랑스인 루이 뤼미에

르Louis Lumière 형제가 발명했다.

주요 문예인 고객은 러시아 음악가 차이코프스키, 프랑스 소설가 에밀 졸라와 기 드 모파상이 단골이었고 헤밍웨이도 이 카페를 자주 들렀다. 헤밍웨이의 첫 장편소설 《태양은 다시 떠오른다》에 카페 드 라 페가 나온다.

"점심을 마친 후 우리는 걸어서 카페 드 라 페에 가서 커피를 마셨다. 카페 드 라 페는 카퓌신 대로가Boulevard des Capucines가 끝나는 지점, 오페라 광장에 맞붙어 있는 곳에 있다."

소설의 주인공 제이크의 사무실도 이 카페가 있는 오페라 광장에 가까운 곳에 있었으며 아마도 제이크의 사무실은 헤밍웨이가 파리에서 기자 생활하던 시절의 사무실일 것이다. 헤밍웨이가 갓 결혼한 해들리와 함께 파리에서 첫 크리스마스를 기념한 곳이기도 하다.

파리의 역사를 조금이라도 아는 사람이라면 이 카페의 테라스에서 커피를 한 잔 마시면서 오페라 가르니에Opéra-Garnier를 바라보노라면 '벨 에포크(아름다운 시대)'의 파리로 돌아가는 느낌을 받을 것이다. 오늘날도 160년 전 그 자리에서 영업하고 있으며 외국 관광객들이 많이 찾는 카페로 유명하다.

오페라 가르니에. 1875년에 준공

MUSIQUE
POESIE LYRIQUE

MUSEE DU LOUVRE

19세기 말 — 몽마르트르의 번영과 카페

몽마르트르, 파리에 편입되다

몽마르트르의 어원에는 '전쟁 신의 언덕'과 "순교자의 언덕(산)"이라는 두 개의 뜻이 있다. 몽Mont은 몽타뉴Montagne의 약자로 산(언덕)을 말한다. 마르트르Martre의 어원은 고대 그리스 신화에 나오는 마르스Mars(전쟁의 신)에서 왔다고 해서 몽마르트르를 '전쟁 신의 언덕'이라고 하며, 다른 어원은 마르트르Martre가 마르튀르Martyr(순교자)에서 왔다고 해서 '순교자의 언덕(산)'이라고 한다.

3세기에 프랑스 최초의 주교 생드니Saint Denis가 카톨릭을 전파하다가 당시 파리를 지배했던 로마 제국 섭정관에 의해 몽마르트르에서 참수당했다. 이런 연유로 몽마르트르를 순교자의 언덕(산)이라고 한다. 이렇듯 몽마르트르는 전쟁 신의 언덕Mount of Mars과 순교자의 언덕Mount of Martyrs이라는 이중 어원을 담고 있다.

몽마르트르Montmartre는 1859년 파리시에 편입되었다. 파리시에 합병되기 전의 몽마르트르 지역은 파리 북쪽 성문의 인접 지역으로 포도밭으로 덮인 한낱 시골 변방에 지나지 않았지만 파리 행정구역 경계선으로부터 불과 2km~3km 정도의 거리에 있었다. 그러므로 행정구역상 파리에 속하지 않았을 뿐이지 언젠가는 파리에 병합될 수 있는 지역이었다.

당시 몽마르트르는 주거비가 파리보다 훨씬 쌌기 때문에 생활비를 많이 줄일 수 있어서 노동자같이 궁핍한 생활을 하는 사람들이 많이 거주했다. 또 파리와 달리 술에 세금도 붙지 않았기 때문에 술집에서 술을 싸게 마실 수 있는 것도 노동자들에게는 매력적이었기 때문에 돈이 없는 사람들에게는 살기가 괜찮은 곳이었다.

몽마르트르가 파리 구역으로 편입되자 생활 환경이 바뀌기 시작했다. 기존의 파리 지역에 비해 여전히 낮은 임대료와 싼 물가가 가난한 사람들을 끌어들였으며 동시에 이곳으로 서서히 카페, 주점, 레스토랑, 댄스 공연장 등도 들어서기 시작했다.

특히 가난한 예술가들에게 몽마르트르의 이런 입지 조건은 대단히 매력적이었다. 거기에 파리시에서는 볼 수 없는 포도밭이 있

평화로운 오후. 사크레쾨르가 보이는 몽마르트르 언덕의 풀밭에서 독서를 하며 햇빛을 즐기는 파리지엔느

는 자연도 그들에게는 매력적으로 다가왔다. 몽마르트르가 파리시에 편입되기 전에 이곳에서 활약한 화가나 예술가는 거의 없었다. 풍경화가 조르쥬 미쉘Georges Michel(1763~1843)이 유일하게 활약했을 뿐이다.

그러나 파리시에 편입된 19세기 중반 이후부터 예술가들이 한두 명씩 이곳으로 모이기 시작했다. 예술가들에게 가난의 고통과 시름을 달래주는 술은 그들에게 창조의 원천이었다. 주세가 면제된 값싼 술집들이 몽마르트르에 있는데 가난한 예술가들이 왜 이곳을 외면하겠는가? 파리의 전통적인 화풍에 반대하는 화가들은 이곳을 찾아서 서민 생활을 자연스럽고 생동감 있게 화폭에 담았고 그들만의 독창적인 화풍을 만들어서 모임을 결성했다.

이렇게 몽마르트르에서 세계 미술사에 큰 획을 그은 인상주의가 탄생했다. 인상주의 화가들에 이어서 두 명의 전설적인 화가도 자기들의 고국을 떠나 이곳에 와서 작품활동을 했는데 그 둘은 바로 빈센트 반 고흐와 현대 미술의 거장 파블로 피카소다. 몽마르트르에서 살면서 활동했던 이름 있는 예술가 중 절반 이상은 미술가들이었는데 여기서 꽃핀 인상주의 영향으로 화가들이 많이 모여들었기 때문이다.

20세기 초까지 몽마르트르에는 많은 예술가가 살면서 그들의 예술정신을 펼쳤다. 프랑스 제2제정Le Second Empire(1852~1870)의 후반부터 제3공화정La Troisième République(1870~1940) 초반까지 몽마르트르는 최고의 황금기를 구가했다.

비스트로의 등장

카페(커피숍)라는 매력적인 단어에 경쟁할 새로운 용어 '비스트로'라는 러시아 단어가 몽마르트르에 유입되었다. 그 장소는 1793년 개업을 한 몽마르트르의 한 조그만 식당 '카트린 어머니에게À la Mère Catherine'였다. 나폴레옹 1세는 1813년 10월 독일 라이프치히 전투에서 러시아와 오스트리아 등 유럽 동맹국과의 전쟁에서 패배했고 이듬해 유럽 동맹군은 프랑스를 침공한다.

1814년 3월 30일 파리는 유럽 동맹국에 점령당했다. 단 이틀의 교전으로 프랑스가 항복한 이 전쟁이 '파리 전투La bataille de Paris'다. 이 전투에서 패한 나폴레옹은 엘바섬으로 유배된다. 프랑스 병력의 3배가 넘는 유럽 동맹국은 파리 북부의 생드니를 지나서 파리 바로 외곽지역인 몽마르트르로 진입했다.

당시 몽마르트르는 행정적으로 파리에 편입되지 않았으며 파리를 방어하기 위한 파리 북부의 마지막 마지노선이었으며 이곳이 무너지면 유럽 동맹군은 곧바로 파리로 진입할 수 있었다. 그러나 전투가 시작되자마자 몽마르트르를 지키던 프랑스 수비군들은 하루도 버티지 못하고 일시에 무너졌고 이내 유럽 동맹군 중의 러시아군들이 몽마르트르로 들어왔다.

몽마르트르에 들이닥친 러시아군 일부가 카트린 어머니에게À la Mère Catherine 식당에 들어서서 '비스트로'를 외쳤다. 러시아어 비스트로(быстро : Bystro)는 '빨리'라는 뜻이다. 빨리 물을 달라고 했는지 술을 달라고 했는지 명확하지 않다. 그 후 프랑스에서는 이 러시아어를 '비스트로Bistrot 혹은 Bistro'라고 표기했다.

일부 전문가에 따르면 이 어원설은 공상에 의한 것으로, 프랑스에서 이 단어의 기원에 대한 진실은 확실하지 않다는 설이 있다. 아무튼 1814년 3월 30일은 러시아어 비스트로가 프랑스에 처음으로 상륙한 날이다. 이후 파리에 '비스트로'라는 글자를 쓴 업소들이 생겼다. 그리고 카페의 간판에 Café라는 단어와 함께 '비스트로Bistrot'라고 명기한 카페들도 생겼다.

19세기 초에 프랑스에 들어온 러시아어 '비스트로'는 17세기 프랑스에 유입된 커피의 원어 카파Kaffa가 카페Café로 프랑스에 토착화되었듯이 이제는 '비스트로'가 프랑스어인 듯 자연스럽게 사용되고 있다.

그리고 역사 속의 한 장면을 담았던 카페 '카트린 어머니에게'는 몽마르트르의 길거리 화가들이 관광객에게 그림을 그려주고

몽마르트르 테르트르 광장 바로 옆에 있는 '라 메르 카트린' 차양에는 BAR, BRASSERIE, '1793년 설립'이라고 표기되어 있다. 차양의 왼쪽 점선부분에 "여기에서 '비스트로'라는 말이 탄생했음Ici est né le mot 'BISTRO'"이라고 쓰여 있다.

있는 테르트르 광장의 6번지(6, place du Tertre)에서 아직도 영업하고 있다. 식당 겸 카페인 이곳의 간판 옆에는 '비스트로 단어는 여기에서 탄생했다(Le mot Bistrot est né ici).'고 쓰여 있다.

몽마르트르가 파리시에 합병되기 전 프랑스혁명 때 당통Danton은 이 식당 최초의 유명한 고객 중 한 명이었다. 식당은 1793년 오픈했고 1794년 4월에 혁명 세력의 리더 당통은 또 다른 혁명 세력에 의해 기요틴으로 처형당했다. 죽음을 1년도 안 남겨두고 혁명의 풍운아 당통은 왜 파리의 외곽 몽마르트르에 있는 카페까지 왔는지 궁금하다.

카트린 어머니 La Mère Catherine

개업연도 : 1793년(현재 영업 중)

업종 : 카페, 레스토랑

위치 : 테르트르 광장 6번지6, place du Tertre, 파리 18구

주요고객 : 당통Danton

특징 : 비스트로Bistrot 라는 단어가 여기서 탄생했다고 함

카페와 유사한 업소의 용어들

1800년대 카페가 프랑스에서 팽창하면서 카페라는 단어 외에 주류와 함께 식음료를 파는 업소를 지칭하는 다양한 용어들이 존재했다. 카페Café를 비롯해 살롱 드 떼Salon de thé, 비스트로Bistrot, 바Bar, 브라스리Brasserie, 카바레Cabaret, 타베른Taverne, 오베르쥬Auberge, 아솜므와르Assommoir, 갱게트Guinguette, 까부로Caboulot, 트로케Troquet, 가르고트Gargote, 에스타미네Estaminet(특히 북부 프랑스, 벨기에의 작은

카페 혹은 술집), 레스토랑Restaurant 등 많은 용어가 존재했다.

이들 용어는 음료나 주류 혹은 식음료를 서비스하는 업소임을 표기하거나 지칭할 때 사용했다. 우리나라(불한사전)에서는 카바레Cabaret, 비스트로Bistrot, 타베른Taverne, 바Bar, 아솜므와르Assommoir, 트로케Troquet 등의 단어를 통상적으로 선술집, 주막, 대폿집, 목로주점 등으로 번역했다.

그러나 식음료 업소와 술집을 뜻하는 이런 많은 용어가 실제로 어떤 용도로 사용되었는지 모르는 프랑스인들이 많다고 한다. 그러니 우리나라 사람이 어떻게 잘 구별하겠는가? 그래서 이런 용어들에 대해 요즈음 대중적으로 사용되는 말을 중심으로 좀 더 자세히 알아보고 가자.

1841년에 발간된 《파리 카페들의 생리학Physiologie des cafés de Paris》이라는 책에서 작가는 대부분 프랑스인이 카바레Cabaret와 타베른Taverne의 차이점을 정확히 알지 못한다고 지적하고 다음과 같이 정의를 내렸다. '카바레'는 와인만을 팔 수 있으며 앉을 수도 없고 식탁이 없는 곳이라 했고, 이에 반해 '타베른'은 앉아서 주류를 포함한 식음료를 먹을 수 있는 곳이라고 했다.

그러나 1993년 라루스 출판사에서 발행한 《카페와 카페 주인의 역사Histoire des cafés et des cafetiers》라는 책에는 타베른은 와인을 파는 소매점이며 카바레는 음료와 식사를 하는 곳이라 정의했다. 이렇게 프랑스에서도 타베른과 카바레에 대해 상반된 해석을 했다.

좀 더 일반적이고 대중화된 자료에서는 라루스 출판사가 정의한 기술에 따른다. 카바레와 타베른에 관하여 〈르 마가쟁 피토레스크Le Magasin pittoresque〉(1833년부터 1938년까지 100년 이상 발행된 프랑스 잡지. 처음에는 주간지로 나왔으나 중간에 월간지로 나중에는 격월간지로 발행함)가 1880년도 자료에서 자세히 설명하고 있다. 이를 옮기면 다음과 같다.

"1577년 3월 앙리 3세는 와인 장사, 카바레, 타베른 등과 같은 주류/음식료 업소에 관해 공동규정을 부여했다. '타베른' 안에서는 와인을 마실 수 없고 단지 사서 들고 갈 수만 있게 했고 반면에 '카바레'는 와인을 팔 수 있고 먹는 것도 줄 수 있게 했다. 1680년부터는 타베른에서 미리 조리한 고기를 팔 수 있게 했고, 와인 장사꾼에게도 똑같은 혜택을 주었다. 1698년에는 타베른 주인이 요리사를 고용하지 않고 직접 고기를 구울 수 있게 했다."

카바레 주인이 되려면 반드시 로마 카톨릭 교인이어야 했으며 미사 시간과 성주간 마지막 3일 동안은 손님을 받지 말아야 하는 조건이 붙었다. 경찰은 이러한 규정이 시행되는지 확인했으며 위반 시에는 무거운 벌금이 부과되거나 체벌을 받을 수 있었다. 18세기부터 19세기 중반 이후까지 일반적으로 카바레라는 곳의 대부분은 위생 상태가 좋지 않았다.

몽마르트르 가브리엘 도로에 있는 '몽마르트르의 타베른La Taverne de Montmartre'이라는 식음료점. 간판을 붉은 점선으로 표시했다.

18세기 말 작가이자 국민의회 의원인 작가 루이 세바스티앙 메르시에는 그의 저서 《파리의 모습》(1781)에서 카바레가 와인과 맥주, 그리고 다른 주류에 불순물을 섞어 파는 바람에 사람들의 건강을 위험하게 몰아가고 있다고 지적했다. 이미 1695년에 왕령으로 카바레 업자에게 와인에 다른 것을 섞거나 희석하는 것을 금지했지만 잘 지켜지지 않았다.

1877년에 출판된 에밀 졸라의 소설 《목로주점》에서 서민들이 찾는 카바레의 모습을 묘사한 부분이 있다.

"낮은 천장에 연기가 자욱한 거무튀튀한 가게 안의 한쪽 구석에서는 수프를 팔고 있었다."

에밀 졸라가 묘사한 이 카바레는 파리 주변에 있는 곳으로 역시 허름하고 비위생적으로 느껴진다. 카바레는 19세기 후반 몽마르트르의 시대가 열리면서 새로운 형태의 고급 업소로 변신한다. 카바레와 달리 파리에서 타베른이라는 단어를 사용하는 업소도 많다. 다만 오늘날 타베른의 사전적 의미는 특정 국가(그리스, 독일, 벨기에 등)에서 인기 있는 카페 또는 작은 식당 혹은 소박한 스타일의 레스토랑을 뜻한다.

비스트로Bistrot는 그 단어의 유래를 이미 앞에서 알아봤듯이 지금은 카페의 또 다른 개념으로 사용되는, 술과 음료를 마시는 곳, 간단한 식사를 할 수 있는 곳, 즉 레스토랑과 바와 카페의 기능을

몽파르나스 근처의 카페. 맨 위에 네온으로 BAR, BRASSERIE라는 단어를 장식하고 차양의 앞에는 Café와 Restaurant이, 옆에는 Café와 Salon de Thé가 쓰여 있다. Bistrot와 Comptoir만 빠지고는 '식음료 업소'를 뜻하는 웬만한 단어는 다 사용하고 있다.

조합한 곳으로 볼 수 있다. 비스트로는 파리에서 카페라는 단어와 함께 식음료 업소의 간판에서 가장 많이 사용된다.

브라스리Brasserie는 원래 맥주 홀이라는 뜻으로 사용되며, 오베르쥬Auberge는 주막 혹은 내부를 시골풍으로 꾸민 고급 음식점을 의미한다. 오늘날 사전적 의미는 소도시나 마을의 호텔 정도 수준의 관광숙박시설을 말한다.

라솜므와르L'assommoir는 목로주점木壚酒店으로 번역되며 나무판을 선반과 같이 길게 만들어서 그곳에 술과 안주를 놓고 술을 마시는 곳으로 우리의 선술집 혹은 주막에 해당한다. 목로주점L'assommoir은 우리에게 너무 잘 알려진 에밀 졸라 소설 제목이기도 하다. 아솜므와르Assommoir는 당시 프랑스 사회에서 잘 쓰지 않던 속어로 '궁둥이'라는 뜻과 '싸구려 선술집'이라는 뜻을 지니고 있었다. 에밀 졸라가 그의 소설 제목으로 이 단어를 사용함으로써 프랑스 사회에서 유명해졌다.

갱게트Guinguette는 교외에 있는 주일에만 문을 여는 유흥업소로, 그 외 축제 일에 술을 마시고 음식을 먹고 춤도 출 수 있는 곳이며 종종 무도회장으로 사용되는 도시 교외에 있는 카바레를 뜻한다.

오늘날 파리시가지를 걷다 보면 파리 카페의 차양이나 간판에

파리 7구 위니베르시테 도로에 있는 카페. 차양에 Cafe와 Bisrot 라는 말을 함께 쓰고 있다.

살롱드떼, 카페, 비스트로, 브라스리, 바Bar, 콩투아Comptoir(계산대, 카운터라는 뜻이 있고 영어의 Bar를 말하기도 함) 등 대부분 두서너 개의 단어를 한꺼번에 써놓은 것을 어렵지 않게 찾아볼 수 있다. 카페의 간판이나 차양에 딱 하나의 단어를 사용한 카페를 찾아보기는 어렵다.

프랑스 어디를 가나 커피나 음료수 그리고 술은 카페Café 에서도 마실 수 있고, 바Bar에서도 마실 수 있다. 비스트로나 브라스리도 명칭만 다를 뿐 이들 어느 업소를 가도 커피를 마시고 술을 마실 수 있다.

몽마르트르의 카페들

19세기 중엽 이후 몽마르트르가 파리시에 편입되자 다양한 형태의 식음료 업소들이 들어섰다. 파리 중심부에 있는 카페와는 질적으로 다른 형태의 카페가 도시 근교나 시골 같은 곳에서 있었듯이 몽마르트르에서도 일찍부터 카페는 있었다.

시골의 카페는 내부 장식이 세련되거나 화려할 필요도 없을 뿐더러 분위기가 중요한 것도 아니었다. 이런 카페들은 동네 장정이나 주정뱅이들에게 술을 파는 것이 주목적이었으며 커피나 차를 파는 것은 부업이었다. 이렇게 술을 위주로 영업하는 업소를 카페라고 하기보다는 카바레라고 하는 것이 더 적절한 표현이다.

몽마르트르의 카페(카바레)들도 시골 카페처럼 누추했으며 커피 손님보다도 술꾼이 더 많았다. 1860년 이후에 몽마르트르는 파리 18구에 편입되었다. 하지만 1870년 파리 코뮌 이후로 몽마르트르는 나쁜 평판이 있는 지역으로 낙인이 찍혔다.

파리 코뮌 때 코뮈나르들은 파리 18구 몽마르트르와 20구 벨빌이 있는 지역에서 프랑스 임시정부와 끝까지 교전하고 저항했다. 파리 코뮌의 주축 세력은 주로 노동자들이었으며 당시 파리 18구, 19구, 20구에는 노동자들이 많이 살고 있었다.

이런 지역적 연고로 몽마르트르 지역의 코뮈나르들이 임시정부와의 항전에서 쉽게 물러나지 않았기 때문에 파리 코뮌 사태가 진압된 후에도 파리시민들에게는 몽마르트르에 대한 인식은 별로 좋지 않았다. 당시 몽마르트르에는 프로이센군으로부터 파리의 북방을 지키기 위해 200여 개의 대포가 배치되어 있었던 것도 몽마르트르 코뮈나르들이 끝까지 항거한 이유 중 하나였다.

외국 군대가 파리로 진격하기 위해서는 주로 파리 북방 몽마르트르로 진입하기 때문에 프랑스의 군사 전략가들은 몽마르트르가 파리를 지키기 위한 중요한 곳이었다. 따라서 전쟁이 일어날 때마다 이곳은 대포와 군인들을 많이 배치했다.

1870년 7월 19일 프로이센에 선전포고한 나폴레옹 3세 때에도 몽마르트르에는 대포와 군인들이 주둔해 있었다. 그러나 나폴레옹 3세는 어이없게 9월 2일, 8만 명이 넘는 프랑스 군대와 함께 항복했다.

1871년 3월 파리 코뮌이 결성되기 전 이미 프랑스는 프로이센에 항복했기 때문에 나폴레옹 3세의 제2제정은 끝나고 이어서 임시정부가 들어섰다.

아돌프 티에르Thiers, Louis Adolphe가 이끄는 당시 임시정부는 프로이센 군대에 대항하기 위해 조직된 국민방위군의 무장해제와 함께 몽마르트르의 대포들도 철거하라고 명령을 내렸다. 그러나 이에 저항하는 민중과 노동자들이 중심이 되어 파리 코뮌을 수립했다.

프랑스 임시정부는 파리 코뮌을 인정하지 않았고 그 결과 약 2개월간 서로 피나는 교전 끝에 마침내 파리 코뮌은 백기를 들었다. 마지막 투항을 하던 150여 명의 코뮈나르들은 파리 20구에 있는 페르 라쉐즈Père-Lachaise 공동묘지에서 모두 사살되었다.

후일 이들이 사살된 곳에 '1871년 5월 21-28일, 코뮌의 사상자들에게'라고 쓴 명패가 세워졌다. 파리 코뮌 사건은 약 2개월 동안의 교전에서 파리 코뮌 측에서만 2만 명 이상의 사망자가 나왔는데, 이는 프랑스 대혁명 말기 로베스피에르의 공포정치시대(1793.9~1794.7) 때보다도 더 많다.

시간이 어느 정도 흐른 후 몽마르트르로 사람들이 서서히 몰려들기 시작했다. 몽마르트르 언덕 바로 아래에는 두 개의 큰 도로 클리쉬 대로Boulevard de Clichy와 로쉐슈아르 대로Boulevard de Rochechouart가 있다. 이 두 개의 대로 사이에 있는 조그만 로터리를 피갈 광장La place Pigalle이라고 하며, 두 대로를 포함한 지역을 피갈 구역Le Quartier Pigalle이라고 한다.

1880년대부터 예술가들은 몽마르트르 언덕 밑에 있는 피갈 광장La Place Pigalle 주위에 있는 카페와 카바레에서 만나는 것을 선호했다. 그들은 그들만의 카페를 찾았고 그 카페들은 곧 특정 예술가 집단들의 아지트가 되었다.

특히 마네를 위시한 인상파 화가들은 1871년부터 몽마르트르 근처의 바티뇰 지역에 있는 카페 게르부아Le café Guerbois에서 바티뇰 그룹이라는 것을 형성해 인상파 운동을 추진하고 있었다.

피갈 구역이 활성화된 것은 클리쉬 대로, 피갈 광장, 로쉐슈아르 대로에 제대로 된 시설을 갖춘 카페와 새로운 개념의 카바레가 등장해서 성업을 이룬 1870년대부터 1890년 사이로 볼 수 있다. 이때 등장한 대표적 카페와 카바레는 다음과 같다.

클리쉬 대로에 접한 피갈 광장에는 카페 라베이에 드 텔렘L'Abbaye de Thélème, 카페 라 누벨 아텐느La Nouvelle Athènes, 카바레 르 라 모르Le Rat mort, 클리쉬 대로에는 카바레 꺄짜르Le cabaret des Quat'z'arts, 카페 뒤

탕부랭Café du Tambourin과 물랭 루즈Moulin Rouge가 그리고 로쉐슈아르 대로에는 카바레 샤 누아르Le Chat Noir가 있었다.

이 업소들은 당시 몽마르트르에서 예술가들이 교류하고 활동했던 이름난 카페와 카바레들이다. 이 카페와 카바레들은 크게 세 부류로 나눌 수 있다. 예술가들이 거의 매일같이 만나는 카페들은 '르 게르부아Le guerbois', '라 누벨 아텐느La nouvelle Athènes', '르 라 모르Le rat mort (죽은 쥐)' 가 대표적이었다.

미술 작품 전시용 카페로는 라 그랑드 뺑트La grande pinte 라베이 드 뗄렘L'abbaye de Thélème, 르 탕부랭Le tambourin이 유명했다. 신문, 잡지의 기자와 편집인들은 라 타베른 뒤 바뉴La taverne du bagne, 로베르쥬 뒤

클리쉬 대로 82번지에 물랭 루즈가 있다(사진에서 맨 뒤쪽에 있는 건물). 1980년대 물랭 루즈 부근으로 많은 섹스샵과 불건전한 바Bar가 많았다. 지금은 많이 정리된 듯하지만 여전히 섹스샵과 불법스러운 업소들이 있다.

크루L'auberge du clou, 샤 누아르Le chat noir(검은 고양이) 카페에서 자주 모였다.

이 카페들 대부분은 몽마르트르 언덕 기슭 아래 큰 길이 뚫린 클리쉬 대로Boulevard du Clichy에 모여 있었다. 그리고 유명한 카바레 '물랭 루즈'도 이 대로에서 1889년에 문을 열었고 인상파 화가들은 카페 게르부아에 첫 둥지를 틀었다. 그리고 1875년 이후부터 이들은 라 누벨 아텐느La nouvelle Athènes를 새 아지트로 삼았다.

인상파 화가 중에서는 몽마르트르의 카페에서 주로 활동하면서도 다른 곳의 카페에 가서 즐기는 특이한 이도 있었다. 몽마르트르의 카페를 애용했던 인상파 화가 모네는 아이러니하게도 이탈리앙 대로Boulevard des Italiens에 있는 고급 카페 리쉬나 토리토르와 같은 부르주아 카페에 마음을 주었다.

파리 18구 몽마르트르가 프롤레타리아 계층이 모여 있는 지역이라면 오페라 가르니에Opéra Garnier 앞에서 시작하는 이탈리앙 대로에 있는 카페들은 부르주아들이 가는 곳이다. 모네가 가난했을 때는 감히 그곳을 쳐다보기만 했을 뿐 갈 수가 없었다. 유명해지고 그의 작품값이 오르자 드디어 그는 고급 카페에 드나들 수 있었다.

모네는 20세기에 들어서면서 1900년 한 해 동안 그림으로 21만 3천 프랑을 벌었다. 1890년대 프랑스에서 연 수입 10만 프랑 이상인 사람들은 3천 명밖에 없었다. 찢어지게 가난했던 젊은 시절의 고생과 시련을 딛고 갑부의 대열에 들어선 그는 경제적으로도 성공한 화가, 역사적으로도 길이 남을 대가가 되었다.

몽마르트르 언덕 아랫길 클리쉬 대로 68번가(68 Boulevard de Clichy)에서 1881년에 오픈한 카페 검은 고양이Le Chat Noir는 스위스 태생으로 프랑스에 귀화한 화가 테오필 알렉상드르 스탱랑Théophile Alexandre Steinlen의 고양이 포스터로 유명한 곳이다. 이 카페는 출판사 편집자들의 모임으로 유명했으며 19세기 후반 보헤미안의 상징이었던 문화 상류층의 만남의 장소이기도 했다.

죽은 쥐Le Rat mort라는 징그럽고 해괴망측한 카페 이름도 있었다. 그러나 이 카페는 이름과 달리 몽마르트르에서 매우 유명한 카페가 되었다. 1835년에 현재의 피갈 광장 7번지에 들어선 이 카페의 이름은 피갈 광장의 그랑카페Le Grand Café de la Place Pigalle였다.

1860년대 후반쯤에 프랑스 저널리스트 3명이 카페 누벨 아텐느(1881년 부터 인상주의 화가들의 아지트가 된 카페) 사장과 논쟁을 벌인 후 앞에 있는 새로운 카페에 들렀다. 카페는 새롭게 단장한 지 얼마 되지 않았는지 페인트 냄새와 벽에 바른 석회 냄새도 제대로 빠지지 않았으며 게다가 고약한 냄새까지 진동했다. 그때 새로 온 어떤 고객이 "여기서 죽은 쥐 냄새가 나요(Cela sent le rat mort ici)"라고 말한 이후 이 카페는 '죽은 쥐'라는 별칭을 얻게 되었다.

저널리스트 3명과 함께 카페 누벨 아텐느를 이탈한 사람들이 모두 이 카페 '라 모르'의 새로운 고객이 되었다. 카페명이 '죽은 쥐'가 된 이유를 알고 보면 수긍이 되겠지만 왜 이렇게 징그러운 상호를 사용했는지 이해할 수 없다. 참으로 악마주의 시인 보들레르 후예들다운 발상이다.

해괴한 이름이 붙은 카페였지만 배우, 저널리스트, 작가, 화가, 화가들의 모델, 예쁘고 외로운 숙녀들의 만남의 장소가 되는 것을 막지 못했다. 유명한 상징주의 시인들로서 동성애자 랭보가 베를렌느를 칼로 찌른 곳도 이곳이다.

고흐가 사랑한 이탈리아 여인의 카페 '탕부랭'은 몽마르트르에서 전시장을 겸한 카페 중 하나였다. 고흐의 첫 그림 전시회가 여기서 열렸다. 이렇게 19세기 말 수많은 몽마르트르의 카페들은 예술가들과 기쁨, 애환, 그리고 역사를 함께했다. 몽마르트르의 카페들은 예술가들의 삶의 현장이었다. 창작의 고통과 삶의 애환을 커피와 술로 잊으면서 영혼의 안식을 찾던 곳이 카페였다.

그러나 오늘날 애석하게도 19세기 말 몽마르트르의 유명 카페들은 흔적도 없이 사라졌고 간판도 없어졌다. 그곳에는 건물이 리모델링되었거나 혹은 다른 업종의 업소로 바뀌어 있다. 보헤미안 시대를 대변하는 듯한 카바레 물랭 루즈와 몇 개의 업소만이 그 자리를 지키고 있다.

고흐의 화폭에 담긴 '갱게트Guinguette'는 '라 본느 프랑퀘트La

Bonne Franquette'라는 다른 카페로 바뀐 채 아직도 영업 중이다. 1860년부터 몽마르트르에서 카바레로 영업했다는 '오 라팽 아질Au Lapin agile(날쌘 토끼)'은 오늘날에도 문을 열고 손님을 맞고 있다. 아울러 파리에서 사진 찍는 사람들이 좋아하는 몽마르트르의 '라 메종 로즈La Maison rose(장미집)'도 인상파 화가들이 가지 않던 식당이지만 100년 넘도록 영업하고 있다.

인상파 그림 속의 몽마르트르 카페들

원래부터 자유분방한 기질이 큰 예술가들에게 몽마르트르가 주는 보헤미안 분위기는 예술 활동에 더할 나위가 없었을 것이다. 마네를 몽마르트르의 보헤미안 생활로 안내해준 사람 역시 전통과 사회에 대한 반항적 기질이 너무나 많았던 상징주의 시인 샤를 보들레르Charles Baudelaire였다.

몽마르트르에 모여든 화가들, 특히 인상파 화가들은 술집(브라스리La brasserie)과 카페에 모여 새로운 화풍에 대해 의견을 나누며 교류했다. 그들은 아카데믹하거나 역사화를 높게 평가하는 기존의 진부한 화풍에서 벗어나서 빛으로 세상을 보는 또 다른 방법의 화풍을 개척했다. 인상파 화가들이 카페나 브라스리 안에서 세상을 보는 눈은 아카데믹한 화풍에 젖은 당시의 화가나 살롱전 심사위원들이 갖는 시각과는 차이가 있었다.

인상파 화가들은 그들이 즐겨 가는 카페나 카바레, 갱게트를 소재로 그곳에서 술을 마시는 사람 혹은 춤을 추는 사람들을 화폭에 담았다. 그들의 그림에는 생활의 리듬감이 있었고 그들이 묘사하는 그림에는 붓 자국이 있었고 색채는 발랄했다. 인물들의 묘사는 소박하고 서민적이고 때론 육감적이었다.

인상주의 작가 그룹의 선두에 있는 마네와 르누아르는 카페, 브라스리, 갱게트에 가서 그들의 감정을 화폭에 표출했다. 그들은 보헤미안 분위기가 물씬 풍기는 몽마르트르에서 일상의 즐거움을 느끼고 그 정서와 감동을 화폭에 담았다. 카페나 카바레에서 서빙하는 여인의 관능미, 샴페인, 굴, 햄, 유혹자들, 술중독자들, 그리고 술잔을 두고 앉은 여성의 외로움 등, 이 모든 삶의 비규칙적이고 보헤미안적인 것이 인상주의 화가들에게는 그림의 소재가 되었다.

술집, 무도회에 나온 여인의 관능미를 묘사한 르누아르(작품 배경 장소 Moulin de la Galette), 술과 남성 사이에서 외로운 듯한 여인의 모습을 포착한 드가(작품 배경 장소 Le Café de la Nouvelle Athènes), 카바레 무희의 모습에 반한 작가의 심정을 그림 속에 담아낸 로트렉(작품 배경 장소 Moulin Rouge), 카페 주인을 그리고 자신이 그 카페에서 로트렉의 그림 모델이 된 반 고흐(작품 배경 장소 Café du Tambourin), 카페에서의 여자 연극배우와 술잔을 묘사한 마네(작품 배경 장소 Le Café de la Nouvelle Athènes).

이처럼 인상주의 화가들이 그린 카페와 술집은 그들 삶과 작업에 활력을 주는 장소이자 작품의 모티브가 되었다. 특히 인상파 화가들 그룹의 선두에 있었던 마네와 르누아르에게 몽마르트르의 카페와 카바레는 예술적 영감을 주는 곳이었다.

르누아르의 〈물랭 드 라 갈래트의 무도회Bal du Moulin de la Galette〉(유화 1876)의 장소는 갱게트Guinguette(야외에서 먹고 마시며 춤도 추는 교외의 술집)라고 불리는 곳이다. 몽마르트르의 인상주의 화가들은 이렇게 카페와 브라스리, 갱게트, 카바레 등으로 불리는 다양한 술집을 그들의 화폭에 담았다. 또한 카페나 바 혹은 브라스리 내부에서 술을 나르는 여성, 술을 마시는 여성 혹은 고독하게 있는 여성, 카운터에서 멍때리는 젊은 여성, 춤추는 여성 등 다양한 인물의 표정과 동작을 담아냈다. 그곳에는 생기발랄한 사람들의 모습이 있고 혹은 우울한 여인의 모습도 있다.

인상파 화가들이 몽마르트르 언덕에 모여서 활동을 하던 무렵 몽마르트르의 카페에도 조그만 변화가 생겼다. 브라스리Brasserie라는 맥주 홀이 등장했다. 대형 브라스리에서 맥주를 마시고 신 슈크루트Choucroute(양배추 절임)를 먹는 시대가 도래했다.

마네의 〈맥주잔을 든 여종업원La serveuse de bocks〉(유화 1879년 작)은 브라스리에서 맥주를 나르는 여성을 묘사한 것으로 브라스리를 상징하는 대표적인 그림이며 또 다른 작품 〈카페에서, 카페-콘서트Au Café, Café-Concert〉(유화 1878년 작)도 제목을 카페라고 달았지만 브라스리의 모습을 그린 그림이다.

인상파 화가들은 몽마르트르에서만 그림을 그리지 않았으며 빛을 찾아서 들판으로 강가로 나갔다. 센강 북쪽에도 카페가 있었으며 파리 근처 강가의 카페는 센강의 뱃놀이를 하는 사람들을 위한 곳이었고 거기에서는 선원처럼 하얗고 푸른 줄무늬 스웨터를 입은 웨이터가 주문받았다.

카페에서 사람들은 술이나 커피를 마시고 나룻배를 탔고, 뱃놀이가 끝나면 아코디언의 음률에 맞추어 춤판이 벌어졌다. 기 드 모파상의 〈이베트Yvette〉(1884)라는 소설에 이런 장면을 묘사한 글이 나온다. 르누아르도 뱃놀이하는 사람들을 그린 작품이 몇 점 있다.

몽마르트르에서 인상파 화가들은 특정 카페를 정해놓고 거기서 정기적으로 모였다. 화가들은 그들 그림의 성격 혹은 화풍에 따라 무리를 짓듯이 모임을 만들었고 또 자기들만의 전시회도 개최했다. 인상파 화가들은 프랑스 국가가 공식적으로 개최하는 살롱Le Salon전에 반발하여 자체적으로 전시회를 만들어, 1874년에서 1886년까지 12년 동안 8번의 인상주의 작가만을 위한 전시회를 주최했다.

인상주의를 잇는 작가들을 후기 인상주의라 한다. 후기 인상주의에 속하는 반 고흐도 인상주의에 매료되어 그 화풍을 이어가다가 독창적인 화풍을 창조했다. 네덜란드에서 파리로 넘어온 반고흐의 작품에서도 몽마르트르의 카페를 찾아볼 수 있다. 고흐가 몽마르트르에서 생활할 때 그곳을 소재로 한 다수의 작품 중에 유화 〈몽마르트르의 카페 테라스Terrasse de café à Montmartre〉라는 작품이 있는데 이 작품의 별칭은 '갱게트La guinguette'다.

고흐가 그린 〈몽마르트르의 카페 테라스〉는 19세기 말과 20세기 초에 화가들의 모임이 있었던 곳이다. 피사로Pissarro, 시슬레Sisley, 세잔느Cézanne, 툴루즈-로트렉Toulouse-Lautrec, 르누아르Renoir, 모네Monet, 그리고 소설가 에밀 졸라Zola 등이 모였다. 이 카페는 1925년부터 '라 본느 프랑퀘트La Bonne Franquette'라는 상호를 달았다. '격식 차리지 않고' 혹은 '소박하게'라는 뜻을 가진 상호이며 당시 몽마르트르의 보헤미안적인 분위기를 풍기는 단어를 카페 이름으로 했다.

고흐의 그림 〈몽마르트르에 있는 갱게트〉가 있었던 자리에 라 본느 프랑퀘트La Bonne Franquette 라는 카페가 들어섰다. 정면 2층 벽에 붙어 있는 세로 현판에 '고흐 그림의 제목 〈갱게트〉가 있던 자리였다'라는 설명이 있다. 정면 간판에는 카페와 레스토랑, 뱅(와인)이라는 단어가 적혀 있고 좌측 간판에는 카페, 레스토랑, 카바레라고 적혀 있다. 커피와 음료, 그리고 포도주와 같은 술도 마시고 식사를 할 수 있고, 춤도 출 수 있는 곳이라고 표기했다.

인상파 화가들의 아지트 1 - 카페 게르부아

현재 파리 17구에 속하는 바티뇰Batignolles 인근에 아틀리에를 소유한 마네는 인상주의 화가들을 중심으로 1874년까지 9년 동안 카페 게르부아Cafe Guerbois (카페명은 주인 이름)에 출입했다. 파리 17구 클리쉬가 9번지(9, avenue de Clichy)에 위치한 카페 게르부아는 마네를 중심으로 뭉친 인상파 화가들의 단골 카페였다.

클리쉬 거리의 옛 명칭은 바티뇰Batignolles이었다. 그래서 이 지역에서 마네와 함께 새로운 화법을 찾기 위한 모임을 갖던 작가들을 바티뇰그룹Le Groupe des Batignolles 이라고 했다. 카페 게르부아는 인상주의 화가들의 모임과 교류의 장소였으며 토론의 방이기도 했다.

이 카페에서 인상주의 운동이 펼쳐졌다. 인상주의 운동에 선두에 선 마네는 인상주의 작가들과 이 카페에서 매주 금요일 모였다. 카페 게르부아에는 마네와 뜻을 같이한 인상주의 화가 르누아르, 세잔, 바질, 피사로와 드가 등이 함께했으며 문학가 에밀 졸라도 자주 그곳에 있었다. 마네는 인상주의 화가들에게 많은 영향력을 끼친 작가다. 그를 따르던 주요 인상주의 화가들과 연구도 함께하고 같이 작품활동을 했지만, 마네는 인상주의 화가가 되기를 거부했다.

1873년 12월 27일 마네는 클로드 모네Claude Monet, 오귀스트 르누아르Auguste Renoir, 알프레드 시슬리Alfred Sisley, 카미유 피사로Camille Pissarro 및 에드가 드가Edgar Degas와 함께 화가, 조각가, 판화가를 망라한 무명 예술가협회Société anonyme des artistes peintres, sculpteurs et graveurs를 결성했다. 이 협회는 국가가 지원하는 프랑스 예술가 협회La Société des artistes français와는 별개로 활동했다.

1874년 인상주의 작가들은 카페 게르부아에서 프랑스 국가 살롱전에 반대하면서 인상주의 작가만을 위한 전시회를 개최할 것을 결의했다. 첫 전시회는 동시대 프랑스 유명 예술가들의 인물 사진을 전담하다시피 한 전설적인 사진가 나다르Nadar의 스튜디오가 있는 오페라가 28번지에서 개최되었다.

그러나 인상파 그룹의 수장이라 할 수 있는 마네는 인상주의 전시회에 자기 작품을 출품하지 않았고 그 이후로도 한 번도 자기 작품을 내지 않았다. 마네는 살롱전에 더 관심을 가졌고 그곳에서 자기 작품이 인정받을 때까지 포기하지 않았다. 마네는 인상파 작가들의 전시회에 자기 작품을 출품하지 않았지만, 동료들과 큰 마찰은 없었다.

마네가 죽고 성공한 이후의 모네는 마네의 작품 〈올랭피아Olympia〉가 프랑스의 어떤 미술관에도 보관되지 않음을 알고 당시 총리이며 친구였던 클레망소에게 부탁해서 루브르박물관에 영구 보존을 요청했다. 그러나 루브르에서는 거절했고, 뤽상부르미술관에서 유치하겠다고 나섰으며, 현재는 인상주의 작가들의 작품만을 별로로 모은 오르세미술관에 전시되어 있다.

19세기 후반 프랑스 사회사에 중요한 자료가 되는 에밀 졸라(1840~1902)의 《루공 마카르 총서L'Œuvre-Les Rougon-Macquart》(1871~1893년 발행)에서는 카페 게르부아Café Guerbois를 카페 보드캥Café Baud-equin으로 바꾸어 소개한다.

"카페 보드캥은 바티뇰 대로와 다르세 거리Rue Darcet와 만나는 모퉁이에 있다. 왜인 줄 모르지만 가니에르 혼자 이곳에 살고 있음에도 불구하고 그룹의 사람들은 회의의 장소로 이 카페를 선택했다. 그룹의 무리는 정기적으로 일요일 저녁에 이곳에서 모임을 한다. 그리고 목요일 5시경 시간이 나는 사람들은 습관적으로 이곳에 잠깐 나타났다. (중략) 사람들은 그들이 창조해나가고 있는 전설이라는 것을 잘 알고 있었다."

에밀 졸라는 마네가 이끄는 인상주의 화가들의 정기적인 모임에 수시로 참석했기 때문에 인상파 화가와 카페 게르부아의 상관관계를 누구보다도 잘 알고 있었다.

1883년에 발표한 기 드 모파상(1850~1893)의 〈저녁Une soirée〉에서도 몽마르트르의 카페와 인상주의 화가들에 대한 언급이 있다.

"그는 이미 큰길 건너에 유명해진 화가들, 문인들 심지어 음악가들이 모이는 작은 카페들이 있다는 것을 들었다. 그는 느린 걸음으로 몽마르트르를 오르고 있었다. 두 시간의 여유가 있는 그는 카페들을 보고 싶었다. 마지막 보헤미안들이 자주 갔다는 술집 앞에서 예술가들이라 짐작되는 사람들을 찾으며, 그들의 머리를 보며 지나쳤다. 마침내 그는 업소 이름만으로도 사람을 끌어들이는 '라 모르Rat Mort (죽은 쥐)'에 들어갔다."

카페 게르부아에서 많은 시간을 가졌던 아일랜드 작가 조지 무어는 1888년에 발표한 그의 소설 《영국 젊은이의 고백Confessions of a Young Man》에서 다음과 같이 회상한다.

"나는 시간별로 냄새를 기억한다. 아침에 버터로 요리한 달걀 냄새, 쓴 담배 냄새, 커피와 싸구려 코냑 냄새, 5시에는 압생트 원료의 쑥 냄새, 5시 조금 지난 후에는 요리한 스프에서 김이 올라온다. 밤이 깊어질수록 커피와 버터, 맥주 냄새들은 섞인다. 대리석 테이블은 언제나 그곳에 있었다. 우리는 그곳에 습관처럼 앉아서 새벽 2시까지 미학을 논했다."

조지 무어는 10대와 20대 15년을 파리에서 보냈다. 그때의 체험이 녹아든 글이 《영국 젊은이의 고백》이다. 조지 무어의 카페 게르부아를 묘사한 글을 보면 그곳은 가난한 예술가들의 휴식 공간임을 느낄 수 있다. 그들은 그런 으슥한 곳에서 그들의 열정과 의지를 불태웠다.

인상파 화가들의 아지트 2 - 카페 누벨 아텐느

1876년부터 마네의 바티뇰파 즉 인상주의파 화가 중 일부는 그들의 카페를 옮긴다. 이유는 카페 게르부아가 점점 시끄러워져서 회합에 방해가 되었기 때문이다. 파리 18구 플라스 피갈 9번지(9 La place Pigalle)에 위치한 카페 드 라 누벨 아텐느Le Café de la Nouvelle Athènes(뉴아테네)가 그들의 새로운 아지트가 되었다.

네오클래식 건축물인 이 카페는 건물 양식과 이름을 그리스 예술에서 영감받았다. 두 카페 간의 거리는 약 1km 정도였다. 1871년부터 이 카페에서 간헐적으로 인상주의 화가들이 만났었고 1876년부터 19세기 말까지 인상파 화가들의 모임 장소가 되었다. 1870년대 말 마네와 드가가 유독 편애한 카페가 바로 피갈 광장Place Pigalle에 있는 뉴 아테네La Nouvelle Athènes였다.

이곳에서 젊은 모리스 라벨Maurice Ravel이 작곡가이자 피아니스트인 에릭 사티Erik Satie를 만났다. 이 카페를 배경으로 마네는 엘렌 앙드레Ellen Andrée(마네, 드가, 르누아르의 그림 모델로 자주 등장한 배우이자 모델)를 모델로 〈자두주Le Prune〉를 그렸다. 또한 엘렌 앙드레와 화가 마르셀랭 데부탱Marcellin Desboutin이 모델인 드가의 〈카페 안에서Dans un café〉 혹은 〈압생트L'Absinthe〉라는 작품도 이 카페가 배경이다. [주 : 압생트: 19세기 말 프랑스에서 크게 유행했던 술. 쑥을 주성분으로

하여 알코올과 함께 증류한 도수가 높은 술]

인상주의 화가들이 활약했던 19세기 말에는 압생트라는 술이 유행했다. '초록색 요정'이라는 별명은 붙은 이 술은 쑥을 증류한 것으로 도수는 50도 내외로 알제리가 원산지다. 1880년에서 1900년 사이에 생산량이 3배로 늘어날 정도로 프랑스에서 이 시기에 인기가 있었으며 19세기 말과 20세기 초 프랑스에서 활동했던 수많은 예술가와 작가들이 압생트 술꾼이었다.

그리고 그들의 작품에 압생트가 등장하고 묘사되었다. 에두아르 마네Edouard Manet, 에드가 드가Edgar Degas, 아메데오 모딜리아니Amedeo Modigliani, 앙리 드 툴루즈 로트렉Henri de Toulouse-Lautrec, 빈센트 반 고흐Vincent van Gogh와 같은 인상주의 화가들, 기 드 모파상Guy de Maupassant, 폴 베를렌느Paul Verlaine, 아르튀르 랭보Arthur Rimbaud, 오스카 와일드Oscar Wilde 에밀 졸라Émile Zola와 같은 시인, 소설가들이 이 술을 사랑했고 그들의 작품 속에서 묘사했다.

20세기 초에도 많은 유명한 화가들과 문인들도 이 문화적 증류수(압생트)를 좋아했다. 대표적 인물로는 세기의 마술사 알레스터 크로울리Aleister Crowley, 어니스트 헤밍웨이Ernest Hemingway, 파블로 피카소Pablo Picasso, 작곡가 에릭 사티Erik Satie 등이 있다.

프랑스에서는 압생트로 인해 알코올 중독자가 많이 생기고 또 사회에 심각한 피해를 준다고 판단해서 1차 세계대전이 한창인

1915년 3월 16일 법령으로 제조를 금지했다.

카페 드 라 누벨 아텐느가 있던 곳은 2000년대 초반 화재로 소실되기 전, 몇 차례 업종이 바뀌었다. 인상파 화가들에 의해 바티뇰Batignolles 지역에 있던 카페 게르부아Guerbois(현재 클리쉬가 9번지(9, avenue de Clichy))와 피갈Pigalle 지역의 카페 누벨 아텐느La Nouvelle-Athènes(뉴 아테네)는 역사에 기록된 카페다. 현재는 그 모습을 인상주의 화가들의 작품과 사진 속에서만 찾아볼 수 있다.

고흐의 여인과 카페 탕부랭Café Tambourin

몽마르트르에는 카페 갤러리도 있었다. 이탈리아 출신 모델 아고스티나 세가토리Agostina Segatori(1841~1910)가 1885년 3월에 문을 연 카페 탕부랭Café Tambourin은 그림 전시장을 겸한 카페였다. 위치는 몽마르트르의 클리쉬 대로 62번지(62 Boulevard de Clichy)에 있었다.

당시에 많은 예술가가 이 카페를 애용했다. 이 카페가 문을 연 다음 해, 1886년 3월에 고흐는 파리에 와서 몽마르트르에 정착했다. 19세기 후반은 아직도 인상주의의 시대였다. 고흐는 몽마르트르 일대를 뜨겁게 달구었던 인상주의 화풍의 분위기에 젖으면서 이곳에 도착하자마자 그림을 그렸다.

파리 몽마르트르의 생활에 적응하면서 그는 자기보다 10살 더 많은 카페 탕부랭의 여주인과 애정을 나누는 사이가 되었다. 내성적인 반 고흐가 어떻게 이 여인과 사랑을 나누는 관계로 발전했는지 궁금하다.

고흐는 아고스티나 세가토리의 배려로 그녀의 카페에서 작품 전시회를 열었으나 작품은 팔리지 않았다. 1887년 그녀의 카페가 파산을 맞았을 때, 고흐는 그녀를 재정적으로 돕기 위해 그가 수집했던 일본 판화를 이 카페에서 전시하고 판매를 시도했으나 신통치 않았다. 카페는 파산했고 1888년 2월 고흐는 파리를 떠나 남프랑스 아를Arles로 갔다.

그는 몽마르트르에서 아고스티나 세가토리를 모델로 여러 개의 그림을 그렸는데 1887년에 그녀를 그린 두 점의 유화가 각각 암스테르담의 고흐미술관과 파리의 오르세미술관에 보전되어 있다. 암스테르담 고흐미술관에 소장된 작품은 〈탕부랭에서의 여인La Femme au tambourin〉이며, 오르세미술관이 소장한 작품명은 〈이탈리아 여인L'Italienne〉이다.

인상파 화가 에두아르 마네Édouard Manet도 이 이탈리아 모델 겸 카페 주인을 대상으로 그림을 그렸다. 바르비종 화파의 창시자 중 한 명이며 대표 화가 장 밥티스트 카미유 코로Jean-Baptiste-Camille

Corot도 1866년 이 이탈리아 여인을 프랑스 화가 중 제일 먼저 화폭에 담았는데, 그녀의 아름다움이 한창이던 25세 때의 일이다.

새로운 패러다임의 카바레 - 검은 고양이Le Chat Noir

샤 누아르Le Chat Noir(검은 고양이)는 1881년 11월에 로돌프 살리Rodolphe Salis가 문을 연 카바레다. 프랑스에서 어떤 이들은 이 업소를 카페로 분류하기도 하나 카바레라고 하는 것이 정설이다. 로돌프 살리의 부친은 프랑스 중부 지방에서 카페를 운영했던 사람으로 그도 부친을 따라 30살쯤에 카페 사업에 뛰어들었다.

처음에 그가 가게를 오픈 한 장소는 몽마르트르 언덕 밑의 로쉐슈아르 대로 84번지(84 Boulevard de Rochechouart)였다. 1880년과 1890년 사이에 몽마르트르에는 대중문화(저급문화)와 고급문화가 융합된 새로운 개념의 카바레가 유행했는데 그 선두주자에 로돌프 살리의 샤 누아르가 있었다.

그전까지 카바레는 저급한 술집이라는 오명을 쓰고 있었다. 노동자나 하층민을 대상으로 어두침침하고 좁은 공간의 비위생적인 술집(주막집)이 기존 카바레를 대변했다면 샤 누아르는 문화적 격조가 있는 현대의 카바레라는 역사를 썼다.

로돌프 살리는 그동안 꾀죄죄한 술집이라고 비아냥을 받았던 카바레의 고정관념을 바꾸기 위해 센강 좌안에서 발달한 세련된 카페 문화를 기존의 카바레라는 곳에 도입함으로써 그간 카바레에 대한 고정관념을 일신했다.

1880년 이후 몽마르트르에 들어선 '샤 누아르Le Chat Noir'(1881년 개업)를 위시해서 캇자르Le cabaret des Quat'z'arts(1885년 개업), 미를리통Le Mirliton(1885년 개업) 그리고 물랭 루즈Le Moulin-Rouge(1889년 개업) 등은 완전 새로운 형태의 카바레였다.

노동자 계층이 많이 사는 몽마르트르에 이런 고급 카페와 신개념의 카바레들이 들어서자 파리의 부르주아 계층들은 기꺼이 이곳에 와서 시간을 소비하고 즐기는 데 돈을 아끼지 않았다. 샤 누아르가 오픈했을 때 시설면에서는 그렇게 고급스럽지 않았고 다소 누추한 야간 업소에 지나지 않았다. 그래도 실내장식은 루이 13세 풍의 분위기를 연출할 정도의 개념은 있었다.

문제는 이곳에서 단지 술만 팔지 않고 특정 고객들에게 다양한 형태의 문학 활동과 예술 활동을 할 수 있는 틀을 마련해준 것이 이 카바레가 성공하게 된 계기가 되었다. 이 카바레가 문을 열자마자 고정 고객들을 한꺼번에 끌어온 사람은 동업자이자 시인인 에밀 구도Émile Goudeau였다.

에밀 구도는 1878년 말부터 소르본느 대학이 있는 라틴구역에서 이드로파트Hydropathes(물치료의사)라는 문학 클럽을 이끌고 있었다. 초기 클럽의 회원은 70여 명이었지만 나중에는 300여 명으로 늘어났다. 에밀 구도는 자기 문학 클럽의 회원들과 함께 소르본느 대학 근처에서 진행한 문학토론회, 독서회를 샤 누아르로 유도해서 계속 이어갔다.

덕분에 이곳 카바레는 금방 문학 애호가들로 들끓었고, 그림 그리는 사람들과 음악 하는 사람들에게도 이곳은 단골 가게가 되었다. 삶의 취향이 비슷한 예술 동호회 사람들, 혹은 실제 예술 활동을 하는 사람들이 모여서 그들의 문화적, 예술적 관심사를 공유하고, 주흥을 깃들이며 환담하는 이곳은 그들에게 즐거움과 지적인 유희를 주었다.

이들은 독서회를 갖고 또 문학 발표회를 했다. 이곳을 찾는 샹송 가수들은 기득권층에 반대하는 노래를 불렀다. 노래는 사회적 불의, 거리 생활, 심지어 범죄와 매춘의 세계를 다루기도 했다. 샤 누아르는 자체 문예지를 발간하고 에밀 구도가 편집을 직접 했으며 기고자들의 글도 실었다.

샤 누아르의 손님들은 지적, 예술적, 문화적 관심사를 가진 사람들이어서 이곳 카바레는 곧 예술인들에게 소문이 났고, 자유스러운 영혼을 가진 문인, 화가, 음악가와 샹송 가수들이 자주 찾았다. 그중에는 작곡가 에릭 사티Erik Satie와 클로드 드뷔시Claude Debussy도

작품명 : 몽마르트르의 카페에서, 윤석재 作 (photographic)

있었고, 이미 문단에서 인정받은 상징주의 시인인 폴 베를렌느와 스테판 말라르메가 단골손님으로 출입했다.

피아니스트이기도 한 에릭 사티는 이 카바레에서 돈을 받고 피아노를 연주했다. 1891년 사티는 샤 누아르 주인 로돌프 살리와 다툰 후 근처의 경쟁업소 오베르즈 뒤 클루Auberge du Clou(1881년 개업 후 지금은 레스토랑으로 운영중)에서 피아노를 연주하면서 그 수익으로 근근히 생활을 지탱했다.

클로드 드뷔시는 1872년 그의 나이 10살 때 재능을 인정받아 파리음악원Conservatoire de Paris(파리에서 가장 오래된 고등음악 교육원)에 들어갔으며 에릭 사티는 1879년 파리음악원에 들어갔다. 사티는 선생님들로부터 재능이 없다는 판단을 받아 2년 반의 학교생활을 마치고 퇴학당한 후, 1885년 말에 재입학을 했다.

반면에 드뷔시는 출중한 실력으로 1884년(22세)에 로마상Le prix de Rome(프랑스 정부가 건축, 조각, 미술, 판화, 음악 분야로 나누어서 능력과 실력이 있는 젊은 예술가들을 이탈리아 로마로 유학시키는 제도로 미술 부문은 1663년부터 시행되었다)에 칸타타 〈방탕한 아이L'Enfant Prodigue〉로 1등 상을 받고 로마에서 공부하고 돌아와 유학 중 만든 작품을 학사원에 제출했으나 통과하지 못했다.

이렇게 파리음악원과 학사원에서 무시당한 드뷔시와 사티는 고전적이고 아카데믹한 프랑스 음악계를 등지고 그들만의 음악 세계를 구축했다. 사티는 몽마르트르의 카바레에서 피아노를 치며 생계를 이으면서도 그의 음악적 영감을 개발했다.

드뷔시는 몽마르트르의 카바레에서 상징주의 시인 베를렌느와 말라르메와 교류하면서 그들의 시를 음악으로 만들었다. 이렇듯 드뷔시와 사티의 음악적 발전에는 대중문화(저급문화)와 고급문화가 뒤섞인 몽마르트르의 새로운 카바레만의 보헤미안적인 문화가 영향을 끼쳤다.

샤 누아르는 '예술 카바레'라 불리면서 몽마르트르에서 장사가 잘되는 카바레가 되었다. 장사가 잘되자 1885년 로돌프 살리는 샤 누아르가 있던 가게를 샹송 가수 아리스티드 브뤼앙Aristide Bruant에게 팔고 몽마르트르를 벗어나 파리 심장부에 한 발치라도 더 가깝지만, 피갈 광장에서는 멀지 않은 파리 9구에 있는 라발 거리Rue de Laval(오늘날 빅토르 마세 거리Rue Victor-Massé) 12번지로 옮겼다.

로돌프 살리에게서 가게를 인수한 아리스티드 브뤼앙은 그곳에 '미를리통Le Mirliton'이라는 이름을 달았다. 챙이 있는 검은 모자에 검은 망토를 걸치고 트레이드 마크인 빨간 머플러를 두른 브뤼앙을 로트렉은 그래픽처럼 그의 화폭에 묘사해, 아리스트 브뤼앙은 로트렉의 그림 속에 영원히 남게 되는 행운아가 되었다.

미를리통은 장사가 잘되었지만 파리 9구에서 새로 문을 연 샤 누아르는 생각보다 사업이 활발하지 못했고 기존의 고객들도 떨어져 나갔다. 그러나 로돌프 살리는 디자이너 앙리 리비에르Henri Rivière의 도움으로 그림자극을 카바레에 도입하여 다시 카페는 번창했다.

그림자극은 아연판으로 형체를 만들고 앞에서 빛을 투사하면 뒤에 그림자가 생기게 하는 방법으로, 스크린에 배경을 넣으면 활동사진처럼 보이게 할 수 있었다. 성서와 고전에서 관심 있는 내용을 발췌하기도 하고, 역사적 주제를 모티브로 그림자극을 공연한 결과 고객들의 반응이 좋았다. 예술적이고 문학적으로 표현되면서 재미도 있었기에 그림자극은 오랫동안 사랑받았다.

스위스 태생으로 프랑스에 귀화한 화가 테오필 알렉상드르 스탱랑Théophile Alexandre Steinlen이 살리의 카바레 샤 누아르를 선전하기 위해 그린 고양이 포스터 또한 몽마르트르 시대의 카바레를 상징하는 그림 중 하나다.

20세기가 오기 전까지 몽마르트르가 주는 보헤미안적인 분위기를 찾아 삶의 일부를 즐기려고 했던 많은 사람처럼 파리의 신진 예술가 및 문화계 인사들도 몽마르트르의 카페나 카바레 분위기를 경험하길 원했다. 그들이 자주 찾은 곳은 샤 누아르와 물랭 루즈였다.

몽마르트르의 두 카바르티에Cabaretier(카바레 주인) 로돌프 살리와 아리스티드 브뤼앙은 유명한 몽마르트르 화가들에 의해 그들의 존재를 영원히 역사에 남기는 주인공이 되었다.

피카소, 카바레에서 카페로

1881년 스페인 안달루시아에서 태어난 피카소는 친구 카를로스 카사헤마스와 파리 만국 박람회가 열렸던 1900년 10월 중순에 바로셀로나를 떠나 파리로 왔다. 파리 만국 박람회는 4월 15일 오픈해서 11월 12일에 대단원의 막을 내리기 때문에 서둘러 친구와 함께 파리로 향했다. 파리 만국 박람회 스페인관에 자기 그림이 전시된다는 사실에 마음이 들뜬 그는 터질 것 같은 자부심에 차 있었다.

이 사실을 미리 알았던 그는 자화상에 '나는 왕'이라고 세 번이나 화필을 휘둘렀다. 신의 의지인지, 그의 의지인지 결국 그는 현대미술사에 왕으로 추앙을 받게 되었다. 스페인관에 걸릴 그의 그림은 1889년 작으로 신부가 임종을 맞이하는 여성을 위해 기도하는 모습을 묘사한 〈마지막 순간Derniers moments〉이라는 작품이다.

피카소는 파리 도착 후 몽파르나스에서 짐을 풀었다. 당시 몽파르나스는 20년 후에 다가올 '광란의 시대'에 파리에서 가장 뜨거운 지역이 되리라고는 아무도 짐작 못할 가난한 사람들이 사는 지역이었다. 며칠 후 피카소는 몽파르나스에 짐을 푼 것이 잘못된 것임을 알고 부랴부랴 짐을 싸서 몽마르트르로 이동했다. 몽마르트르가 몽파르나스보다 예술적으로 활기차고, 예술가들이 활동하기에 더 좋다는 것을 알았기 때문이다.

몽마르트르는 19세기 후반 무렵 인상주의 화가들의 활동무대로서 20세기에 막 들어섰어도 인상주의와 그를 추종하는 화가들의 열풍이 식지 않았었다. 피카소는 몽마르트르에 두 달간 머물렀다. 이 짧은 기간에 피카소는 몽마르트르에서 〈물랭 드 라 갈레트Moulin de la Galette〉라는 제목의 그림 하나를 그려서 팔았다.

19살에 파리에 온 피카소는 〈물랭 드 라 갈레트Moulin de la Galette〉에서 잘 차려입은 남자들과 여자들이 화면을 꽉 채우면서도 한쪽에서는 남녀가 춤추는 장면을 묘사했다. 이 그림은 신인 화가치고

1900년 피카소가 파리에 처음 와서 몽마르트르 가브리엘가 49번지(49, Rue Gabrielle 75018 PARIS)에 숙소를 정하고 그림을 그린 집. 건물 3층의 방을 피카소가 사용함.

는 매우 높은 가격인 250프랑(지금 시세로 2,500달러 정도)에 팔렸다.

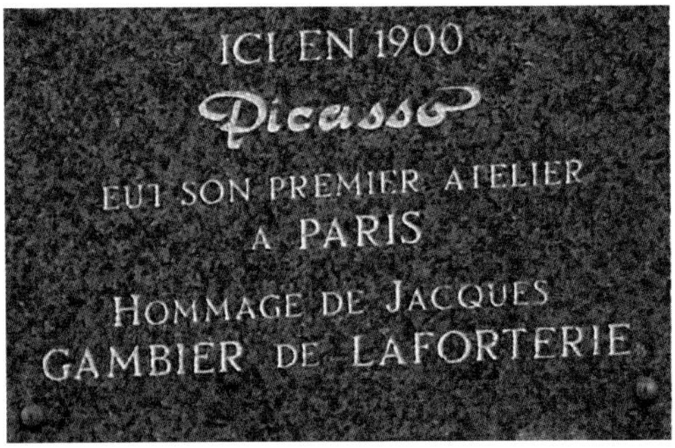

물랭 드 라 갈레트는 오랜 시간 작동하던 풍차의 기능은 정지됐고, 파리 유흥의 중심지인 카바레와 댄스 홀로 변모했다. 몽마르트르에 〈물랭 드 라 갈레트〉는 두 개가 있었다. 1622년에 지은 르 브뤼트 팽Le Blute-fin과 1717년에 지은 르 라데Le Radet다. 이 두 곳은 처음에는 풍차의 풍력을 이용한 방앗간으로서 제분소 역할을 했다. 그러다 직접 빵을 팔아 만들기도 했다. 갈레트는 작은 크기의 호밀빵을 뜻한다. 프랑스에서는 '왕들의 갈레트La galette des rois'라는 이름으로 전국의 제빵제과점에서 파는 인기 있는 빵으로 속에는 편도 크림, 사과잼, 초콜릿 등 다양한 내용물이 들어 있다.

건물 현판에는 '1900년 피카소 파리에서 처음으로 여기에서 첫 아틀리에를 갖다'라고 써 있다.

19세기 들어 풍차 집들은 카바레가 되었고 겡게트로 변신했다. 라데Radet가 있던 곳은 르 픽가Rue Lepic와 르 지라동가Rue Girardon가 만나는 지점에 있으며 지금은 식당으로 바뀌어 관광객들을 맞이하고 있다. 고흐는 몽마르트르에서 그림을 그리는 동안 르 브뤼트 팽Le Blute-fin과 르 라데Le Radet 두 개의 풍차집을 모두 그렸다.

그리고 우리에게 잘 알려진 1876년에 완성한 르누아르 그림 〈물랭 드 라 갈레트의 무도회Bal du Moulin de la Galette〉는 르 라데라는 풍차 집이다. 르누아르가 그림을 그렸을 때 이 풍차 집은 겡게트Guinguette로 영업하고 있었다.

겡게트Guinguette는 파리 교외에서 인기 있는 카바레를 칭하는 말로 레스토랑으로 혹은 종종 연회장이나 무도장으로도 영업했다. 이러한 유형의 업소는 당시 프랑스 전역에 있었다. 1810년 몽마르트르에는 16개의 허락받은 무도장이 있었다.

몽마르트르의 풍차 집은 보통 제분소로, 대개 그 규모가 큰 창고와 맞먹는 크기거나 혹은 큰 창고를 가지고 있었다. 이런 제분소들은 시대의 흐름에 따라 유흥업소(겡게트Guinguette)로 변했다. 겡게트에서는 보통 일요일 오후 3시부터 자정까지 춤을 출 수 있었다.

사람들은 여기서 음료나 술을 마시면서 갈레트Galette를 먹었다. 체면을 구길 각오가 된 부르주아들도 이런 겡게트에 와서 즐겼고 화가들은 이런 곳에서 자기 그림의 모델이 될 여성들을 찾기도 했다.

르누아르의 그림 〈물랭 드 라 갈레트의 무도회〉에서는 햇빛이 가득 찬 야외 무도장에 사람들이 모여서 춤을 추고 한쪽에서는 평화롭게 담소하는 모습을 인상주의의 거장답게 물체에 햇빛을 받은 부분들을 화사하면서도 찬란할 정도로 잘 묘사해냈다.

피카소는 몽마르트르에 있는 동안 술과 매춘부를 끼고 보헤미

마레 지구에 있는 피카소 미술관

몽마르트르에 있는 달리 미술관

안으로 살면서, 주로 물랭 루즈의 홀에서 춤추는 장면이나 카바레의 무희나 매춘부 등 직업여성을 그만의 화필로 세련되게 묘사한 앙리 로트렉에게 많은 영향을 받았다.

파리에서의 첫 작품으로 기록되는 피카소의 〈물랭 드 라 갈레트Moulin de la Galette〉는 잘 차려입은 남자들과 화장을 짙게 한 여자들이 춤을 추는 카바레의 내부 모습을 묘사했다. 밝고 선명한 색상과 화려한 조명은 카바레에서 춤추는 신사 숙녀들의 모습을 약간은 퇴폐적이지만 고급스럽게 보여준다.

20세기 초 세계에서 가장 화려했던 파리는 자유스러움과 화려함으로 가득 찼다. 밤이 되면 언제나 환희와 욕망을 탐할 수 있는 댄스홀이 있는 카페나 카바레의 세계는 당시 19세의 피카소에게는 신선한 충격이었을 것이다. 피카소는 몽마르트르에서 두 달간 체류하면서 화랑과 몽마르트르의 카페, 카바레와 댄스 홀에 깊이 빠졌다.

그 결과 〈물랭 드 라 갈레트〉라는 나이트클럽과 같은 카바레의 야간 댄스홀을 그린 작품이 나왔다. 당시 피카소의 숙소는 인상주의 화가들이 주로 모였던 몽마르트르의 클리쉬 대로나 로슈슈아르 대로 쪽이 아니라 몽마르트르 언덕 안쪽에 있었다. 그곳은 여전히 외부인들에게는 잘 알려지지 않은 시골 마을 같은 곳이었다.

인상주의 화가들이 주로 모였던 카페들과 시내쪽 파리지앵을 끌어들이기 위해 밤무대를 제공한 카바레들은 몽마르트르 언덕 아래에 있는 클리쉬 대로나 로슈슈아르 대로 쪽에 있었다. 샤 누아르Le Chat Noir, 미를리통Le Mirliton, 라 모르Le Rat-Mort 등은 모두 대로변에 있었던 유명한 카페 혹은 카바레다. 그 결과 몽마르트르에서 시내 파리지앵들을 끌어들이기 위해 캉캉 춤으로 밤의 환락을 제공한 물랭루주(1889년 오픈)와 같은 카바레는 자유스럽고 다소 퇴폐적인 분위기를 형성하며 성업을 이루었다.

1904년 4월 피카소는 다시 네 번째 파리로 왔다. 그가 이번에 다시 정착한 곳은 몽마르트르 언덕에 있는 바토 라부아르Bateau-Lavoir라는 허물어져 가는 건물이었으며 이곳은 1880년대 후반부터 무정부주의자들과 보헤미안들이 주로 살던 라비냥 광장La place de Ravignant(현재 에밀 구도 광장La place Émile-Goudeau)에 있는 목조 공동 주택이었다.

당시에는 가로등도 포석도 없는 벌판 같은 곳이었으며, 1860년에 겡게트가 있던 곳을 허물고 새로 지은 건물이 바토 라부아르였다. 집 모양이 세탁선을 닮아서 피카소 친구 막스 쟈코브는 바토 라부아르Bateau-Lavoir(세탁선)라고 이름 붙였다. 시설은 엉망이고 지저분했지만, 집세가 쌌기 때문에 피카소는 한 달에 15프랑의 싼값에 이곳 3층 아틀리에에 입주했다.

예술가들의 집단 거주지라고 하지만 형편없는 시설의 바토 라

캉캉 춤으로 밤의 환락을 제공한 물랭 루즈

부아르는 피카소가 살고부터 점점 다른 화가와 작가들이 모여들면서 마침내는 몽마르트르 최고, 파리 최고의 예술가 집합소가 되었다. 막스 자코브가 피카소를 따라서 들어왔고, 앙드레 드랭, 모리스 드 블라맹크, 키스 반 동겐, 그리고 아메데오 모딜리아니, 기욤 아폴리네르, 조르쥬 브라크 등 쟁쟁한 예술가들이 이곳을 거쳐갔다.

그림을 그리지 않을 때 피카소는 야밤에 카바레에 가서 술을 마시며 노는 것이 주요 일과였다. 돈이 없던 그는 술값이 싼 카바레를 갈 수밖에 없었다. 마침 바토 라부아르 바로 근처에는 르 쥐트Le zut라는 카바레가 있었다. 위생과는 거리가 먼 지저분하고 싼 맥줏집이었지만 피카소는 이곳을 자주 이용했다.

이따금 피카소는 숙소에서 걸어서 10분 거리에 있는 '오 라팽 아질Au Lapin agile'이라는 내부 시설이 엉망인 카바레에도 갔다. 이 카바레는 범죄자들의 소굴을 연상케 하는 별칭을 갖고 있었으며 도둑들의 만나는 장소Au rendez-vous des voleurs, 그리고 한때는 암살자들의 카바레Cabaret des Assassins로 알려졌다. 벽에는 프랑스와 라바이약François Ravaillac(앙리 4세를 암살한 자), 장 밥티스트 트로프망Jean-Baptiste Troppmann(19세기 중엽의 흉포했던 연쇄 살인범)과 같은 유명한 암살자(살인자)들의 그림들이 걸려 있었다.

라팽 아질에는 폭력배들이 자주 드나들었고 가끔 이곳에 술을 마시러 온 바토 라브아르의 예술가들과 싸우기도 했다. 이 카바레를 상징하는 간판 그림은 캐리커처 작가로 유명한 앙드레 질André Gill이 1880년에 그렸다. 그래서 그곳의 단골들은 날쌘 토끼Lapin agile로 이름이 고착되기 전까지 질의 토끼Lapin à Gill라고 불렀다.

앙드레 질이 토끼 그림을 그린 이유는 아마 토끼 요리를 연상했기 때문인지도 모른다. 까스롤Casserole(손잡이 달린 스튜냄비) 안에 토끼가 그려져 있고 토끼의 오른 앞발에 와인이 들려 있는 것을 보면 그렇게 상상하게 된다. 그래서 가게 이름에도 토끼라는 단어가 들어간 것 같다.

프랑스인들은 지금도 토끼 요리를 즐겨 먹는다. 피카소는 이 카바레에서 술값 대신 지저분한 벽에다 그림을 그려주었다. 1860년부터 몽마르트르에서 문을 연 오 라팽 아질은 현재도 영업 중이다.

1905년경부터 피카소는 매주 센강 좌안(세느 강을 흔히 좌안, 우안으로 구역을 나눔)의 몽파르나스 쪽에 있는 카페 라 클로즈리 데 릴라La Closerie des Lilas를 이용했다. 1847년 몽파르나스 지역에 문을 연 라 클로즈리 데 릴라에는 장차 인상주의의 거장이 될 화가들과 당대 저명한 문인들이 모이는 곳으로 이름을 날렸다. 그 영향이 20세기 초까지 이어져 이 카페에 계속 예술인들이 드나들었다.

피카소가 이런 명망 있는 예술가들이 드나드는 카페를 놓칠 리 없었다. 그는 파리가 그에게 주는 예술적 자양분과 분위기를 최대한 흡수하려고 노력했고 또 명망 있는 예술가들의 주류사회에 끼려고 부단히 노력했다. 그래서 그 당시 아직 시골티를 벗어나지 못한 몽마르트르 언덕에서부터 몽파르나스 카페까지 오가는 수고를 마다하지 않았다.

몽마르트르의 피카소 숙소에서 카페 르 라 클로즈리 데 릴라까지 가는 길을 구글맵에서 확인해보니 최단 거리로 약 5~6km 거리이며 걸어서 1시간 10분 정도 걸린다고 나온다. 그러나 당시의 길과 현재의 길은 달라서 똑같은 길을 통해서 얼마큼 시간이 걸렸는지는 알 수 없다. 1910년에야 몽마르트르에서 몽파르나스까지 지하철 노선이 깔렸기 때문에 그전까지 피카소는 몽마르트르에서 몽파르나스까지 걸어가야 했다.

1908년 4월에는 샤틀레Châtelet까지 지하철이 뚫렸기 때문에 피카소가 지하철을 이용할 돈이 있었다면 몽파르나스까지 오가는 시간을 많이 단축할 수 있었을 것이다. 그러나 머지않아 피카소는 다시 몽마르트르를 떠나서 몽파르나스로 가게 된다. 그리고 몽파르나스의 황금시대를 영접하며 부와 명예를 쥐고 20세기 화단의 '왕'이 되었다. 그의 예언대로.

피카소가 몽마르트르에서 그림 활동을 할 때 몽마르트르를 지배했던 인상주의 화가들은 모두 그들의 활동무대를 옮기거나 혹은 타계했다. 모네와 르누아르와 같은 인상주의 거장들은 살아 있었지만 이미 몽마르트르를 떠난 지 오래되었다. 1900년에 들어서 인상주의의 후광이 남아 있는 몽마르트르에서 예술 활동하던 신진세력 중 가장 대표주자는 피카소였다. 그리고 피카소 역시 1912년 몽마르트르를 떠나 몽파르나스로 그의 활동무대를 옮겼다.

20세기 초 몽마르트르를 대표하는 피카소와 같은 유명한 화가가 떠나자 연달아 다른 예술가들도 몽마르트르를 떠나게 된다. 예술가들이 키워 준 몽마르트르의 카페나 카바레, 혹은 예술가들의 삶의 일부였던 그곳의 카페와 카바레는 그들이 몽마르트르를 떠남으로써 더 이상 예전의 활기찬 모습을 보기가 어렵게 되었고 자연히 가게들도 경제적으로 위축되기 시작했다.

애석하게도 19세기 말 몽마르트르의 유명 카페들은 오늘날 흔적도 없이 거의 사라졌고, 재건축이나 리모델링되었거나 혹은 다른 업종의 업소로 바뀌었다. 이렇게 해서 없어진 카페나 업종을 바꾼 카페들은 몽마르트르에서 그 이름이 사라지고, 보헤미안 시대를 대변하는 물랭 루즈와 라팽 아질 등 몇 개의 업소만이 그 자리를 지키고 있다.

현재에도 파리지앵들이 그들의 인스타그램에 자주 올리는 몽마르트르의 카페로는 오랫동안 식당으로 운영되고 있는 라 메종 로즈La Maison rose(장미집)와 르 콩쉴라Le Consulat 등이다.

파리지앵들이 그들의 인스타그램에 자주 올리는 몽마르트르의 카페가 있다. 몽마르트르에서 오랜 동안 식당 영업을 하고 있는 '라 메종 로즈La Maison rose(장미집)'가 단연 1위고 '르 콩쉴라Le Consulat'라는 카페도 자주 올린다.

르 콩쉴라Le Consulat는 프랑스사에서 프랑스의 총재정부總裁政府에 이어진 4년간의 통령정부統領政府(1799~1804)를 뜻하는 단어이며 다른 뜻으로는 영사관을 말한다. 이런 업소들이 오늘날의 몽마르트르 카페를 인스타그램에서 대변하고 있다.

89
#DRIVEME

몽마르트르 성심성당 앞에서

SUMMARY

19세기, 두드러진 파리 카페들의 지리적 변혁은 크게 두 가지로 설명할 수 있다. 첫째는 100년 이상 파리 최고의 카페 지역으로 명성을 쌓아 온 팔레 루아얄과 근처에 있던 카페들이 1836년 루이 필리프 1세의 왕령으로 도박과 매춘이 금지된 이후 서서히 운영의 활기를 잃어갔다. 대신에 1860년 시작한 오스만 남작의 파리 개조로 생긴 불르바르Boulevard(대로)로 카페가 몰리기 시작했다.

오스만 남작은 파리시의 좁고 구불구불한 길들을 해체하고 일직선으로 뻗은 대로大路를 만들었다. 이 덕분에 부르주아 계층은 물론이거니와 서민과 노동자들도 불르바르의 카페를 이용하게 되었다. 지금의 오페라 가르니에 부근의 이탈리앙 대로와 카퓌신느 대로에는 당대 최고급 카페들이 운집하여 유럽 여러 국가에서 건너온 왕과 왕비 그리고 유명 인사들이 다 모였다. 그중 '카페 토르토니'는 유럽 최고의 카페로 그 명성을 드날렸다.

19세기는 프랑스 문학사에 있어 소설의 시대였다. 에밀 졸라, 플로베르 등 많은 유명 소설가들이 그들의 작품 속에 파리의 카페들을 묘사했다. 그래서 오늘날 우리는 이들 소설 속에 나타난 당대 유명 카페나 카바레의 모습을 어렴풋이 그려볼 수 있으며 이를 통해 그 시대 카페의 기능과 역할에 대해서도 알 수 있고 시대상도 읽을 수 있다.

19세기에는 카페 본연의 기능 외에 엔터테인먼트 시설들이 들어섰다. 18세기 카페에서 엔터테인먼트 요소는 체스였지만 19세기에는 손님들을 더 끌어들이기 위해 카페에 당구대를 들여놓았다. 어떤 카페는 당구대를 너무 많이 설치해서 카페인지 당구장인지 구분하기 어려운 곳도 생겨났다.

둘째는 몽마르트르가 파리에 편입되면서 그동안 파리 변방으로만 낙인찍혔던 이 시골 지역에 노동자 계층과 가난한 예술가들이 정착하기 시작했다. 몽마르트르 지역은 점차 보헤미안 기질의 예술가들이 모여들면서 19세기 말에는 파리에서 가장 엔터테인먼트화된 지역으로 탈바꿈하게 된다. 엔터테인먼트는 당시 대형화되고 고급화된 카페나 카바레, 갱게트, 브라스리 등과 같은 식음료와 술을 팔고 춤을 출 수 있는 유흥업소가 그 역할을 담당했다.

몽마르트르는 인상주의 화가들의 활동무대로서 그들은 주로 카페 게르부아, 카페 누벨 아텐느에서 토론과 연구를 하며 인상주의 화풍을 더욱 발전시켰다. 인상주의 화가들은 햇빛에 반사되는 자연 풍경을 묘사하거나 혹은 카페, 카바레, 갱케트, 브라스리 등의 유흥업소에서 사람들이 놀고, 잡담하고, 술을 마시거나, 춤을 추는 일상생활을 화폭에 담았다. 이로써 몽마르트르에는 새로운 패러다임의 카바레, 갱케트, 브라스리 등이 카페와 함께 각광을 받게 된다.

1894년 드레퓌스 사건으로 프랑스는 또 다시 드레퓌스파와 반드레퓌스파로 나뉘어 정쟁으로 빠져들면서 파리의 카페들은 또다시 정치의 공론장이 되기도 했다.

주요 카페

카페 프로코프, 카페 데 밀 콜론Café des Mille Colonnes, 랑브랭Lamblin, 토르토니Tortoni, 리쉬Riche, 두익Douix, 카페 드 라 페Le café de la Paix, 게르부아Guerbois, 라 누벨 아텐느La Nouvelle Athènes, 탕부랭Tambourin

주요 카바레

르 라 모르Le Rat mort, 샤 누아르Le Chat Noir, 꺄짜르Quat'z'arts, 르 미를리통Le Mirliton, 물랭 루즈Moulin Rouge, 오 라팽 아질Au Lapin Agile

현재도 영업하는 업소

프로코프, 카페 드 라 페Le café de la Paix, 물랭 루즈Moulin Rouge, 오 라팽 아질Au Lapin Agile

---

명 : Perspective 루브르 박물관, 윤석재 作 (photograph)

일출 무렵의 에펠탑

20세기 – 파리 카페

20세기 초반, 몽파르나스 시대의 카페

벨 에포크는 가고, 광란의 시대가 오다

19세기 말 프랑스에 '벨 에포크Belle époque'가 도래했다. 벨 에포크(아름다운 시대, 좋은 시대)란 1890년부터 제1차 세계대전 발발(1914) 전까지 프랑스가 혁명과 함께 숱한 정치적 시련을 딛고 경제와 기술의 발달과 함께 사회와 정치적 발전에 힘입어 번성했던 시대를 말한다.

벨 에포크일 때 파리는 엄청난 공사를 성공적으로 완수했고 또한 국제적인 행사를 많이 유치했으며 1889년 만국 박람회(L'Exposition universelle de Paris de 1889)가 개최되었다. 이 해는 프랑스혁명 100주기가 되는 해여서 이를 기념하기 위해 파리는 에펠탑을 준공했고 대형 전시장 그랑팔레Le Grand Palais와 프티 팔레Le Petit Palais가 이 국제적인 행사를 맞이해 같은 해에 문을 열었다.

1900년에도 파리에서 만국 박람회가 개최되었다. 파리의 다리 중에서 가장 아름답다는 알렉상드르 3세 다리가 이 세계적인 행사를 기념하기 위해 1900년에 준공되었고, 같은 해 파리는 첫 지하철을 개통하고 운행했다.

이렇듯 만국 박람회가 열릴 때마다 파리는 대규모 공사를 했고

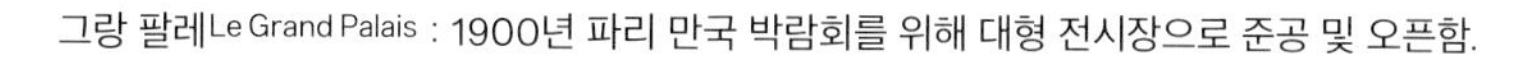
그랑 팔레Le Grand Palais : 1900년 파리 만국 박람회를 위해 대형 전시장으로 준공 및 오픈함.

그랑 팔레Le Grand Palais 맞은 편에 있는 프티 팔레Le Petit Palais : 1900년 파리 만국 박람회를 위해 건설된 대형 전시장. 그랑 팔레가 남성형 건축양식이라면 프티 팔레는 여성같이 아주 부드럽고 우아한 양식의 건축물이다.

주요 인프라가 구축되었다. 만국 박람회는 파리를 산업적으로 활력이 넘쳐나는 곳으로 만들었다. 당시 파리의 예술과 문화는 세계의 중심이었다.

세계 미술사에 큰 획을 그은 인상주의의 화풍이 파리 화단을 지배했고, 세계를 향해 불타오르고 있었다. 파리는 역동적이고 활기찬 시대를 이끌어갔고 또한 경제적으로 풍요로웠으며 시민들은 한결 살기가 편해졌고 행복해졌다. 바로 이때 프랑스는 아름답고

작품명 : 벨 에포크Belle Époque, 윤석재 作 (photographic)

좋은 시대, 즉 '벨 에포크'였다.

벨 에포크 시대로 들어가려고 할 즈음, 몽마르트르에서는 인상파 일부와 후기인상파 화가들이 그림 그리는 데 열정을 불태우고 있었고, 그들의 화풍이 세계를 지배하려고 했다. 클로드 모네Claude Monet, 오귀스트 르누아르Auguste Renoir, 세잔느Cézanne, 드가Degas, 피사로Pissaro 등의 인상파 화가들이 근세 미술사에 획기적인 한 획을 긋고 활동을 계속할 때 벨 에포크는 시작되었다.

그러나 인상주의를 이끌었던 마네Manet는 벨 에포크가 막 시작될 때 세상을 떠났고, 20대 후반에 요절한 장 프레데릭 바질Jean Frédéric Bazille은 벨 에포크를 아예 보지도 못했다. 몽마르트르에서 활동한 인상주의 화가들 때문에 세계의 젊고 능력 있는 화가들이 몽마르트르로 하나둘 모여들었다.

스위스에서 스타인렌Steinlen이, 네덜란드에서 반 고흐Van Gogh가, 이탈리아에서 모딜리아니Modigliani가, 그리고 스페인에서 피카소Picasso와 같은 외국의 젊고 유망한 화가들이 인상주의 화풍과 파리의 예술적 분위기를 접해보려고 몽마르트르에 모여들었다.

피카소는 1900년에 파리에 왔다. 당시 만국 박람회 스페인관에는 약관 19세의 피카소 그림이 전시되었다. 자부심이 넘치는 마음으로 본인의 작품을 볼 겸 신천지 파리를 보려고 프랑스에 왔던 피카소는 파리에 온 지 10년이 지나며 파리 화단에서 자리를 잡기 시작한다.

1910년경 파리 미술계에 인상주의에 이어서 또 하나의 커다란 혁명이 일어났다. 당시 파리 미술계는 곧 세계 미술의 중심이었다. 몽마르트르의 '세탁선'이라는 창고 같은 숙소 겸 아틀리에에서 가난과 고생을 이기며 그림을 그린 피카소와 브라크, 이들이 주도한 큐비즘(입체주의)이 파리 미술계에 센세이션을 일으켰다.

19세기 후반의 인상주의, 20세기 초의 입체주의, 이렇게 미술사에 혁명적인 사조가 잉태한 곳은 파리의 몽마르트르였고, 세계 미술사를 주도한 곳도 역시 몽마르트르였다.

1차 세계대전이 일어났다. 유럽은 쑥대밭이 되었고 일부 국가는 피폐화되었다. 미국의 참전으로 1918년 1차 세계대전은 막을 내렸다. 당시 프랑스 인구는 약 4천만 명이었는데 전쟁에서 프랑스는 150만 명을 잃었고 300만 명 이상의 부상자가 나왔다. 그런데 전쟁의 막바지에 유럽 전역에 스페인 독감이 퍼지면서 수백만 명의 목숨을 앗아갔다.

프랑스도 예외는 아니었다. 전쟁으로 프랑스는 황폐화되고 설상가상으로 스페인 독감까지 덮쳐 국고는 거의 바닥 난 상태여서 사람들은 당장 먹고사는 것이 비참해졌다. 다행히 유럽과 프랑스는 전쟁과 스페인 독감의 피해와 참상에서 빨리 회복했다. 1920년대에 들어서며 서유럽 일부 국가에서는 다시 경제적으로 풍요로운 시대를 맞는다. 프랑스도 향후 10년간 펼쳐질 풍족한 시대를 맞게 된다.

이 10년간의 기간, 즉 1920년대를 프랑스에서는 '광란의 시대Les Années folles'라 했고, 미국에서는 '포효하는 20년대' 혹은 '으르릉거리는 20년대Roaring Twenties'라 했다. 이 시기에 미국에서는 재즈가 돌풍을 일으켰기 때문에 '재즈의 시대'라고도 했다.

벨 에포크에 이어 파리는 다시 세계 문화, 예술의 중심에 있었다. 이 광란의 시대, 파리에서 가장 열기가 뜨거웠던 지역은 19세기 중후반부터 미술의 새로운 역사를 펼쳤던 몽마르트르 언덕이

60층 건물의 몽파르나스 타워

아니었다. 그곳은 바로 몽파르나스 지역이었다.

벨 에포크 시대 몽마르트르에 터전을 잡았던 화가들과 그들을 추종했던 세력 중 일부는 '광란의 시대'가 되자 재빠르게 몽파르나스에 새로운 둥지를 틀었다. 피카소가 몽마르트르를 떠나 몽파르나스로 이사를 온 것은 1912년이었다. 그의 나이 31세 때 일이다.

몽파르나스가 아직 황금기에 진입하기도 전에 피카소는 몽파르나스가 세계적인 지역으로 뜰 것을 예감했는지 몽파르나스 묘지 근처의 집으로 이주했다. 당시 피카소는 파리 미술계에서 무시할 수 없는 유명 인사가 되어 있었기 때문에 그의 몽파르나스 입성 그 자체만으로 몽파르나스 지역은 다른 예술가들에게는 달리 보였다.

몽파르나스는 1929년 뉴욕 월가의 주식이 폭락하기 전까지 약 10년의 짧은 기간이었지만 전 세계 예술과 문화의 중심지로 우뚝 섰다.

알렉상드르 3세 다리

몽파르나스, 파리의 새로운 예술적 심장으로

몽마르트르는 19세기 중반까지 행정구역상 파리의 외곽이었지만 몽파르나스 지역은 파리 구역 안에 있었고 인접한 곳에 뤽상부르 정원과 소르본느 대학도 있었다. 하지만 그때까지 몽파르나스 지역은 파리에서 가장 낙후된 지역이어서 20세기 초에 몽파르나스는 몽마르트르 지역보다 주거비와 생활비가 적게 들었다.

가난한 예술가들과 지식인들이 몽파르나스 지역으로 몰리기 시작했다. 마치 약 50년 전 가난한 예술가들이 생활비가 쌌던 몽마르트르로 모여들었듯이. 점점 예술가들의 활동 반경과 예술의 무게 중심이 몽마르트르에서 몽파르나스 쪽으로 기울기 시작했다. 그리하여 몽파르나스 지역은 1920년대에 세기의 거물급 예술가들의 총집합소가 되었다. 당시 몽파르나스는 파리의 지성과 예술의 중심이었다.

광란의 1920년대Les Années folles 몽파르나스는 파리에서 예술과 지적 생활의 심장(The heart of intellectual and artistic life in Paris, Le cœur de la vie intellectuelle et artistique)이라고 불렸다. 파리 14구 몽파르나스 지역에는 두 개의 큰 도로가 있는데 몽파르나스 대로Boulevard du Montparnasse와 라스파이유 대로Boulevard Raspail다.

그리고 라스파이유 대로에 바뱅길Rue Vavin이 지나간다. 미국 작가 헨리 밀러는 그의 소설 《북회귀선Tropique du Cancer》에서 바뱅-라스파이유-몽파르나스 사거리Le carrefour Vavin-Raspail- Montparnasse 를 '세계의 배꼽Le nombril du monde- The navel of the world'이라고 표현했다. 누군가는 바뱅Vavin 역이 있는 곳을 '우주의 중심'이라고 했다.

1차 세계대전이 끝난 후 미국인들이 파리에 몰려왔다. 1920년대 파리에는 미국인 예술가의 커뮤니티La communauté artistique가 형성되었다. 1921년에서 1924년 사이 파리의 미국인은 6천 명에서 3만 명으로 증가한 사실이 이를 뒷받침한다. 1920년대 파리 인구는 약 290만 명이었고 약 40만 명의 외국인이 있었으며 그중 3만 명 이상이 미국인이었다.

미국인과 영국인 그리고 다른 외국인들이 몽파르나스에 몰려든 이유는 그곳 카페들의 자유분방한 분위기 때문이었다. 당시 미국은 금주령(1919~1933)이 내려져 있었고 반면에 세계의 중심 파리는 넘쳐나는 술과 쾌락의 천국이었다.

몽파르나스의 멋있는 카페에서 자유롭게 술을 마실 수 있고 또 이국적인 분위기에 도취될 수도 있었기 때문에 파리에 온 미국인들은 몽파르나스를 선호할 수밖에 없었다. 또 문인과 화가들이 모여든 것은 그곳의 역동적인 지역 분위기와 문화의 격이 다른 지역과 확실하게 달랐기 때문이다.

여기에 또 예술가를 꿈꾸는 이들도 성공하겠다는 강렬한 의지

겨울의 바뱅 오거리. 왼쪽에 르 돔, 오른쪽에 라 로통드가 있다. 그 뒤에 르 셀렉트가 보인다.

와 또는 성공에 대한 막연한 기대 속에 모여들었다. 문학 작가들은 다른 곳에서는 출판할 수 없는 글을 대중에게 보여줄 수 있는 곳으로, 화가들은 자기들의 아방가르드와 같은 작품을 남다른 선구안을 가진 화상들이 구매해줄 수 있는 곳이라고 여기고 몽파르나스로 몰려들었다.

파리에서 예술 활동을 하고 싶은 예술가나 혹은 그런 부류의 전 세계 사람들이(러시아, 우크라이나, 미국, 캐나다, 멕시코, 중남미 및 일본을 포함한 유럽) 몽파르나스에서 자유롭게 일하고 창작하기 위해 물밀듯이 몰려왔다.

동병상련이라고, 세상에 빛을 보지 못한 예술가들도 예전에 몽마르트르에서 인상파 화가들이 서로 동지애로 뭉쳐서 작업을 했던 것처럼 서로를 의지하면서 작품에 정열을 바쳐 작업을 할 수 있는 곳이 몽파르나스라고 생각했다.

미국의 예술가 중에서는 거트루드 스타인이라는 여성작가가 1903년부터 파리 몽파르나스 부근에 정착해 활동하고 있었고, 1920년이 되어서 시인 에즈라 파운드가 파리의 개방된 문화와 예술 세계를 즐기고 있었다. 뒤를 이어 1921년 7월에는 사진작가 만 레이가 파리에 오자마자 몽파르나스에 정착했다.

"세계의 다른 곳과 달리 파리에서 무언가가 진행되고 있었다(Something was going on in Paris that made it like no other place in the world)"

생 테티엔느 뒤 몽 성당L'église Saint-Étienne-du-Mont. 1494년에 기공해서 1624년에 준공. 고딕불꽃양식의 건축물. 영화 〈미드나잇 인 파리〉에서 남자 주인공이 자정쯤에 이 성당의 계단(화살표)에 앉아서 기다리던 차를 타고 1920년대로 시간여행을 갈 때의 로케이션 장소

고 말한 헤밍웨이는 1921년 12월, 갓 결혼한 아내 해들리를 데리고 파리에 도착했다.

미국인 예술가 그룹이 몽파르나스 일대를 기반으로 창작과 예술 활동을 했던 것을 감안하면 1934년 라스파이유 대로 261번지에 미국문화원(아메리칸 센터)이 들어선 것은 결코 우연이 아니었다. 파리 미국문화원은 1996년까지 라스파이유 대로에 있었는데 그 자리에 고급브랜드 까르띠에Cartier의 예술재단과 전시장이 들어섰다.

우리에게도 잘 알려진 우디 앨런이 감독한 영화 〈미드나잇 인 파리Midnight in Paris〉에서 남자 주인공이 헤밍웨이, 거트루드 스타인과 피카소, 달리와 같은 위대한 예술가들이 파리에서 활동했던 과거의 시간으로 여행하는 장면들이 나온다. 그 과거의 시간이 바로 1920년대 광란의 시대, 파리의 몽파르나스로 가는 시간 여행이다.

〈미드나잇 인 파리〉의 남자 주인공은 거트루드 스타인과 피카소, 달리 등과 같은 위대한 작가들을 만나는 영광을 누린다. 이 영화를 본 사람들은 파리에서 당시 예술계의 거장들이 무엇을 했는지 대강 알아차릴 것이다. 그렇지만 그때가 광란의 시대, 파리의 1920년대였는지 혹은 세기의 예술가들이 몽파르나스 지역에서 어떻게 생활하며 지냈는지는 잘 몰랐을 것이다.

바뱅 오거리. 지하철역 바뱅역에는 100년 이상된 4개의 카페가 서로 마주 보고 있다.

UGC
M
SAINT GERMAIN
-DES-PRÈS
TAXIS

몽파르나스 카페에 모인 세기의 예술가들

1920년대 광란의 시대에서도 파리의 카페는 지성인들과 예술인들의 만남과 교류의 장으로서 그 역할을 충실히 했다. 19세기 말 화단을 지배했던 인상주의는 벨 에포크와 함께 저물어갔다. 인상주의에 이어서 20세기 초에는 마티스를 대표로 하는 '포비즘Fauvism(야수파)'과 피카소를 대표하는 '큐비즘Cubism(입체파)'이 파리의 화단을 다시 흔들어놓았다. 1910년 전후에 일어난 미술 사조였다.

1920년대에는 다다이즘과 쉬르레알리즘과 같은 또 다른 새로운 예술 사조가 문학과 미술에서 고개를 들고 일어났다. 20세기 초에 일어난 이런 일련의 예술 사조는 모두 몽파르나스 지역의 카페들을 교류와 만남의 장소로 애용했던 문학가와 화가들로부터 생겨났다. 20세기 초반 최고의 영미 문학가들이 파리 몽파르나스에 모였다.

미국 작가 헤밍웨이Ernest Hemingway, 프란시스 스콧 피츠제럴드Francis Scott Key Fitzgerald, 에즈라 파운드Ezra Pound와 영국에서 건너온 D. H. 로렌스D. H. Lawrence, 제임스 조이스James Joyce 등의 문학가들은 몽파르나스 지역에 있는 카페들을 즐겨 찾았다. 초현실주의 작가 앙드레 브르통도 글을 쓰기 위해 이곳의 카페를 찾았다.

다른 미국인 작가보다 늦게 파리에 왔던 《북회귀선》의 작가 헨리 밀러도 그의 소설 속에서 몽파르나스를 묘사했다. 미국과 영국의 당대 최고 문학가들과 더불어 세계 각국에서 몰려든 유명 화가, 예술가들도 몽파르나스의 카페 문화에 합세했다.

어떤 예술가보다 일찍 몽파르나스에 온 피카소Pablo Picasso를 위시해서 마르크 샤갈Marc Chagall, 페르낭 레제Fernand Léger, 루소Rousseau, 모딜리아니Amedeo Modigliani, 마르셀 뒤샹Marcel Duchamp, 디에고 리베라Diego Rievera, 살바도르 달리Salvador Dali, 후안 미로Joan Miró, 츠쿠하루 후지타Tsuguharu Fujita, 사진작가 만 레이Man Ray 등 세기 최고의 예술가들이 몽파르나스로 몰려들었다.

몽파르나스는 창조적이고 보헤미안적인 환경에서 살며 일하러 온 세계 각국의 예술가들을 끌어들였고, 레닌Lenin, 레온 트로츠키Leon Trotsky와 같은 러시아 정치 망명자들의 안식처가 되기도 했다. 이들은 모두 몽파르나스 카페에서 서로 만나고, 정보를 공유하고, 서로의 작품과 사상을 교감하고, 글을 쓰기도 하고, 서로 친구가 되기도 했다.

몽파르나스에는 지금도 영업을 하는 100년 이상의 역사와 전통을 가진 카페들이 있다. 이들 카페는 1920년대 아티스트들의 아지트가 되어 몽파르나스가 역사에 남을 예술의 중심지가 되는데 공헌했다. 문인과 사상가, 지식인들과 예술가들이 주로 드나드는 카페를 '문학카페' 혹은 '문예카페'라고 불렀다. 당시 몽파르나스 지역에 있는 바뱅Vavin 사거리에는 유명한 문학카페 4곳이 문을 열고 있었다.

4개의 카페는 르 돔Le Dôme, 라 쿠폴La Coupole, 라 로통드La Rotonde, 르 셀렉트Le Select였다. 그리고 이 4개의 카페로부터 1km 내외 거리에 떨어진 3개의 문학카페도 문인들과 화가들이 뻔질나게 드나들었다. 하나는 포르 루아얄Port Royal역 옆 몽파르나스 대로 남동 방향 끝 쪽에서 가장 오래전부터 영업해온 '라 클로즈리 데 릴라'다.

다른 두 개는 생제르맹 데 프레역 옆에 있는 카페 레 드 마고와 카페 드 플로르다. 당시 카페 르 돔Le Dôme은 미국인을 위주로 북부 유럽인과 독일인들이 많이 갔고, 라 로통드La Rotonde는 화가, 시인, 작가들이 많이 찾았다. 이 카페를 찾는 예술가들은 서로의 국적을 떠나 화가들은 화풍에 따라서, 시인들은 어떤 시를 쓰거나 관계없이 서로 잘 어울렸다.

몽파르나스를 찾는 예술가들은 거의 다 생활이 궁핍했기 때문에 그들은 이들 카페 중 어디를 가나 커피 한잔이면 추위를 녹일 수 있고 동료들과 즐길 수 있었으므로 커피 한 잔을 시켜놓고 최대한 오랫동안 카페에 죽치고 있는 것이 일반적이었다.

헤밍웨이 소설의 무대가 된 몽파르나스의 카페들

20세기 초, 몽파르나스의 유명 카페들은 당시의 내로라하는 지식인과 예술가들의 안방이 되어 지식과 사상을 교류하고 문학과 예술의 정신을 교감했다. 당대 최고의 사상가, 철학자, 문인, 화가, 사진가들이 제집처럼 드나들었던 몽파르나스의 카페들.

1921년 겨울부터 1928년 봄까지 파리에서 문학수업과 함께 글을 쓰면서 생활했던 미국의 문호 헤밍웨이가 파리 생활 중에 파리에 온 예술가들과 겪었던 주요한 일들을 기록한 에세이가 있다. 자전적 회고록인 《움직이는 축제A Moveable Feast》(프랑스 판은 《파리는 축제Paris est une fête》. 1964년 미국과 프랑스에서 동시에 발간함)에는 그가 자주 다녔던 몽파르나스의 카페들 이름이 등장한다.

그리고 파리에서 역시 자신의 체험을 바탕으로 쓴 자전적 첫 장편 소설 《태양은 다시 떠오른다》에서도 몽파르나스의 카페 이름들이 자주 나온다. 헤밍웨이가 거의 매일 출근하다시피 했던 카페들은 대부분 이 몽파르나스 지역에 있었다.

헤밍웨이는 생제르맹 데 프레Saint-Germain-des-Prés의 리프Lipp라는 맥주 홀과 카페 레 드 마고와 카페 드 플로르에도 자주 갔다. 헤밍웨이는 파리의 어느 카페를 가도 습관적으로 글을 썼다. 신문사에 기사를 보내야 했고 또 미국의 문예지에 글을 기고해서 돈을 벌어야 했기 때문이며 습작을 위해 글을 쓰기도 했다.

2차 세계대전 이후 몽파르나스와 생제르맹 데 프레에 있었던 카페들은 헤밍웨이가 자기의 카페에서 커피를 마시고 글을 썼다고 마케팅 도구로 활용하기도 했다. 헤밍웨이의 존재감은 몽파르나스 카페에서는 절대적이었다. 지금도 미국인들의 파리 관광에는 헤밍웨이의 흔적을 따라서 그의 젊은 날 파리 시절을 돌아보는 특별한 관광프로그램에 이들 카페가 포함되어 있다.

헤밍웨이는 그의 파리 회고록 《움직이는 축제》에서 1920년대 당시 카페에 대해 이렇게 묘사했다.

"대부분 글 쓰는 사람들은 그들만의 개인적인 카페를 그들 구역에서 가지고 있었다. 어떤 사람도 만나지 않고 글을 쓰기 위한, 책을 읽기 위한, 자기들의 편지를 받아 볼 수 있는 그런 카페를 갖고 있었다. 그들은 애인과 만나는 카페는 따로 두었다. 그들 중 대부분은 또 다른 카페, 중립적인 카페를 갖고 있다. 거기서 그들은 애인을 보여주기 위해 사람들을 초대하기도 한다. 중립지대에는 편안하고 많은 사람이 값싸게 저녁 식사를 할 수 있는 장소들도 있었다. 20세기 초기 파리에 관한 책에서 보여주는 몽파르나스의 르 돔, 로통드, 셀렉트, 그리고 좀 뒤늦게 생긴 라 쿠폴과 딩고 바와 같은 카페들과는 전혀 다른 업소들이었다."

이는 당시 글 쓰는 사람 중 일부의 이중적인 카페 생활을 지적한 것이다. 그리고 몽파르나스의 주요 카페들이 다른 카페와 차별화가 되어 있음도 알 수가 있다. 헤밍웨이는 같은 책 속에서 당시 몽파르나스의 유명 카페를 지나칠 때 혹시 아는 사람이 누가 있는지 두리번거리는 본인의 습성을 기술했다.

생제르맹 데 프레에 있는 맥주홀 리프. 헤밍웨이 단골집

우리는 위의 글을 통해 헤밍웨이가 파리의 몽파르나스 카페에 얼마나 목을 맸는지 알 수 있다. 당시의 지성인, 문화예술인의 생활은 거의 카페에서 이루어졌으며 일반인들도 카페 생활을 멀리할 수 없었다. 그들끼리 자주 만나는 특정 카페들은 그들의 공간이었기 때문에 언제나 불쑥 들어가서 인사를 나누고 서로의 관심사를 이야기하는 즐거움을 맛볼 수 있었다.

현대와 같은 통신시설이 없던 당시에는 카페가 만남의 장소로 최적지였다. 미리 서로 만나자고 통화할 필요도 없이 자기들이 즐겨 가는 카페에만 가면 수시로 만나고 싶은 사람을 만날 수 있기 때문에 그들은 주야로 카페를 찾았다.

또한 이 글의 내용을 통해 당시 파리의 대형 카페를 찾는 일부 사람들의 속성과 카페의 서비스 내용도 알 수가 있다.

"나는 쇼윈도를 쳐다보면서 사람들을 스치며 거리를 걸어갔고, 봄날 저녁의 기분은 좋았다. 세 개의 주요 카페(역주: 르 돔, 라 로통드, 르 셀렉트)에 나와 안면이 있는 사람들, 내가 말을 걸어본 사람들이 있나 안을 들여다보았다.

그러나 거기에는 항상 내가 모르지만 매우 멋진 사람들이 있었으며, 그들은 막 불이 켜진 저녁에 함께 술을 마시고 사랑을 나눌 어떤 장소로 가길 서두르고 있었다. 유명 카페를 찾는 사람 중에는 거기서 늘 같은 짓거리를 하거나, 남들에게 과시하기 위해 단지 그냥 앉아있거나, 음료수나 술을 마시거나, 떠들거나, 사랑을 나누기도 한다.

내가 좋아하지만 만난 적은 없는 사람들이 많은 손님 속에 본인들을 숨겨서 아무도 알아챌 수 없게 하는 대형 카페에 가서 손님들 속에 혼자 있거나 함께 있다. 대형 카페는 가격이 쌌고 모두 좋은 맥주를 가져다놓았다. 아페리티프(역주: 식전에 마시는 술)의 가격은 적당했으며 주문한 음료를 정확하게 표시된 가격표를 얹어서 가져다주었다."

헤밍웨이는 파리에서 7년을 생활하는 동안 거주지를 몇 번 옮겼다. 처음 거주했던 곳은 라틴구역(까르티에 라탱Le Quartier latin)에 있는 팡테옹 근처 카르디날 르므완 도로 74번지(74 Rue du Cardinal-Lemoine)였다. 여기서 그는 1922년 1월부터 1923년 8월까지 살았다.

그리고 두 번째는 몽파르나스에 있는 카페 라 클로즈리 데 릴라에서 200m 정도 떨어진 노트르담 데 샹 도로 113번지(113 Rue Notre Dame des Champs)에서 살았다. 그의 옆집 111번지는 로뎅의 제자이자 연인이었던 카미유 클로델이 살았다. 에즈라 파운드는 이 거리에서 헤밍웨이가 이사 오기 전에 이미 살고 있었다.

노트르담 데 샹 거리에는 많은 예술가들이 살았으며 특히 화가와 조각가들이 많이 살았다. 몽파르나스에 황금 시대가 오기 전 1870년대에도 세잔느와 르누아르가 이곳에 아틀리에를 가지고 작

헤밍웨이가 살았던 카르디날 르므완로 74번지

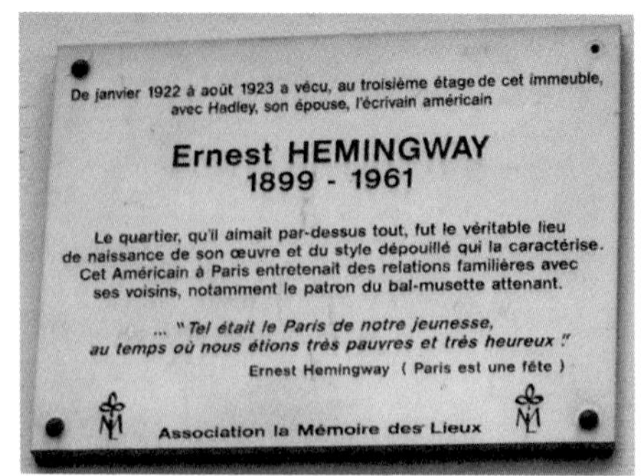

현판에는 그의 에세이《파리는 축제》에 쓴 글이 적혀 있다. "매우 가난했고 무척 행복했던 우리 젊은 날의 파리"

업을 하면서 카페 라 클로즈리 데 릴라에 자주 갔다. 카미유 끌로델도 자기 숙소와는 별도로 같은 거리 117번지에 있는 아틀리에에서 작품을 만들었으며, 1920년대에는 페르낭 레제를 위시하여 많은 화가가 이 거리의 아틀리에에서 그림을 그렸다.

노트르담 데 샹 거리가 예술가들에게 거주지로서 인기가 있었던 이유는 몽파르나스 대로 바로 뒤의 이면 도로여서 거주비가 쌌고, 걸어서 5분 거리에 지하철 바뱅역과 그 주위에는 그들이 밤늦게까지 동료 예술가들과 즐길 수 있는 유명한 카페들이 있었기 때문이다.

이 거리에 사는 예술가들은 몽파르나스의 화려한 카페에서 자유롭게 밤늦도록 술을 마시고 때로는 만취해서 돌아올 수도 있는 지리적 이점이 많은 곳이었다. 노트르담 데 샹 거리는 보헤미안적인 생활을 즐기는 예술가들에게는 거주지로서 인기가 좋을 수밖에 없으므로 많은 예술가가 이곳을 거주지로 선호했다.

바뱅역은 파리 지하철 4호선(1910년 1월 노선의 22개 역 개통. 센강을 관통하며 파리 남과 북을 잇는 노선)의 역 중 하나로 몽파르나스역, 오데옹역과 생제르맹 데 프레역, 샤트레역 등의 주요 역을 거치며 몽마르트르까지 연결되었다. 지하철 4호선이 개통된 후에는 파리 북부에 있는 사람들도 몽파르나스로 오는 길이 편리해졌다.

노트르담 데 샹보다 거주비가 더 싼 곳에 예술가들이 모여서 활동한 곳이 있었다. 1910년대 후반부터 몽파르나스역 근처에는 가난한 예술가와 보헤미안들이 모여들어서 급성장하고 있었다. 몽파르나스역 근처에 있는 시테 팔귀에르La Cité Falguière도 그런 곳 중 하나였다.

거의 무일푼의 화가, 조각가, 작가들은 몽파르나스 지역의 창의적인 분위기와 '라 뤼쉬La Ruche' 및 '시테 팔귀에르Cité Falguière'와 같은 가난한 예술가들을 위한 공동작업장(숙소)의 저렴한 임대료에 매료되어 전 세계에서 찾아왔다.

많은 예술가가 음식을 사기 위해 작품을 단 몇 프랑에 팔았지만, 오늘날 이들 작품 중 어떤 것은 수백만 유로에 팔린다. 1877년 폴 고갱이 시테 팔귀에르에 먼저 자리를 잡고, 몽파르나스 황금시대의 여명을 알릴 무렵 아메데오 모딜리아니Amedeo Modigliani(이탈리아인 화가)가 이곳의 누추한 집에 거처했다.

이어 카임 수틴Chaïm Soutine(러시아인 화가), 조셉 사키Joseph Csaky(헝가리인 조각가), 콘스탄틴 브란쿠시Constantin Brâncuși(루마니아인 조각가), 츠쿠하라 후지타Tsugouharu Foujita(일본인 화가) 등 많은 예술가가 이곳에 둥지를 틀었다. 카임 수틴은 이곳 남루한 곳에 살 때 그 누구도 후일 몽파르나스의 여왕이 될 것이라고 꿈에도 생각하지 못한 '키키KiKi'라는 10대 소녀를 추위로부터 구제한 적이 있다.

당시 키키는 굶주림을 못 이기고 10대 때 몽파르나스에 몰려든 화가들 앞에서 누드모델을 한 것이 들통나 엄마 집에서 한겨울에 쫓겨 난 신세였다. 길거리에서 벌벌 떨고 있는 키키를 카임 수틴은 자기 집으로 데려와 재웠다. 하지만 집 안이 너무 추워서 불을 지피려고 방 안에 있는 모든 것을 태웠다는 에피소드가 있다.

몽파르나스에서 1898년에 문을 연 르 돔

이제부터 헤밍웨이가 파리에서 청춘을 보내면서 '매우 가난했고 무척 행복했던 우리 젊은 날의 파리(Paris was in the early days when we were very poor and very happy)'라고 했던 그 시절에 친구와 예술가들을 만나러 혹은 글을 쓰기 위해 자주 갔던 카페들, 그의 에세이와 소설에서 자주 묘사된 1920년대의 몽파르나스 카페시대로 돌아가 보자.

◆ 라 클로즈리 데 릴라La Closeri des Lilas

헤밍웨이의 단골 카페 '라 클로즈리 데 릴라La Closerie des Lilas'는 1847년에 오픈했으며 파리 6구 몽파르나스 대로 171번지에 위치했다. 카페 명칭은 '라일락이 있는 무도회 공원'이라는 뜻이지만 카페 주위에 라일락은 없었다. 바뱅역에서 약 1km 정도 떨어진 포르 루아얄Port Royal 지하철역 바로 옆에 있다.

파리 국립 미술대학École des beaux-arts de Paris과 자기 아틀리에에서 그림을 가르치며 화가로 활동했던 스위스 태생의 샤를 글레르Charles Gleyre는 그에게 미술 교육을 받던 화가들과 1860년부터 이 카페에서 정기적으로 회합을 가졌다. 장차 인상주의 화가로 대성을 할 모네Monet, 르누아르Renoir, 바질Bazille, 시슬레Sisley 등이 참석했으며 이들은 모두 샤를 글레르에게 미술 교육을 받은 화가들이었다. 그는 약 600명 정도의 화가들을 길러낸 실력 있는 화가이면서 미술 교사였지만 그의 그림 스튜디오는 재정난으로 1864년 문을 닫았다.

'라 클로즈리 데 릴라' 카페에 화가들이 모인다는 소문에 샤를 보들레르Charles Baudelaire, 에밀 졸라Émile Zola, 테오필 고티에Théophile Gautier, 쥘과 에드몽 공쿠르 형제Jules, Edmond de Goncourt 등의 저명 문인들도 단골이 되면서 몽파르나스지역에서 일찍부터 문예카페로서 명성을 얻기 시작했다.

카페에서 매주 시 낭송회가 열렸고, 1905년쯤부터 피카소는 그의 친구들인 아폴리네르와 앙드레 살몽과 함께 시골티를 벗어나지 못한 파리 변두리의 몽마르트르 언덕에서 이곳까지 내려와 시 낭송회에 참석하곤 했다. 이곳의 예술가 모임은 영업 종료를 알리고 문을 닫을 시간에도 해산하지 않아 주인이 늘 골머리를 앓았다. 헤밍웨이는 파리 생활 체험을 엮은 《움직이는 축제A Moveable feast》에서 라 클로즈리 데 릴라에 대해 다음과 같이 서술했다.

"우리 지역에서 유일하게 친절한 카페는 라 클로즈리 데 릴라였으며 파리 최고의 카페 중 하나였다. 겨울에는 따뜻했고 테라스는 봄과 가을에 아름다웠다."

그리고 같은 책 속에서 그는 라 클로즈리 데 릴라를 한 마디로 '그래, 이 카페가 내 카페야'라고 말했다. 지금도 카페 라 클로즈리 데 릴라의 바Bar에는 헤밍웨이라고 쓴 조그만 동판이 부착되어 있다. 이곳의 탁자에서 헤밍웨이는 커피를 마시면서 많은 글을 썼다.

겨울철 라 클로즈리 데 릴라 외부 모습

라 클로즈리 데 릴라 바Bar모습. 여러 명이 앉을 수 있는 긴 탁자에 헤밍웨이 이름이 새겨진 명판이 있다.

집에서 가까웠던 관계로 헤밍웨이는 대부분 이 카페에서 글을 썼지만, 더 주된 이유는 그의 집이 제재소 위층에 있었기 때문에 시끄러워서 작업을 하기 힘들었으며 또 갓 태어난 '그의 아들 범비'가 있었기 때문이다.

헤밍웨이 이름이 적힌 동판이 부착된 테이블.

"카페 라 클로즈리 데 릴라의 주인 라비뉴 사장은 글 쓰는 것이 얼마큼 진전이 있느냐고 나에게 물었다. 나는 매우 잘 되어가고 있다고 답했다. 그는 이른 아침에 자기 카페의 테라스에서 글을 쓰고 있는 나를 보았는데 너무 열심히 하는 것 같아서 말을 걸지 않았다고 했다."

헤밍웨이의 자전적 에세이 《움직이는 축제》에서 그가 아침 일찍부터 라 클로즈리 데 릴라에 가서 글 쓰는 삼매경에 빠진 이 장면은 그의 숙소 환경이 좋지 않았기 때문인 것을 시사한다. 그의 집필실이 된 이 카페에서 그의 첫 장편소설 《태양은 다시 떠오른다》의 상당 부분이 집필됐다. 헤밍웨이는 그의 파리 회상록 《움직이는 축제》에서 다음과 같이 말하고 있다.

"나는 보나파르트 거리Rue Bonaparte를 올라가서 귀느메르Rue Guynemer 도로를 따라 아사스Rue d'Assas 도로에 접어들었다. 다시 노트르담 데 샹 거리를 지나 라 클로즈리 데 릴라로 갔다. 나의 어깨 너머로 오후의 햇살이 내려오는 카페 구석에 앉아서 노트를 펼치고 글을 썼다. 웨이터는 크림커피Café crème를 가져다주었다. 나는 반 컵 정도를 마시고 글을 쓰는 동안 커피가 식을 때까지 테이블에 놓아두었다."

그의 집은 노트르담 데 샹 도로에 있었고 이 카페까지의 거리는 약 200m 정도로 아주 가까운 거리였다. 헤밍웨이는 《움직이는 축제》에 라 클로즈리 데 릴라 카페가 그가 사는 집에서 가장 가깝고 좋은 카페라고 기술해놓았다.

"라 클로즈리 데 릴라는 우리가 노트르담 데 샹 거리의 아래, 제재소가 있는 안뜰 건물 꼭대기 층에서 살았을 때 가장 가깝고 좋은 카페였다. 그곳은 파리에서 가장 멋있는 카페 중의 하나였다."

《태양은 다시 떠오른다》에서도 작가는 귀가하는 길과 근처 그가 자주 갔던 카페들을 묘사했다.

"나는 보도로 나와서 생 미셸 대로로 내려갔다. 거리 건너에서 보도 가장자리까지 테이블이 나온 카페 '르 돔'을 쳐다보면서 여전히 사람들로 북적이는 카페 '로통드'의 테이블을 지났다. 누군가가 저쪽 테이블에서 나를 향해 손을 흔들었으나 그가 누구인지 보지 않고 걸어갔다. 나는 집으로 가고 싶었기 때문이다. 몽파르나스 대로는 텅 비어 있었다. 라비뉴는 굳게 닫혀 있었고 라 클로즈리 데 릴라 카페 바깥에는 웨이터들이 테이블을 차곡차곡 쌓으면서 정리하고 있었다. 나는 아크등 빛 사이로 새로 잎이 난 마로니에 나무들 가운데에 우뚝 서 있는 네이 장군 동상을 지났다. 나의 아파트는 생 미쉘 대로가 끝나는 길 아래로 이어져 있는 조그만 도로, 그 길 바로 건너편에 있다."

소설의 주인공인 '나' 즉 헤밍웨이는 라틴구역에서 생 미쉘 대로를 따라 몽파스나르 대로까지, 그리고 귀가한 동선을 묘사했다. 그가 걸은 거리는 대강 약 1km 정도다.

이 인용문에는 그가 애용하는 몽파르나스 대로에 있는 카페들을 모두 언급했는데 카페 르 셀렉트만 빠졌다. 하지만 이 책의 다른 부분에서 카페 르 셀렉트는 자주 언급된다. 그리고 르 돔 바로 옆에 있는 카페 라 쿠폴은 헤밍웨이가 이 글을 쓸 무렵에는 아예 없었기 때문에 언급하지 않았다. 라 쿠폴은 1927년에 오픈했다.

카페 클로즈리 데 릴라 앞에 있는 네이 장군 동상

라 클로즈리 데 릴라는

19세기 중반부터 상징주의 시인 보들레르Baudelaire가 들렀으며 그 후 베를렌느Verlaine, 아폴리네르Guillaume Apollinaire와 당대 유명 문인들이 자주 출입했던 곳이다. 1920년대는 헤밍웨이를 비롯해 피카소, 피츠 제럴드, 헨리 밀러 등 세계에서 몰려온 문인과 예술가가 라 클로즈리 데 릴라 카페를 즐겨 찾았다. 헤밍웨이는 파리에 온 피츠 제럴드를 1925년 4월경에 몽파르나스에 있는 '딩고바'에서 처음 만난 이후 이곳에서 두 번째 만났다.

카페 라 클로즈리 데 릴라. 크리스마스 시즌이어서 외부에 장식을 했다.

◆ 라 로통드La Rotonde

라 로통드는 몽파르나스 대로 105번지(105 Boulevard du Montparnasse)에 자리하고 있다. 로통드Rotonde는 원형지붕의 집이라는 뜻이 있다. 현재 이 카페의 차양은 양쪽 벽이 90도로 붙은 건물 코너를 동그랗게 에워싸는 반원형 모양으로 강렬한 빨간색으로 치장되어 있다. 라 로통드La Rotonde는 1911년 오픈했다. 1923년 카페 로통드는 옆의 '카페 뒤 파르나스'와 합쳐서 가게를 확장하고 새로 생긴 클럽들과 경쟁하기 위해서 실내에 커다란 댄스 공간을 마련했다.

덕분에 남성을 찾는 젊은 여성들이 모이기 시작했다. 당시 로통드는 매춘녀들의 출입을 금지했고, 마약 밀매상의 출입도 막았다. 카페 로통드의 사장 빅토르 리비옹은 가난한 예술가들에게 관대했다. 로통드의 바 안쪽에는 매일 배달되어 오는 바게트 더미를 큰 광주리에 담아 빵의 윗부분만 선반 위로 삐죽 나오게 두었다. 로통드에 온 가난한 예술가들은 리비옹 사장이 한눈을 팔면 바게트 윗부분을 다 떼어갔지만 그럼에도 불구하고 리비옹 사장은 바게트 꾸러미를 두는 위치를 바꾸지 않고 방치했다.

그리고 당시 가난한 미술가들은 로통드의 컵과 찻잔, 숟가락과 포크, 나이프, 접시 등을 훔쳐서 그들의 작업실이나 숙소에 가져가서 사용했다. 로통드의 단골이었던 모딜리아니는 그의 그림이 모처럼 비싸게 팔리자 그의 동료들을 집으로 초대했다. 동료들은 로통드 사장 리비옹도 데리고 갔다.

그런데 모딜리아니는 리비옹 사장이 나타나자 기겁했다. 집에 있는 집기들, 탁자, 의자, 접시, 나이프와 포크, 컵과 숟가락 등 모두가 리비옹 사장의 카페 로통드에서 훔쳐온 것들이었다. 리비옹 사장도 눈치를 채고 앉자마자 벌떡 일어나 나가버렸다. 그러나 잠시 후 그는 포도주병을 한가득 안고 들어왔다.

"내게서 안 가져온 것은 와인 뿐이군. 그래서 와인을 가져왔어. 모두 탁자에 앉지, 난 지금 굶주린 늑대처럼 너무 배고파!"라고 말했다. 키키가 그녀의 회고록(Kiki's Memoirs)에서 밝힌 내용이다.

배움이 없는 키키는 파리에 온 후 자신의 몸매 하나만 믿고 10대 때부터 모델 일을 구하기 위해 몽파르나스 유명 카페 '돔'과 '로통드'를 부지런히 돌아다니며 화가들을 물색했다. 당시 '로통드' 주인인 빅토르 리비옹은 자기 가게에 그녀가 오면 모자를 쓰지 않았다고 면박을 주면서 마땅치 않아 했다. 당시 고급 카페나 레스토랑에 출입하려면 여성들은 모자를 써야 했다.

1921년 말, 여느 때와 같이 키키는 로통드에 가서 자기를 모델로 삼아 줄 화가를 찾았다. 웨이터들은 그녀가 모자를 쓰지 않았다는 이유로 주문을 받아주지 않았다. 친구와 함께 간 키키는 소리쳤다. "미국 년들은 모자 없이도 잘만 들어오는데 왜 인간차별 하냐." 지배인이 와서 그녀를 달랬지만 키키는 멈추지 않고 더 소리

쳤다.

그때 그녀와 안면이 있던 화가 마리 바실라예프가 키키를 자기 테이블에 앉혔다. 바실라예프와 함께 있던 사진작가 만 레이도 합석하게 되었다. 이렇게 만 레이와 키키의 인연이 시작되었다. 키키는 만 레이와 만난 직후 바로 만 레이의 모델이 되었다. 그리고 둘은 연인 사이가 되었고 동거를 시작했다.

몽파르나스에서 가난한 모델이었지만 후일 몽파르나스에서 가장 유명한 여성이 된 키키를 잡은 만 레이는 150cm의 작은 키에 미국에서 건너온 가난하고 이름 없는 예술가에 지나지 않았다. 그러나 만 레이는 놀랄만한 사진 실력과 창의력으로 몽파르나스 예술가 그룹에 속하게 된다.

키키는 '몽파르나스의 여왕'이라는 호칭을 받는 최고의 모델이 되었다. 만 레이 또한 세계 유명 아티스트 그룹에 그의 이름이 올라가기까지 키키를 모델로 하여 많은 사진을 찍었으며, 만 레이 대표작인 〈앵그르의 바이올린〉이라는 사진 작품도 그때 촬영했다.

프랑스 신고전주의 화가 앵그르의 〈목욕하는 여인La Baigneuse〉에서 영감을 받은 〈앵그르의 바이올린〉은 1922년 초현실주의 잡지 〈리테라퇴르Littérature〉의 표지로 사용하기 위해 만 레이가 촬영했는데 그의 작품 중에 최고작으로 평가받는다.

파리의 카페에서 잉태된 헤밍웨이의 첫 장편 소설은 파리에서

20대를 보내면서 겪은 자전적 소설로 1926년도에 발표된 《태양은 다시 떠오른다》이다. 이 소설에서 헤밍웨이는 몽파르나스의 카페를 주인공인 제이크 반스Jake Barnes의 입을 빌려 묘사한다.

"센강의 우안에서 택시 기사에게 몽파르나스의 아무 카페나 데려다달라고 부탁해도 그들은 당신을 항상 로통드로 데려다준다. 10년 후에는 아마 돔이겠지."

헤밍웨이의 이 글을 미루어봐서 카페 '라 로통드'가 당시의 파리, 그리고 몽파르나스에서 꽤 유명한 카페였다는 것을 알 수 있다. 헤밍웨이는 이 글에서 10년쯤 후에 파리 택시 기사들에게 몽파르나스 카페 아무 데나 데려다달라고 하면 아마도 카페 '르 돔'

여름 시즌의 카페 라 로통드. 몽파르나스와 생제르맹 데 프레 쪽의 방향을 알려주는 도로 표지판이 카페 앞에 있다.

이 될 것이라고 한다.

라 로통드La Rotonde는 1911년 오픈했고 카페 르 돔Le Dôme은 1898년에 개장했으니 라 로통드보다 르 돔이 10여 년 먼저 오픈했다. 그때는 르 돔의 역사가 더 길고 그 주위의 어떤 카페보다 미국인 문학가들이 많이 모여드는 카페였다. 왜 헤밍웨이가 이 글에서 당시 몽파르나스 카페 중에서 미국인들에게 가장 유명했던 르 돔보다 라 로통드를 먼저 언급했는지 모를 일이다. 라 로통드는 피카소도 자주 애용했던 카페였다.

1차 세계대전이 한창 중인 1916년 휴가를 나온 장 콕토(프랑스의 시인이자 극작가)를 라 로통드로 안내한 이는 피카소였다. 1910년대 중반기 몽파르나스에서 피카소는 이미 유명한 셀럽이었다. 장 콕토는 그의 회고록에서 당시 몽파르나스에서 피카소의 위세 덕분에 자신도 카페에서 피카소와 동등한 인물로 대접받았다고 고백했다.

피카소는 장 콕토를 내심 싫어했지만 장 콕토는 끈질기게 피카소를 따라다녔다. 그 결과 1917년 장 콕토는 자기가 각본을 쓰고 기획한 〈퍼레이드Parade〉라는 발레극을 에릭 사티와 피카소와 함께 콜라보레이션하게 된다. 발레공연의 음악은 에릭 사티가 맡았고 무대 의상과 배경, 소품은 피카소의 작품이었다.

신예 장 콕토는 음악과 미술계에서 이미 이름을 떨치고 있는 에

겨울 시즌의 카페 라 로통드. 햇빛이 없는 날에는 카페 테라스에도 손님이 없다. 지하철 바뱅역(M자 표시)의 출입구가 바로 옆에 있다.

릭 사티, 피카소와 협연함으로써 그의 공연 〈퍼레이드〉의 성공은 이미 보장받은 것이나 다름없었다. 게다가 공연 안내지에는 시인 아폴리네르가 세상 사람들이 듣지도 못한 '초현실적'이라는 말을 사용함으로써 공연이 대단한 것인 양 포장해주었다.

당시 예술평론가로도 활동했던 아폴리네르가 이렇게 공연 안내지에 글을 써준 이유도 아마 피카소가 같이 공연에 참여했기 때문일 것이다. 1917년 무렵 아폴리네르와 피카소의 파리에서의 친교는 벌써 10년이 넘어가고 있었다. 아폴리네르의 '초현실적'이라는 이 말은 곧 다가올 예술 사조 '초현실주의Surréalisme'를 예고했다.

1차 세계대전으로 프랑스는 전쟁 중이었지만 파리에서 초연한 장 콕토의 〈퍼레이드〉는 에릭 사티와 피카소의 콜라보레이션 덕분에 센세이션을 일으키는 데 성공했다. 이렇게 전쟁 속에서도 파리에 있는 예술가들은 그들의 예술 정신을 꽃피우는 데 열정을 다했고 이런 예술가들이 있었기에 몽파르나스의 카페들은 1차 세계대전 전쟁 중에도 문을 닫지 않고 영업할 수 있었다.

겨울 시즌의 카페 라 로통드. 라 로통드 바로 뒤편 극장 뒤에 카페 르 셀렉트가 있다.

여름 시즌의 카페 라 로통드

◆ 르 셀렉트 Le Select

헤밍웨이의 소설 《태양은 다시 떠오른다》의 초반부에 몽파르나스 구역 바뱅역에 붙어 있는 카페 셀렉트와 딩고 바Dingo Bar가 나온다.

"밤마다 뭘 해, 제이크? 대체 코빼기도 볼 수 없으니." 크럼이 말했다.

"아, 난 라틴구역에 가 있어."

"나도 밤에 한번 가볼거야, 당고 바에. 멋진 곳이지, 안 그래?"

"그래, 그곳과 새로 생긴 카페 셀렉트도."

'르 돔'에서 100m정도 떨어진 드랑브르가 10번지(10 Rue Delambre)에는 딩고 아메리칸 바Dingo American Bar and Restaurant라는 술집이 있었다. 딩고 바Dingo Bar라고 불린 이곳은 1923년에 문을 열었으며, 그 당시 밤새도록 문을 여는 몇 안 되는 술집 중 하나였다. 1920년대와 1930년대에 파리에 모인 많은 영어권 예술가와 작가들이 가장 즐겨 찾던 곳이었다.

이곳 바텐더인 복서 출신 영국인 '지미Jimmie'의 재치 있는 입담과 능수능란하게 고객들을 접대하는 능력은 타의 추종을 불허했다. 딩고 바Dingo Bar를 먹여 살린다고 할 정도로 이 업소에 없어서는 안 될 사람이던 지미는 1920년대 몽파르나스 시대의 산증인으로 많은 고객과 유명 예술가들의 인기를 독차지했다.

당대 유명 아티스트들은 자기의 회고록을 쓸 때 대부분 지미에게 자문받았다. 몽파르나스의 많은 카페, 술집의 사장들이나 웨이터들보다 몽파르나스의 셀럽들을 더 많이 알고 있던 지미가 알려주는 유명 인사들에 대한 정보가 더 풍부했기 때문이다.

헤밍웨이는 1925년 4월 말, 이곳 딩고 바Dingo Bar에서 프란시스 스콧 피츠제럴드F. Scott Fitzgerald를 처음 만났다.

피츠제럴드는 그의 최고 히트작 《위대한 개츠비The Great Gatsby》가 출판된 지 2주가 갓 지나자마자 헤밍웨이를 파리에서 만난 셈이다. 피츠제럴드 부부와 헤밍웨이 부부는 함께 여행을 다닐 정도로 가까워졌다. 딩고 바Dingo Bar가 있던 건물은 그대로 남아 있지만 현재는 이탈리안 레스토랑으로 바뀌었다.

《태양은 다시 떠오른다》 소설 속에 등장하는 새로 생긴 카페 셀레트 역시 1923년에 문을 열었다. 카페 로통드 바로 옆에 문을 연 셀렉트는 미국식 칵테일 바 스타일에 우아한 실내 분위기와 자정이 넘도록 영업하는 전략으로 금방 몽파르나스의 떠오르는 별이 되었다.

《태양은 다시 떠오른다》의 초반부 내용을 잘 살펴보면 헤밍웨이는 1925년부터 이 소설의 초고를 쓰고 있었음을 알 수 있다. 소설의 전반부인 파리에서 펼쳐지는 내용은 주로 몽파르나스를 무대로 한다.

"어딜 가길 원해?" 내가 물었다.

브렛이 머리를 돌렸다. "오! 셀렉트로 갑시다. 카페 셀렉트."

나는 운전기사에게 말했다. "몽파르나스 대로요."

몽트로쥬 트램을 지나서 벨포르의 사자상(덩페르 로쉐로 광장 La place Denfert-Rochereau에 있는) 근처를 끼고 돌아서 우리는 직진해서 내려갔다. 브렛은 정면을 응시했다. 몽파르나스의 불빛이 보이는 라스파이유 대로에서 브렛이 말했다.

"뭐하나 부탁해도 될까요?"

"그럼요."

"그곳에 도착하기 전에 한 번만 더 키스해줘요."

지하철 4호선 바뱅역에 있는 카페 르 셀렉트(오른쪽 두 번째 건물). 왼쪽에 네온사인이 있는 건물이 라 쿠폴이다.

겨울철 카페 르 셀렉트. 햇빛이 없는 날에는 테라스에 손님들은 없고 모두 카페 내부에 들어가 있다.

이 소설에서 주인공과 그의 여자 친구가 저녁에 파리 팡데옹 근처 술집에서 택시를 타고 다시 몽파르나스에 있는 카페 셀렉트로 이동 중인 것을 묘사하고 있다. 이 소설의 전반부에 카페 셀렉트가 자주 나온다. 역시 같은 소설에서 나오는 문장이다.

"브렛을 기다리기 위해 난 5시에 크리용 호텔에 있었다. 그녀는 그곳에 없었다. 그래서 앉아서 편지 몇 장을 썼다. …브렛이 나타나지 않아서 6시 15분 전에 바로 내려와서 바텐더 죠르쥬와 함께 잭로즈 한 잔을 마셨다. 바에도 브렛이 없어서 나오는 길에 2층에서도 그녀를 찾아봤다. 카페 셀렉트로 가기 위해 택시를 탔다.”

크리용Crillon 호텔은 콩코르드 광장과 샹제리제 대로 사이에 있다. 세계에서 가장 오래된 호텔 중 하나이며 매우 고급스럽기로 소문이 나 있다. 건물은 루이 15세 때인 1758년에 지었다. ‘잃어버린 세대’인 미국인 작가 헤밍웨이는 파리에서 택시도 자주 이용하고 고급 호텔의 바에도 자주 갔다.

파리의 5성급 리츠Ritz호텔의 바에는 헤밍웨이 자리가 있을 정도로 그는 리츠호텔 바에 자주 갔다. 그는 사서전에서 파리에서 부인과 가난하게 살았다고 했지만, 그의 글에서 그가 갔던 곳을 확인해보면 꼭 그렇지는 않은 것 같다. 또 같은 소설 다른 문장에서도 카페 셀렉트가 나온다.

“어쨌든 우리는 카페 셀렉트의 테라스에 앉았다. 하비 스톤이 거리를 건너왔다.”

“카페 리라로 가자.” 내가 말했다.

여기서 리라는 헤밍웨이의 단골 카페 라 클로즈리 데 릴라를 말한다. 카페 르 셀렉트와 카페 라 클로즈리 데 릴라 두 카페 사이의 거리는 걸어서 7~8분 정도였다.

헤밍웨이의 에세이 《움직이는 축제A Moveable Feast》와 소설 《태양은 다시 떠오른다》 두 작품을 잘 읽어보면 헤밍웨이가 라 클로즈리 데 릴라에서 글을 쓰고 르 셀렉트에서는 친구를 만나거나 술을 마시면서 여흥을 즐긴 듯한 인상을 받는다.

몽파르나스 대로에 있는 르 셀렉트는 헤밍웨이의 단골 카페였다. 헤밍웨이가 노트르담 데 샹 113번지에 살던 시절, 그는 카페 셀렉트에서 글쓰기 전 아침을 먹으면서 하루일과를 시작했다. 또 그곳에서 아침을 먹으면서 친구들이나 아는 사람들이 있는지 확인하는 것도 그의 하루 첫 일과였다.

그의 집에서 이 카페와는 약 1km 정도 떨어져 있으며 걸어서 약 10분 거리에 있었다. 카페 셀렉트는 1923년 바뱅역Metro Vavin이 있는 몽파르나스 대로변 99번지에서 문을 열었다. 카페 셀렉트의 성공은 바뱅역에 위치한 지리적 이점이 있었기 때문이며, 또 다른 이유는 24시간 영업이었다.

1923년 오픈 때부터 사용한 '아메리칸 바'라는 콘셉트가 차양에 표시되어 있다.

실내 디자인은 다른 카페들이 아르누보 양식의 인테리어에 신경을 썼지만 셀렉트는 과장되지 않은 실내장식으로 고객들을 끌었다. 셀렉트는 오히려 고풍스러운 실내장식을 고집했다. 세월이 흘러도 카페의 내부를 처음의 모습과 똑같이 보존하려고 했다. 3대째 운영 중인 현재의 주인 미셸 플레가Michel Plegat는 셀렉트의 소박함이 카페 성공의 한 요인이라고 했다.

2019년도의 셀렉트 홈페이지에는 다음과 같은 글이 있었다.

"Plus simplement, il suffit d'un petit café au comptoir pour imaginer les ombres de Soutine, Chagall, Picasso, Hemingway ou Fargue danser une sarabande endiablée……"

"좀 더 단순하게, 카임 수틴, 샤갈, 피카소, 헤밍웨이 또는 파르그가 신들린 듯이 떠드는 모습을 상상해보려면 테이블에서 작은 커피 한잔이면 충분합니다……"

셀렉트는 몽파르나스의 다른 카페와 차별화하기 위해 미국식 바를 모방해서 긴 나무 테이블에 원형의 높은 의자를 놓았다. 그리고 카페 간판에 '아메리칸 바American Bar'라고 썼다. 이런 시도도 성공적이었다. 당시 파리에는 수만 명의 미국인이 와 있었기 때문에 그들을 끌어들이는 전략일 수도 있었고 이국적인 시설은 파리지앵들을 유인하는 계략일 수도 있었다.

러시아의 몽타주 이론의 거장 영화감독 세르게이 에이젠슈타인은 파리에 체류하는 동안 매일 아침 셀렉트에서 커피와 우유를 마셨다. 1930년대 파리에는 17만 5천 명의 러시아 망명객이 살고 있었다. 셀렉트가 문을 열자 옆에 있던 카페 라 로통드의 고객들은 셀렉트로 이동했다.

1930년대 중반 셀렉트는 레즈비언들에게도 인기가 높았다. 실존주의 철학자 장 폴 사르트르Jean Paul Sartre와 부인 시몬느 드 보부아르Simone de Beauvoir도 카페 셀렉트에서 가끔 그들의 시간을 즐겼으나 1939년부터는 생제르맹 데 프레의 카페에 둥지를 틀었다.

여름 시즌의 르 셀렉트

◆ 르 돔Le Dôme

With Pascin at the Dome(돔에서 파스킨과 함께)

"경주마에 대해 말하고 싶어 하는 헤롤드 스타인 모습이 카페 안에서 보였기에 나는 카페 셀렉트에 이르자마자 방향을 틀어 되돌아왔다. 고결함으로 가득 찬 저녁 무렵 나는 악습과 군집본능에 대해 경멸감을 느끼며 사람들로 가득찬 카페 로통드를 지나 대로를 건너 카페 돔으로 갔다. 카페 돔에도 사람들이 너무 많아 북적였고, 그들은 하루 일을 마친 이들이었다.

그 카페에는 해가 질 때까지 하루 종일 모델 일을 했던 모델들과 그림을 그리는 화가들이 있었고, 좋게 썼든 혹은 좋지 않게 썼든 하루 종일 글을 쓰는 작가들이 있었으며, 술꾼과 괴짜들도 있었다. 그중에는 내가 아는 사람들도 있었고, 단지 장식물에 불과한 사람들도 있었다."

이 글에서 헤밍웨이는 1920년대 이후 몽파르나스 바뱅 사거리에 있는 카페 4개 중 3개의 카페명을 모두 언급했다. 카페 르 돔 옆에 있는 라 쿠폴La Couple만 빠뜨린 셈이다. 그 이유는 헤밍웨이가 이 글을 쓸 때는 라 쿠폴이 없었기 때문이었다.

카페 뒤 돔Café du Dôm을 르 돔Le Dôme이라고 하기도 하는데 이 카페는 1898년에 개장했다. 몽파르나스 바뱅역 부근에서는 최초의 카페였고 1920년대 미국인들을 위시하여 북부 유럽인들과 독일인

르 돔의 1층 기둥 벽면에 도로 안내판이 있다. 표시판에 있는 숫자 14는 14구역이라는 뜻이며 몽파르나스 대로boulevard du Montparnasse, 불르바르 뒤 몽파르나스라고 쓰여 있다. 위에 금박으로된 똑같은 도로 안내판도 있다. 금박으로 된 도로 안내판은 디자인이 매우 화려하다. 이 건물을 지을 때 아예 맞춤 제작을 한 것 같다. 보통 파리 대로의 건물은 19세기 중후반부터 20세기 초에 지은 건물들이 많다. 르 돔은 1898년에 오픈했다. 그러므로 금박의 도로 안내판은 이 건물을 건축할 때 미리 계산을 하고 만들었다고 유추할 수 있다. 금박 도로 안내판이 마치 1920년대 몽파르나스의 황금시대를 아직도 대변하는 듯하다.

르 돔 간판에 Fruits de Mer(해산물)이라는 단어가 있다. 해산물 전문 레스토랑임을 알 수가 있다.

들이 많이 찾는 곳이었지만 단연 미국인들과 미국 문인들이 이곳에 많이 모여들어서 한동안 미국 카페라는 별명이 있었다.

몽파르나스 지역의 카페 중에서는 가장 인기가 많은 카페 중 하나였다. 몽파르나스의 카페와 바, 클럽들에는 여성들이 남성보다 많았고 그중에서도 남성들을 사귀려고 온 독신 여성들이 많았다. 르 돔은 여성들이 좋아하는 카페 중 하나였으며 1920년대 르 돔 카페의 사진을 보면 우아한 여성들이 테라스에서 커피를 마시는 장면들이 제법 있는 것이 이를 방증한다.

몽파르나스의 여왕 키키는 언제나 남성들로부터 추파를 받고 프러포즈를 받았다. 지미 채터스Jimmie Charters는 키키가 카페 르 돔에서 무려 30명이나 되는 선원들에게 에워싸여 구애받을 정도로 인기가 높았다고 그의 회고록 《여기가 그 장소This must be the place》에서 밝히고 있다. 지미 채터스는 르 돔 바로 옆에 있는 딩고바Dingo Bar(1920년대 당시 주요 고객이 미국인인 바)의 인기 바맨Bar man이었다.

1900년대 초반부터 이곳은 지적 모임의 장소, 즉 문예카페로 유명했다. 이곳은 당시에는 신진작가였지만 후에 세계적인 예술가들이 된 이들이 서로 교류하면서 예술적 영감과 창조적인 예술과 삶의 에너지를 얻던 곳이다.

유명한 예술가들(화가, 조각가, 문인)을 비롯해서 모델과 예술 작품 감정가와 딜러들의 모임 장소로서 몽파르나스 지역의 예술적

르 돔

토양에 크게 공헌했다. 센강 좌안에 거주하는 지식인과 예술가들에게는 '르 돔'이 항상 그들 만남의 중심지 역할을 했다. 이곳에서 파리의 예술적 분위기와 생활을 즐겼던 세계적인 예술가들의 리스트를 보면 다음과 같다.

미국 문인으로서는 헤밍웨이, 헨리 밀러, 에즈라 파운드, 칼릴 지브란(레바논 출신의 미국 시인), 문학 비평가 발터 벤야민(독일), 화가로서는 피카소(스페인), 고갱(프랑스), 칸딘스키(러시아), 모딜리아니(이탈리아), 카임 수틴(러시아), 후지타 츠쿠하루(일본인), 쥘 파스킨(불가리아), 모이스 키슬링(폴란드), 사진작가 만 레이(미국), 로버트 카파(헝가리), 앙리 브레송(프랑스), 정치인은 블라디미르 레닌(러시아) 등 실로 많은 외국 예술가와 사상가들이 이 카페에서 파리 생활을 즐기면서 그들 사상과 작품에 영감을 얻었다.

르 돔은 지금은 카페보다 해산물 요리 식당으로 바뀌어 미쉐린 가이드 별 하나의 일급 식당으로 명성을 이어가고 있으며 위치는 몽파르나스 대로 108번지(108 Boulevard du Montparnasse) 파리 14구에 속해 있다. 라 로통드와 르 셀렉트도 몽파르나스 대로에 접해 있지만 파리 6구에 속한다. 하나의 도로를 두고 남쪽 면은 파리 14구이고, 북쪽 면은 파리 6구로 행정 구역이 갈라져 있다.

그랑팔레 옆 녹지 공간에서

◆ 라 쿠폴La Coupole

라 쿠폴은 바뱅 사거리에 있는 카페 중 가장 늦게 문을 연 카페다. 1927년 12월 라 쿠폴은 몽파르나스에서 성업 중인 르 돔, 라 로통드, 르 셀렉트 등 바뱅 사거리에 있는 유명 카페 삼총사에 도전장을 내밀었다. 몽파르나스에 카페를 오픈한다고 모든 가게가 다 성공하는 것이 아니다. 그토록 장사가 잘되었고 유명했던 몽파르나스의 '조키 클럽'도 4년간의 전성기를 뒤로 하고 문을 닫았다.

왜 라 쿠폴은 쟁쟁한 카페들이 철옹성같이 지키고 있는 바뱅Vavin 사거리를 택한 것일까? 더군다나 바뱅역 사거리에서 가장 고객이 많았던 르 돔 바로 옆에 카페를 오픈한 데에는 어떤 자신감이 있었을까? 라 쿠폴은 개업식 날 대대적인 물량 공세로 기존에 잘 나가던 카페들을 기선 제압했다.

우선 카페의 규모가 르 돔과 라 로통드보다 훨씬 더 컸다. 실내 디자인은 아르데코Art déco 스타일로 했으며, 레제와 키슬링 제자들과 몽파르나스에서 작품 활동을 하는 화가들을 초대해서 기둥과 벽을 장식했다. 총 3층으로 구성된 라 쿠폴은 1층에는 댄스장을 마련했고, 2층과 옥상은 레스토랑으로 꾸몄다.

공간이 넓었으므로 여러 그룹이 와도 섞이지 않고 자기들끼리 잘 어울릴 수 있어서, 그룹으로 오는 손님들에게 인기가 많았다. 오프닝에는 1,500병의 샴페인과 1,000개의 케이크, 3,000개의 삶은 달걀이 제공되었다. 오프닝 행사에는 일본인 화가 후지타Fujita를 비롯한 예술가들이 초청되었고 2,500명의 손님이 북적거렸다.

라 쿠폴의 개업식 날 행사는 파리 업계에서 곧 전설이 되었다. 몽파르나스 한 중심, 적진에 폭탄을 터뜨리듯 대대적으로 신고식을 한 덕분에 라 쿠폴은 주위의 쟁쟁한 경쟁업체를 누르고 곧 자리를 잡았다. 그동안 바뱅 사거리에서 귀공자처럼 우아하게 영업했던 세 곳의 카페 르 돔, 라 로통드, 르 셀렉트는 새로 나타난 라 쿠폴에 손님들을 다 뺏길 판이었다.

몽파르나스의 전성기가 끝나갈 무렵 '카페'이면서 동시에 '브라스리'를 표방하고 등장한 라 쿠폴에는 하루 1,000명 이상의 손님

1927년 오픈과 동시에 화려한 시설과 규모로 화제가 된 카페 라 쿠폴

들로 붐볐다. 라 쿠폴은 문을 열자마자 장안의 화제가 되었고 곧바로 유명해졌다. 카페 하나를 오픈하는 데 내부 시설에 막대한 비용을 투자하고 왜 이렇게 성대한 개업식을 했을까?

1900년대 파리의 카페 수는 5만 개에 육박했다. 카페 수의 팽창에 따른 생존 전략은 차별화밖에 없었다. 이미 대형 카페들은 파리에 부지기수로 많았다. 라 쿠폴은 차별화 전략으로 내부 공간을 아주 크게 했고 댄스 홀을 마련했다. 또한 내부 장식은 매우 감각적이고, 모던하고, 예술적이고, 또한 고급스러웠다.

간판에는 카페, 브라스리, 아메리칸 바 등 다용도 업소임을 표방했다. 아메리칸 바 형식의 카페이자 술집, 댄스홀이라는 슬로건으로 마케팅했다. 이런 몇 가지 요소의 차별화 전략이 먹혔다. 대규모로 홀을 구비하고 내부 시설을 잘 꾸며놓았으니 관심이 있는 사람들은 모두 한 번쯤은 가보고 싶어 했을 것이다.

문을 열자마자 르 돔, 라 로통드, 르 셀렉트에 출입하던 유명 작가, 화가 및 저명인사들은 라 쿠폴의 고객이 되었다. 헤밍웨이는 라 쿠폴이 문을 연 다음 해 파리 생활을 마감하고 미국으로 돌아갔다. 헤밍웨이가 라 쿠폴을 이용한 시간은 몽파르나스의 다른 카페를 방문한 수보다 훨씬 적었지만 헤밍웨이는 이곳에서 카레가 있는 양고기를 즐겨 먹었다.

라 쿠폴 길 건너 맞은편의 르 셀렉트에서는 소시지와 감자로 식사했던 헤밍웨이가 라 쿠폴에서는 양고기와 같은 고급 요리를 먹을 수 있었던 것은 아마 그의 첫 장편소설《태양은 다시 떠오른다》의 성공으로 경제적 안정을 얻었기 때문일 것으로 생각된다.

라 쿠폴의 오픈 초기에는 프랑스 시인 장 콕토Jean Cocteau, 프랑스로 귀화했던 일본인 화가 후지타Foujita, 스위스 조각가 알베르토 자코메티Alberto Giacometti, 미국인 사진작가 만 레이Man Ray, 프랑스 시인 루이 아라공Louis Aragon이 단골이었다.

1930년대에 들어서 스페인 화가 피카소Picasso, 프랑스 실존주의 철학의 장 폴 사르트르Jean Paul Sartre와 시몬느 드 보부아르Simone de Beauvoir, 프랑스 문학가 앙드레 말로André Malraux, 프랑스 시인 쟈크 플레베르Jacques Prévert, 러시아 출신 화가 마르크 샤갈Marc Chagall, 프랑스 샹송가수 에디트 피아프Edith Piaf 등이 이 카페를 자주 이용했다.

1940~50년대에는 은막의 스타, 독일 출신의 미국 여배우 마를렌느 디트리히Marlene Dietrich와 에바 가드너Ava Gardner가 대서양을 건너서 이곳을 찾았다. 라 쿠폴은 홈페이지에 오픈 당시의 모습을 기술해놓았다. 다음은 좀 더 설명을 붙여서 번역한 내용이다.

"식당이 오픈했을 때 많은 유명 예술가들이 모습을 보였다. 앙리 마티스와 함께 야수파 그룹의 선두에 선 프랑스 화가 앙드레 드랭André Derain, 피카소와 함께 입체파에서 활동한 페르낭 레제Fernand Léger, 러시아 화가 카임 수틴Chaïm Soutine, 미국 사진작가 만 레이Man

Ray, 헝가리 사진작가 브라사이Brassai, 폴란드 화가 모이스 키슬링Moïse Kisling, 스페인 출신의 파블로 피카소Picasso 등이 라 쿠폴에 모였다. 그리고 프랑스 시인 루이 아라공Aragon이 러시아 시인 블라디미르 마야콥스키Vladimir Mayakovskii의 여동생이자 작가인 엘사 트리올레Elsa Triolet를 만나서 결혼을 한 곳, 벨기에 작가 조르쥬 심농Georges Simenon이 동시대 파리 최고의 무희 아프리카계 미국인 조세핀 베이커Joséphine Baker와 저녁 식사를 한 곳, 초현실주의 작가 앙드레 브르통André Breton(시인)이 쉬르레알리즘의 선구자인 그리스 출신 이탈리아 화가 키리코Giorgio de Chirico를 모욕 준 곳이 바로 라 쿠폴이다."

조그맣고 둥근 안경테를 쓰고 바의 한구석에서 점심을 하는 미국 소설가 헨리 밀러Henry Miller, 맥주를 마시는 프랑스 화가 앙리 마티스Henry Matisse, 위스키를 홀짝홀짝 마시는 아일랜드 태생의 소설가 제임스 조이스James Joyce도 라 쿠폴을 자주 찾는 고객이었다.

알베르 까뮈가 노벨 문학상을 받았을 때, 라 쿠폴의 지정석에서 자축했다. 돈이 없어 생제르맹 데 프레에 있는 카페 플로르에서 커피 한 잔으로 하루 종일을 버텼던 장 폴 사르트르도 라 쿠폴에서는 두둑한 봉사료까지 주었다.

겨울의 라 쿠폴. 오후 5시도 안 되어서 간판에 불이 밝게 들어왔다. 간판에는 바 아메리칸Bar American 브라스리Brasserie라고 적혀 있다. 붉은 색 차양 아래 브라운 색 배너에는 금색 글씨로 레스토랑, 살롱드떼Salon de thé, 프뤼이 드 메르Fruits de mer(해산물), 브라스리라고 쓰여 있고 왼쪽에는 Depuis 1927(since 1927)라고 쓰여 있다.

작품명 : 트로넬 다리에서, 윤석재 作 (photographic)

99
SQUAD

Leffe

몽파르나스의 미국인 예술가들과 잃어버린 세대 The lost generation

파리에서 헤밍웨이와 친하게 지냈던 스콧 피츠제럴드가 1920년대 미국 사회를 가장 잘 표현했다는 소설 《위대한 개츠비》를 출간한 것은 1925년이다. 스콧 피츠제럴드는 이 소설로 명성과 부를 거머쥐었다. 헤밍웨이도 파리 생활을 하던 1926년에 《태양은 다시 떠오른다》를 발표했다.

광란의 시대 파리에서 문학 생활을 한 소설가 헤밍웨이, 피츠제럴드와 시인 에즈라 파운드 같은 문학가를 지칭하여 '잃어버린 세대Lost Generation: Génération perdue'라고 명명한 사람이 있다. 바로 파리에서 헤밍웨이 문학에 조언과 좀 더 깊이를 준 미국 여성작가 거트루드 스타인Gertrude Stein이다.

헤밍웨이는 그의 에세이 《움직이는 축제》(파리는 축제)에서 '잃어버린 세대'에 대해 몇 페이지에 걸쳐 자세히 설명했다. 어느 날 헤밍웨이는 거트루드 스타인의 집에서 몸을 녹일 겸, 그녀가 수집한 그림을 감상하면서 스타인과 흥미로운 대화를 하려고 그녀의 집에 들렀다. 가는 날이 장날이라고 정비공이 그녀가 맡긴 자동차를 제대로 수리하지 못했다. 이에 스타인이 정비업체 주인에게 불만과 항의를 표했다. 그러자 정비업자는 정비공에게 심하게 꾸짖으며 "너희는 모두 잃어버린 세대야"라고 했다. 불똥은 이내 헤밍웨이에게도 튀었다. "맞아! 현재 당신들의 모습이야, 전쟁(1차 세계대전)에 참가한 모든 젊은이들, 아무것도 존중하지 않고 허구한 날 술만 마시는 당신 같은 친구들은 모두 '잃어버린 세대'야"라고 거트루드 스타인은 옆에 있는 헤밍웨이까지 싸잡아 핀잔했다.

이런 일화에서 '잃어버린 세대'라는 용어가 탄생했다. '잃어버린 세대'는 제1차 세계대전 중이나 직후의 성인으로, 전쟁의 공포에 환멸을 느낀 그들은 이전 세대의 전통을 거부했다. 이들을 대표하는 유명한 미국 문인은 어니스트 헤밍웨이Ernest Hemingway, 거트루드 스타인Gertrude Stein, 프란시스 스콧 피츠제럴드F. Scott Fitzgerald, 티에스 엘리어트T. S. Eliot 등이다.

'잃어버린 세대'의 공통된 특징은 타락, '아메리칸 드림'에 대한 왜곡된 비전, 성별의 혼란을 들 수 있다. 1903년 헤밍웨이보다 파리에 훨씬 일찍 건너와 파리에서 이미 확실한 기반을 닦은 거트루드와 그녀의 오빠 레오는 피카소와 마티스 등 장차 세기의 화가가 될 젊은 예술가들을 후원하고 그들과 교류했다. 그리고 거트루드 스타인 남매는 피카소의 그림과 마티스의 그림을 구매했다.

거트루드의 오빠 레오 스타인은 마티스의 유명한 〈모자 쓴 여자La femme au chapeau〉(1905)를 산 후 피카소의 〈곡예사 가족Famille d'acrobates avec un singe〉(1905)을 샀고, 이어서 〈꽃바구니를 든 소녀Fillette à la corbeille fleurie〉(1905)를 구매했다.

마티스의 그림 〈모자 쓴 여자〉는 1905년 그랑 팔레에서 개최된 파리 살롱 도톤Le Salon d'automne(가을 살롱전)에서 가장 주목받는 작품이었다. 마티스의 작품과 그의 작품 옆에 걸려 있는 작가들의 그림이 너무 색채가 강렬해서 어느 비평가가 그들의 작품을 야수Fauve의 원시성에 비유했다. 이렇게 하여 마티스, 드랭, 블라맹크 등의 작품들은 '야수파'로 불리게 되었다.

라스파이유 대로에 연결된 도로 플뢰뤼스Fleurus 27번지에서 약 30년간 거주한 거트루드 스타인Gertrude Stein은 자기 집에 당대 유명 예술가들이 모여서 서로 교류할 수 있는 공간을 만들었다. 거트루드 스타인은 카페에서 커피 마시는 것을 싫어해, 손님과 지인들을 집에 초대했는데 미국인인 그녀가 파리에서 20세기 새로운 '문학 살롱'을 주재한 셈이다.

헤밍웨이도 거트루드 스타인의 집에 자주 놀러 갔다. 어떤 때는 원고를 들고 가서 거트루드 스타인에게 선보이고 감수받기도 했다. 그녀의 집에서 헤밍웨이는 피카소, 마티스 등과도 교류했다. 피카소가 먼저 제의해서 그녀의 초상화를 그렸다.

거트루드 스타인은 자기 초상화를 그려주는 피카소를 위해 뤽상부르 공원 근처에 있는 자기 집에서 피카소의 아틀리에가 있는 몽마르트르의 바토 라부아르까지 90여 차례를 찾아가는 곤욕을 치렀다. 그나마 거트루드 스타인은 돈이 있어 승합마차를 타고 몽마르트르까지 행차할 수 있었다. 그녀의 초상화는 현재 미국 코스모폴리탄 박물관이 소장 중이다.

몽파르나스 시대의 쇠락

파티는 끝났다. 몽파르나스 광란의 시대는 그렇게 길지 않았다. 1929년 10월 미국 월스트리트의 주식이 폭락하자 세계 공황이 닥쳤고 세계 공황은 파리에도 치명적인 영향을 미쳤다. 파리에서 광란의 시대를 즐겁게 보내던 미국인과 영국인 그리고 다른 외국인들도 경제가 어려워지자 다들 싼 집이 있는 곳으로 이사를 하거나 고국으로 거의 돌아갔다. 하지만 강렬하고 화려하게 타올랐던 영광은 사람들의 뇌리와 역사에서 지워지지 않았다.

예술가들이 몽파르나스를 떠나기 시작한 것은 세계 공황이 오기 전보다 조금 빨랐다. 메리 매콜리프는 그의 저서 《파리가 열광할 때When Paris Sizzled》에서 몽파르나스의 쇠락에 대해 다음과 같이 기술했다.

"헤밍웨이와 제임스 조이스를 비롯한 모든 이들의 친구였던 컨택트 출판사의 소유자인 로버트 매켈먼Robert Mcalmon은 1928년 마지막 밤 송년과 새해를 맞는 파티에서 좋은 나날들은 끝났다(The good days are finished)고 했다. 1920년대 말의 파리 몽파르나스의 내부 사정을 깊숙이 알고 있었던 매켈먼은 '광란의 시대는 끝났다(Les Années folles were over)'고 알렸다."

1929년 《키키 회고록Kiki's Memoires》의 서문에서 헤밍웨이는 "1929년 이 글을 쓴 키키는 그 자신에게도 몽파르나스 시대의 기념비처럼 보인다. 그녀가 이 책을 출판한 것은 그 시대가 완전히 마감되었다는 표시다"라고 썼다.

몽파르나스의 황금 시절 그곳에서 성공한 일본인 화가 후지타도 《키키 회고록》 서문에서 "몽파르나스는 변했다. 그러나 키키는 변하지 않는다(Montparnasse has changed, But Kiki does not change)"라고 썼다.

파리에서 무언가 꿈틀댄다고 직감하고 몽파르나스에 왔다가 반해서 몇 년을 주저앉았다 침몰하는 배처럼 경기가 사그라지는 몽파르나스를 보자, 떠날 때가 되었다고 자리에서 일어난 헤밍웨이처럼 많은 세계 각국의 예술가들도 그렇게 몽파르나스에 아쉬움을 남기고 떠났다.

몽파르나스의 자유스러운 분위기에 매료되어 모여든 세계의 지식인들과 예술가들은 몽파르나스라는 거대한 파티장에서 그들 생애 가장 멋진 시간을 보냈다. 보헤미안들의 천국 몽파르나스는

1920년대 영광을 역사의 한 페이지에 새기며 그 화려했던 불빛을 껐다.

하지만 오늘날에도 몽파르나스 대로에 있는 다섯 개 카페들은 파리 문예카페의 전통을 지키며 역사적인 매력을 간직한 채 여전히 1920년대 몽파르나스의 생명이 숨 쉬는 곳이다. 그곳의 카페들은 몽파르나스의 영혼을 담고 있다.

작품명 : 카페와 에펠탑 1

작품명 : "존재와 무" 2018년 5월 윤석재 作

20세기 중반

실존주의와 생제르맹 데 프레의 카페들

몽파르나스 타워에서 생제르맹 데 프레Saint-Germain-des-Prés까지 일직선의 렌느 도로Rue de Rennes가 있다. 몽파르나스 역에서 이 길을 따라 1.5km 정도 걸어가면 파리 6구의 생제르맹 데 프레Saint-Germain-des-Prés역에 도착한다. 걷기에 딱 적당한 거리다.

또는 몽파르나스역에서 지하철 4호선을 타고 파리 북쪽으로 세 정거장을 가면 생제르맹 데 프레역이다. 이 역에서 생제르맹 데 프레성당 출구로 나오면 아주 오래된 성당이 보인다. 바로 6세기에 기초를 세운 생제르맹 데 프레성당이다. 이 성당 바로 건너편에 유명한 문학카페Un café littéraire 두 개가 붙어 있다.

하나는 카페 레 드 마고Les Deux Magots이고 또 다른 하나는 카페 드 플로르Café de Flore다. 1920년대 중반, 현대 예술 사조에 큰 변화를 일으킨 쉬르레알리즘의 문인과 화가들이 생제르맹 데 프레의 카페에서 주로 활동했고, 1940년대 전후에 프랑스 실존주의자들 역시 이들 카페에서 둥지를 틀고 활동했다.

생제르맹 데 프레역에서 바라본 몽파르나스 타워. 여기가 렌느Renne거리다.

레 드 마고Les Deux Magots

마고Magot는 도자기 인형이라는 뜻이며, 드Deux는 숫자 2를 말한다. 그래서 '레 드 마고Les Deux Magots'는 두 개의 도자기 인형이라는 뜻이다. 실제로 카페 레 드 마고 내부에는 도자기 질감의 중국인 조각상 두 개가 기둥 위에 설치되어 있다.

이 카페는 1812년 문을 열었다. 지금의 생제르맹 데 프레로 이전한 것은 1873년이며 카페 영업을 개시한 해는 1884년이라고 공식적으로 밝히고 있다. 위치는 파리 6구 생제르맹 데 프레 광장

벽에 설치된
두 명의 중국인
도자기 상

6번지(6 Place Saint-Germain-des-Prés)에 있다.

19세기 말에는 프랑스 상징주의 시인 베를렌느Verlaine, 랭보Rimbaud, 말라르메Mallarmé 등이 이곳을 자주 이용했고 서로 교류하면서 문학적 교감을 이루었다. 1920년대에는 앙드레 브르통André Breton과 그와 함께 활동하던 쉬르레알리즘 작가들이 이곳에 진을 쳤다. 본래 쉬르레알리즘과 다다이즘의 본산은 파사주 드 오페라Le passage de l'Opéra라는 대형 상가 건물에 위치한 한 카페였으며 이곳에서 쉬르레알리스트와 다다이스트들은 정기적으로 회합했다.

이들은 몽파르나스와 몽마르트르에서 활동하는 문예인들을 경멸했다. 다다이즘에 이어 초현실주의는 1924년 가을 앙드레 브로통이 쓴 《초현실주의 선언Manifestes du Surréalisme》으로 문학계와 미술계에 일대 파란을 일으켰다.

초현실주의자들은 1921년 노벨 문학상을 받은 프랑스의 전통적인 문인 아나톨 프랑스의 문학세계와 정신세계를 전면적으로 부인하면서 문예계로부터 시선을 끌었다. 특히 브르통은 아나톨 프랑스와 같이 가장 프랑스적이고 가장 유명한 문학가의 작품을 공격함으로써 반사이익을 보려는 의도도 있었다.

1925년 오스만 대로의 확장으로 '파사주 드 오페라'는 건물이 철거되면서 이들은 그들이 그토록 경멸했던 몽파르나스와 연결되는 생제르맹 데 프레 대로의 카페로 왔다. 미로와 막스 에른스트와 같은 화가들은 브르통의 초현실주의에 가담해서 그들의 작품을 생제르맹 데 프레 지역의 갤러리에서 전시했다.

루이 아라공Louis Aragon, 앙드레 지드André Gide, 장 지로두Jean Giraudoux, 피카소Picasso, 페르낭 레제Fernand Léger, 쟈크 프레베르Jacques Prévert, 헤밍웨이Hemingway 등도 1920년대 이곳을 찾았다. 헤밍웨이의 《움직이는 축제》에서 제임스 조이스와 함께 이 카페에서 와인을 마시는 장면이 나온다.

"몇 년이 지난 어느 날, 나는 혼자 낮 공연을 본 후 생제르맹 대로를 따라 걷던 조이스를 만났다. 그는 배우들을 볼 수 없음에도 불구하고 배우들의 음성 듣기를 좋아했다. 그는 나에게 함께 술 한잔을 할 수 있냐고 물었다. 우리는 카페 레 드 마고에 갔다. 그는 오직 스위스산 백포도주만 마시는 걸로 알려졌지만 우리는 달지 않은 세리주를 주문했다."

제임스 조이스는 눈이 아주 나빠서 물체를 식별하는 데 어려움을 겪었다. 만 레이와 사진 작업을 할 때도 제임스 조이스는 조명을 피하기 일쑤였다. 만 레이는 다음과 같이 회고했다.

"그는 매우 참을성이 강하지만 사진 촬영을 몇 차례 하면 고개를 돌리고 불빛이 너무 밝아 바로 볼 수 없다고 했다. 나는 그 모습을 카메라에 담았다."

이렇게 찍은 사진은 너무 자연스럽지 않다는 주위의 평가도 있었으나 그는 이 사진을 좋아했다. 헤밍웨이는 같은 책 다른 글에서 또 '레 드 마고'를 언급했다. 이번에는 술이 아니고 카페 레 드 마고에서 커피를 마시고 싶은 유혹을 이기기 위해 그곳을 피해서 귀가하는 모습을 그렸다.

"이쯤에서 나는 계산을 하고 나와서 오른쪽으로 틀었다. 그리고

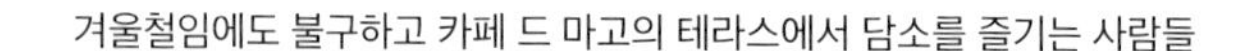
겨울철임에도 불구하고 카페 드 마고의 테라스에서 담소를 즐기는 사람들

커피를 마시기 위해 레 드 마고로 가는 일이 없도록 렌느 거리를 건너 집으로 가는 최단거리인 보나파르트 거리로 걸어갔다."

1930년대 말 카페 드 마고의 일면을 보여주는 프랑스 시인이자 에세이스트인 레옹 폴 파르그Léon-Paul Fargue(1876~1947)가 1939년에 발표한 《파리의 보행자Le Piéton de Paris》라는 에세이에 다음과 같은 문장이 있다.

"카페 드 마고Café des Deux Magots, 그곳에 손님으로 온 미국인들은 대부분 부자였고 또 대부분 아름다웠지만, 취기가 있어서 매우 깨끗해 보이지는 않았다. 궤변을 늘어놓는 최근의 쉬르레알리스트 앞에서 그들은 하품을 내지르거나 지겨워서 몸을 뒤틀었다."

이 글을 통해서 1930년대의 쉬르레알리스트 잔당들이 이 카페에 진을 치고 있었고 그들과 섞여서 혹은 어울려서 술을 마시는 고객 중에는 미국인이 있음을 알 수가 있다. 이런 작가의 글을 통해 1930년대 후반기의 카페 레 드 마고의 일면을 볼 수 있다.

1940년 전후로 사르트르Sartre와 보부아르Beauvoir 같은 실존주의 철학자와 작가들이 여기를 즐겨 찾았다. 카페 레 드 마고뿐 아니라 다른 유명 문학카페에서도 철학자나 문인들은 그들의 생각을 잔불에 사골을 고듯이 정연하게 우려내기도 하고, 혹은 감성이 예민한 작가들은 펄펄 끓는 물처럼 격하게 그들의 감정을 토로하고 일필휘지로 글을 쓰기도 했다.

이 카페 근처에 인문학 서적, 특히 철학 서적을 특화해서 발행했던 유명한 갈리마르Gallimard 출판사가 있던 것도 지식인들의 발길을 이 카페로 오게 하는 한 요인이었다. 〈레 드 마고 문학상Le prix des Deux Magots〉은 1933년 제정이 되어 지금까지도 매년 문학상을 수여하는데, 레 드 마고는 여러 편의 프랑스 영화의 배경이 된 곳이다.

카페 드 플로르Café de Flore

카페 드 플로르Café de Flore는 1887년 프랑스 제3공화정 초기 무렵에 오픈했으며 파리 6구 생제르맹 대로 172번지(172 boulevard St Germain)에 있다. 플로르Flore는 로마신화에서 '꽃의 여신'이라는 뜻이다. 유명한 문학카페 레 드 마고 카페가 바로 옆에 있다.

카페 데 드 마고의 차양에 문학적 카페Café Littéraire라고 표기되어 있다. 그리고 레스토랑이라고도 표기했다.

《미라보 다리 아래 센강은 흐르네》라는 시로 우리에게 익숙한 이탈리아 태생의 프랑스 시인 아폴리네르가 1913년부터 이곳에 거의 상주하다시피 했다. 미술평론과 함께 시를 쓴 아폴리네르는 당시 피카소를 비롯해 피카소와 함께 입체파의 선두에서 활약한 조르주 브라크와 입체파를 지지한 시인 앙드레 살몽, 야수파로 활동했던 화가 앙드레 드랭 등과 친분이 매우 두터웠다.

이외에도 아폴리네르는 당대의 많은 예술가와 교분이 있었다. 아폴리네르는 카페 플로르 1층 한쪽에 문학 동료 앙드레 살몽과 함께 〈파리의 저녁 연회Les Soirées de Paris〉라는 월간 문예지를 위한 편집실을 갖추었다. 이 덕분에 카페 드 플로르는 유명 문인들과 화가들이 찾아오게 되었고, 마침내 문학카페로 성공한다.

카페 플로드도 카페 레 드 마고를 찾았던 당대의 유명한 예술가와 사상가들의 사랑방 역할을 했다. 1917년 이 카페 테라스에서 있었던 쉬르레알리즘의 두 거장 앙드레 브르통과 루이 아라공과의 토론은 당시 프랑스 문단에 큰 파장을 일으켰으며 세계 문학계에도 영향을 미쳤다.

몽파르나스의 카페 르 돔과 카페 레 드 마고의 단골이었던 사르트르와 시몬느 보부아르는 그들의 아지트를 카페 플로르로 옮겼는데, 카페 플로르가 더 조용하고 난방이 더 잘되었기 때문이었다. 역사적으로 파리의 작가들과 예술가들은 자신을 보여주기 위해서

카페 드 플로르Café de Flore

가 아니라 축축하고 난방이 안 된 그들의 방보다 더 좋았기에 카페를 자주 드나들었다. 사르트르는 카페 플로르에 대해 이렇게 언급했다.

"우리는 완전히 그곳에 주둔했다. 아침 9시부터 그곳에서 작업했다. 점심 먹으러 나갔다가 오후 2시에 돌아왔다. 8시까지는 우리가 만났던 친구들과 떠들었다. 저녁 식사 후, 우리는 만남을 약속했던 사람들을 맞이했다. 어떻게 보면 남들에게는 희한하게 보였을 것이다. 그러나 우리는 우리집처럼 그렇게 플로르에서 지냈다."

1940년 들어 사르트르와 시몬느 보부아르는 카페 플로르를 낮에는 그들의 사무실처럼 사용했고 밤에는 파티장으로 활용하면서 그들은 잠만 집에서 잘 뿐 나머지 시간은 이 카페에서 하루 종일 시간을 보냈다. 사르트르가 말한 것처럼 거기서 글을 쓰고, 친구를 만나고 또 개인 일도 보았다.

'카페 드 플로르'의 주인은 자기 가게를 찾는 손님이 음료를 많이 팔아주지 않아도 크게 개의치 않았다고 한다. 어쩌면 유명 인사인 사르트르와 보부아르를 자기 가게에 상주하게 하는 것이 '카페 드 플로르'의 사업에 더 도움이 된다고 계산했는지 모를 일이다. 파리에서는 사르트르와 시몬느 보부아르처럼 작가들이 카페에서 하루 종일 자기 집처럼 지내는 경우가 가끔 있었다.

카페에서 커피 한 잔을 시켜놓고 혹은 맥주 한 잔을 시켜놓고 몇 시간 있어도 눈치를 주지 않는 곳이 파리의 카페였다. 우리는 술을 시키면 당연히 안주까지 주문해야 하지만 파리의 카페에서는 맥주나 와인을 여러 잔 시켜도 주인이나 웨이터는 안주를 강요하지 않는다.

가난한 작가나 예술가가 이런 유명한 카페에서 커피 한 잔으로 하루 종일 시간을 보낼 수 있다는 것, 그것은 허기에 지친 그들의 삶에 얼마나 많은 행복과 만족감을 주는 것인지 오직 그들만이 알 것이다. 이렇게 파리의 카페는 가난한 예술가와 공생하면서 '문학

카페 드 플로르Café de Flore와 같은 전통적인 파리의 카페에서 가르송(웨이터)들은 언제나 흰 와이셔츠에 나비 넥타이 혹은 일반넥타이를 메고 검은 조끼와 자켓까지 입고 흰색 혹은 검은색 앞치마를 두르고 서빙을 한다.

카페'라는 역사를 만들어왔다.

20세기 초 중반 이 카페에서 활약했던 역사에 남은 주인공들은 모두 하늘나라에 가 있고, 그들의 정신을 계승할 새로운 세대가 이 곳을 방문하겠지만 그들이 누구인지 알 수 없다. 최근에 카페 드 플로르를 취재한 프랑스 시사 경제 주간지 〈살랑쥬〉의 기자에게 이 카페 사장이 한 말이 아주 인상적이다.

"카페 드 플로르는 레스토랑이나 브라스리로 전환하거나 겸업하지 않을 것입니다. 우리는 파리시민을 위해 전통적인 카페를 고수할 것입니다."

카페 드 플로르의 소유주는 몽파르나스의 1920년대 헤밍웨이의 단골 카페이자 집필 작업실이었던 카페 라 클로즈리 데 릴라도 같이 경영하고 있으며 1994년부터 자체 문학상을 제정해서 현재까지 이어오고 있다.

맺으며

몽파르나스의 문학카페 라 클로즈리 데 릴라, 르 돔, 라 쿠폴, 르 셀렉트, 라 로통드와 생제르맹 데 프레의 문학카페 레 드 마고와 드 플로르는 프랑스 영화에서 한두 번 이상 배경으로 나온 곳이다.

그리고 이들 카페의 히스토리를 발간한 책들도 적지 않다.

어떤 한 카페에 대해 그 역사와 고객과 얽힌 사연을 책으로 엮어 낸다는 것이 쉬운 일은 아니다. 설령 어느 카페가 아무리 규모가 크고 시설이 잘되어 있다 하더라도 역사성이나 상징성이 없다면, 그리고 책에 담을 특별한 내용이나 스토리가 없다면 유명한 작가라도 그 카페를 책으로 출간하기는 어려울 것이다.

그러나 파리의 유명 문학카페들은 어떤 카페라도 그 카페가 가지고 있는 역사성과 시대성, 그리고 단골손님이었던 세계에서 모인 유명 예술가들의 스토리와 숨은 이야기를 담아 책으로 출간하기에 부족하지 않다. 말하는 것을 좋아하고, 글쓰기를 좋아하고, 기록으로 남기려는 전통이 있는 프랑스인들은 문학카페의 역사와 문화를 기록하고, 지금까지 잘 보존하고 있다.

작품명 : 노을 속 에펠탑, 윤석재作 (photographic)

SUMMARY

1900년, 20세기에 들어서면서 파리는 만국 박람회가 개최되어 첫 지하철을 운행한다. 파리는 아름다운 시대, 벨 에포크Belle époque가 전개되면서 사람들은 풍요로워졌고 예술과 문화가 번창하여 태평성대를 누리는 시기가 되었다. 파리는 유럽에서 가장 활력 있는 도시, 문화와 예술의 세계 중심지로 변했다.

제1차 세계대전이 터지자 프랑스의 많은 사람이 전쟁에 참여했고 프랑스는 150만 명을 잃었고 300만 명 이상이 부상당했다. 이어서 스페인 독감이 전 세계를 덮쳤다. 이런 인간과 자연의 재앙을 극복하고 유럽과 프랑스는 다시 풍요의 시대를 맞이하게 된다. 1920년대를 프랑스에서는 '광란의 시대Les Années folles'라 했고 미국에서는 '포효하는 20년대' 혹은 '으르릉 거리는 20년대Roaring Twenties', 혹은 '재즈의 시대'라고도 했다.

세계대전과 스페인 독감, 팬데믹을 겪는 와중에 파리 예술의 중심지는 몽마르트르에서 몽파르나스로 점차 옮겨졌다. 광란의 시대에 세계 유명 작가와 화가, 음악가들이 파리 몽파르나스 지역으로 몰렸다. 특히 바뱅Vavin 사거리에 있는 4개의 카페 르 돔Le Dôme, 라 쿠폴La Coupole, 라 로통드La Rotonde, 르 셀렉트Le Select는 세계에서 몰려온 예술가들의 대화의 공간으로, 서로에 대한 예술의 공감과 교류, 교제의 장 역할을 했다.

헤밍웨이(미국), 에즈라 파운드(미국), 만 레이(미국), 제임스 조이스(아일랜드), 피카소(스페인), 카임 수틴(러시아) 샤갈(러시아), 모딜리아니(이탈리아), 후지타(일본) 등 일일이 열거할 수 없을 정도로 많은 세계의 예술가들이 파리의 몽파르나스 카페에서 서로 다른 국적의 예술인들을 만나면서 교류하고 예술의 흐름을 주도했다.

예술가들은 몽파르나스와 생제르맹 데 프레의 카페들을 오가며 쉬르레알리즘과 다다이즘을 발표했다. 세계 공황이 터지자 몽파르나스의 화려한 밤에 적막이 왔으며 광란의 시대도 끝이 났다. 세계에서 모인 예술가들은 하나 둘 몽파르나스를 빠져나갔다. 무대는 다시 생제르맹 데 프레 쪽으로 옮겨진다.

1930년대 이후 외국인 예술가들이 빠져나간 파리에서 생제르맹 데 프레의 카페 레 드 마고와 카페 드 플로르는 프랑스 지성인들의 안방이 되었다. 그곳 카페에서 장 폴 사르트르와 시몬느 보부아르는 실존주의 철학을 가다듬었다. 알베르 카뮈 역시 이 카페들을 이용하면서 실존주의에 기반을 둔 부조리 문학을 발표했다.

오늘날에도 몽파르나스의 카페들과 생제르맹 데 프레의 카페들은 100년 이상의 역사를 자랑하며 고객들을 맞이하고 있다. 시대의 흐름과 사회의 변천에 따라 이곳의 몇몇 카페들은 레스토랑을 주업으로 하고 카페를 부업으로 하고 있다.

주요 카페

라 클로즈리 데 릴라La Closerie des Lilas, 르 돔Le Dôme, 라 쿠폴La Coupole, 라 로통드La Rotonde, 르 셀렉트Le Select, 레 드 마고Les Deux Magots, 카페 드 플로르Café de Flore, 푸케스Fouquet's

주요 바

바 딩고Bar Dingo, 브라스리 립Brasserie Lipp

현재도 영업하는 업소

Bar Dingo를 제외한 위의 모든 업소

에펠탑과 알렉상드르 3세 다리

파리 노트르담 대성당 전망대에서 바라본 파리 남쪽 뷰. 첨탑은 약 90m 높이로 19세기 중엽 프랑스 건축가 외젠 비올레 르 뒥에 의해 만들어졌다. 2019년 화재 때 붕괴됨.

현재의 파리 카페

르 피가로 지 2018년 2월 15일 자에는 1960년대 프랑스 전국에 약 60만 개의 카페와 비스트로가 있었으며 2016년에는 전국에 3만 4천 개가 남았다고 한다. 통계를 내면 매년 7천 개의 업소가 문을 닫았다는 말이다. 또 10년 전에는 파리에 약 7천 개의 카페만 남았다는 통계도 있다.

'프랑스 브와송France Boissons'이라는 프랑스 최대 음료수 유통업체는 마을에 더 이상 카페가 없어지지 않도록 유네스코에 프랑스 카페를 문화유산으로 등록해야 한다고 주장한다. 이 업체가 이런 캠페인을 벌이는 이유는 자사의 사업 매출이 줄어드는 것을 걱정하는 것일 수도 있겠지만 프랑스의 카페들이 문을 닫는 것을 경계하는 목소리이기도 하다.

20세기 들어서 파리의 오랜 역사와 전통을 가진 수많은 카페가 살아남기 위해 치열한 생존 전략을 구사했지만, 장사가 안되어서 속절없이 문을 닫은 카페들이 많았다. 구글에서 영어로 파리 베스트 카페 혹은 오래된 카페를 검색하면 카페 업소 사진과 소개 글이 여러 개 나온다.

전통적인 카페 베스트 목록에는 언제나 프로코프와 몽파르나스 지역에 있는 다섯 개의 카페(라 클로즈리 데 릴라, 르 돔 르 셀렉트, 라 로통드, 라 쿠폴), 그리고 생제르맹 데 프레 지역의 두 개의 카페(레 드 마고, 플로르)와 오페라역에 있는 카페 드 라 페는 거의 빠지지 않는다. 모두 100년 이상 된 문예카페이며 문학카페들이다.

가끔 샹제리제 대로에 있는 푸쿼스Fouquet's(브라스리, 1899년 오픈함. 세계 유명 배우들이 많이 찾았다)도 소개된다. 이들 업체는 어떻게 오늘날까지 생존해 있을까? 이들 100년 이상 된 카페들은 명성을 유지하면서 시대의 흐름에 잘 대응했기 때문일 것이다. 내부를 리뉴얼 하고 서비스 메뉴를 바꾸거나 혹은 경영의 애로로 아예 주인이 바뀐 업소도 있지만 상호는 바뀌지 않고 지금까지 영업하고 있다.

20세기에는 예전의 카페의 개념에서 레스토랑이라는 개념을 추가한 것을 볼 수 있다. 파리 최초의 문학카페 프로코프는 1900년대 초반에 벌써 레스토랑으로 변했다. 또한 1900년대 몽파르나스 지역에서 문예카페로 명성을 날렸던 라 클로즈리 데 릴라, 르 돔도 레스토랑으로 변신했다.

라 쿠폴 역시 이미 브라스리Brasserie와 레스토랑을 겸하고 있다. 오페라 광장에 있는 카페 드 라 페로도 레스토랑 사업을 겸하고 있다. 이렇듯 100년 이상 전통을 가진 문예카페들은 '카페 레스토랑'이라는 업태로 변신했다. 카페와 레스토랑의 기능을 합쳤다는 의

미는 커피도 제공하고 간단한 식사가 아닌 제대로 된 식사도 제공한다는 뜻이다.

몽파르나스의 문학카페였던 라 로통드와 르 셀렉트도 커피와 함께 가벼운 음식을 팔다가 카페 레스토랑으로 변모했다. 생제르맹 데 프레 쪽의 카페 레 드 마고와 카페 플로르도 정통 카페를 고집하는 것 같지만 여기에도 가벼운 식사 메뉴가 있다.

이렇듯 시대와 경제의 흐름에 따라 파리 카페도 살아남기 위해 변한다. 물론 몇백 년 전의 파리 카페에서도 음료 외에 주류도 판매하고 간단한 먹을거리를 제공했다. 단가가 싼 커피나 차를 팔아서는 가게를 운영하기 어렵다는 판단에 이들 전통적인 카페들은 내부 시설의 품격을 높이고 가격을 높이는 대신 품격 있는 식사와 차와 커피를 동시에 파는 전략으로 바뀌었다.

10년 전만 해도 우리나라 커피숍에서는 오직 커피와 음료수만 팔았지 제빵과 제과류는 팔지는 않았다. 그러나 요즘 우리나라의 프렌차이즈 커피숍이나 개인이 운영하는 커피숍에서도 케익과 비스킷을 판다. 또 빵을 파는 파리바게트나 여러 빵집에서는 커피를 판다. 우리나라도 시대의 흐름에 따라 커피숍의 메뉴가 다양화되어 가는 것을 알 수 있다.

이렇게 파리의 카페들은 시대의 흐름에 따라 부침을 겪지만 그런 가운데도 새로운 카페들이 생긴다. 새로운 카페를 추천하는 글

30
COMPTOIR
COMPTOIR
PRINCIPAL
HAPPY DAY
VINS NATURE
CAFE BIO

작품명 : 카페와 에펠탑 2

작품명 : 카페와 에펠탑 3

의 리스트 중에 공통으로 추천하는 카페들이 몇 개는 있지만 나머지 카페들은 추천 가이드라인이 들쑥날쑥하다. 추천하는 사람들의 취향과 미각에 따라 호불호가 갈리기 때문이다.

파리의 주요 지하철 출입구 바로 옆은 거의 카페들이 자리하고 있다. 최근에도 파리에 몇 번을 갔고, 한 달씩 체류하면서 확인했지만, 아직도 지하철 출입구 근처에 새로운 스타일의 카페는 거의 보이지 않았다. 여전히 하얀 혹은 까만 앞치마를 두른 웨이터가 서빙하는 프랑스의 전통적인 카페가 주를 이루고 있다.

그러나 젊은이들이 많이 모이는 곳에서부터 파리 카페 문화는 조그만 변혁이 일어나고 있는 것 같다. 커피의 개성적인 맛을 추구하는 카페가 여기저기 등장했다. 어떤 종류의 커피를 사용하는지, 로스팅을 어떻게 하는지 등 자기들만의 독창적인 커피 맛을 창조하는 카페(커피숍)들이 파리에서 차츰 늘어나고 있다.

이런 카페들은 전통 방식에서 벗어나 현대적으로 심플하게 실내를 꾸민다. 또 이들 업소는 프랑스 카페 문화에서 빠질 수 없는 것을 무시하고 영업한다. 바로 웨이터다. 프랑스의 카페에서는 웨이터들이 하얀 와이셔츠에 검은 조끼를 받쳐 입고 검은색의 나비넥타이나 혹은 일반 넥타이를 하고 무릎 밑으로 내려오는 하얀 앞치마(에이프런)를 두른 것이 전형적인 모습이었다.

파리의 새로운 카페는 이런 전통적인 복장의 웨이터를 고용하지 않는다. 이렇게 파리에서는 새로 등장하는 카페들이 조그만 변혁을 시도하고 있다. 이런 특화된 카페들을 프랑스 여성 잡지 혹은 식음료업체 홍보 플랫폼에서 이따금 추천한다.

이들 업소는 구글에서 검색하면 정보를 얻을 수 있다. 또 파리의 테라스Terrasse가 좋은 카페, 옥상Rooftop이 멋있는 카페, 또는 바Bar 등도 구글에서 찾을 수 있다. 이런 멋있고, 맛이 특별한 카페 리스트는 프랑스의 유명 여성 잡지들이 추천해주는 곳이 조금이라도 더 공신력 있다고 볼 수 있다.

가끔 마담 피가로나 보그와 같은 여성 잡지에서 소개하는 카페나 바Bar는 사진으로 봐도 매우 고급스럽다. 이런 업소들은 당연히 음료수 가격이 비쌀 것이다. 그렇지만 경제적 여유가 되면 한 번

팡테옹 앞 수플로 거리의 한 카페. 여성이 상반신 일부가 드러 난 옷 탱크탑을 입고 서빙 중이다.

노인이 와이셔츠 윗단추를 풀어제치고 서빙을 하고 중년의 여성도 평상시 의상으로 서빙을 하고 있다. 이렇듯 일반적인 카페에서는 서빙하는 사람들이 전통적인 복장에서부터 자유롭게 일하고 있다.

정도는 이런 곳에서 파리를 보며 낭만을 즐기는 것도 좋을 것 같다.

프랑스 관광 콘텐츠가 있는 플랫폼, 또는 식영리를 목적으로 하는 식음료 콘텐츠의 플랫폼에서도 소개하지만 이런 영리 사이트들은 업소에서 돈을 받고 광고성 기사를 제공할 것 같다.

간판에 '파리 최고의 슈크림'이라고 쓴 제과점이자 카페. 도로에 몇 개의 테이블과 2층의 좁은 공간에서 커피나 차, 주스를 마실 수 있다. 새로운 개념의 카페다. 77 Rue Galande, 파리 5구. 파리지엔느들의 인스타에 자주 오르는 카페제과점

파리에서 에펠탑을 가장 멋있게 볼 수 있는 곳은 트로카데로 광장이다. 여기로 가려면 지하철역 트로카데로에서 내리면 된다. 이 역 바로 옆에 럭셔리하게 보이는 카페가 두 개 있다. 카페 클레베르와 카레트다. 난 이 근처에서 한 달간 투숙을 한 관계로 아침 일찍 6시쯤에 이곳으로 사진 촬영 차 왔었는데 손님은 별로 없었다. 늦봄부터는 관광시즌이라 새벽부터 카페는 문을 연다. 시즌에는 이곳의 카페 테라스에 세계 각국의 젊은이들이 모여서 청춘의 에너지를 발산한다. 내가 보기에는 압도적으로 금발이 많았다. 그들은 탁자에 맥주 한 잔 혹은 주스 한 잔 놓고 태양빛을 즐기며 담소를 하거나 떠들고 있었다. 매우 이국적이고 멋있는 모습이었다.

Donut sucré
la pièce : 0€80
Madeleine marbrée chocolat
Pur beurre
la pièce : 1€50
Muffin fourrage caramel
la pièce 2€20
Cookie cacao aux pépites de
chocolat noir
la pièce : 0€95
Torsade chocolat noir
Pur Beurre
la pièce : 0€95
Maxi Pain au chocolat
Beurre
la pièce : 1€70
Brioche au beurre
Patte d'ours
Pur Beurre
la pièce : 0€95
Grillé aux pommes
de la vallée du Rhône
la pièce :
Beignet chocolat noisette
la pièce : 0€80

Macaron au café
Tartelette citron
meringuée
La pièce : 2€10
Eclair café

센강 노천카페

아메리카 커피의 상징인 스타벅스는 2004년 프랑스에 진출했다. 2020년 기준 프랑스의 스타벅스 매장은 전국적으로 120여 개 정도 된다. 그중 절반이 조금 넘는 56개가 파리에 있다는 통계가 있다. 그러나 프랑스 카페 문화에 침투한 미국의 스타벅스는 프랑스 카페의 아성을 쉽게 무너뜨릴 수 없을 것 같다.

이렇듯 현재 파리에서 새로운 개념의 카페가 생기고 세계적인 브랜드 미국의 스타벅스 커피숍이 확장세를 펼쳐도 파리의 전통적인 카페 문화에는 크게 영향을 끼치지 않는다. 오페라 가르니에 가까이 있는 스타벅스를 가보라. 파리 2구 카퓌신 대로 3번지(3 boulevard des Capucines)의 스타벅스의 내부 인테리어 스타일은 완전 프랑스식이다.

바로크 스타일의 웅장한 벽화와 아름다운 천장화와 몰딩 장식, 샹들리에를 보면 여긴 아메리칸 스타일의 스타벅스가 아니라 분명 격조 있는 파리 전통 카페에 온 듯한 착각이 든다. 오늘도 파리의 수많은 카페에서는 하얀 와이셔츠에 검은 조끼를 입고 앞치마를 두른 가르송Garçon(웨이터)들이 커피와 음료수를 서비스한다.

지하철 출입구에 있는 카페는 상대적으로 다른 곳의 업소보다 임대료가 훨씬 비싼 곳이지만 지하철 출입구를 선점한 카페들은 거의 모두 프랑스의 전통적 카페들이다. 빨간색 차양과 테라스가 있는 카페, 그 테라스에 있는 고객들을 살펴보면 테이블의 절반 정도는 관광객들이 차지한다. 그들은 파리의 서정을 느끼며 그 운치를 맛보기에 여념이 없다.

파리의 카페에는 여전히 대화를 나누며 그들의 사랑을 이어가는 커플이 있고, 거리의 행인들을 바라보면서 무념무상에 빠져 홀로 앉아 커피를 마시는 노인, 간혹 혼자 책을 읽으며 커피를 마시는 파리지앵과 파리지엔느, 손님들 사이로 주문받은 음료수를 쟁반으로 받쳐 들고 다니는 가르송이 있다.

350년의 전통과 역사가 살아 숨 쉬는 파리의 카페에서는 아직도 익숙한 이런 정경이 있고, 지금도 100년 이상의 전통을 가진 카페들이 문을 열고 손님을 맞이하고 있다.

오페라 가르니에 앞 거리Av. de l'Opéra에 있는 스타벅스.

무프타르 거리Rue Mouffetard. 고대 때 이탈리아 로마의 도로로서 오랜 역사를 가진 거리. 재래 시장도 있으며 가성비 좋은 맛있는 카페, 레스토랑이 많은 먹자 골목, 파리 5구

FE DE FLORE
RUE
SAINT BENOÎT
CAFE
DE
FLORE

거리에서 발견한 100년 이상 된 카페

카페 HORIZON, 1905년 오픈함.

카페 브라스리 보드빌VAUDEVILLE, 1918년 오픈. 차양에 '파리 삶의 100년' '100주기'라는 문구가 있다. 2018년 5월 파리 시내를 사진 촬영하러 돌아다니다가 우연히 발견하고 이곳에 들러서 차 한잔을 했다.

레 드 팔레LES DEUX PALAIS. 두 개의 궁전이라는 뜻으로 생트 샤펠 건너편에 있다. 1928년에 오픈했으며 창업 100주년이 다 되어 간다.

파리에 100년 이상 된 카페가 몇 개나 되는지 이방인으로서는 알 수가 없다. 필자가 파리를 돌아다니면서 발견한 카페를 사진으로 찍었다. 앞에서 설명한 100년 이상의 문예카페들과 또 발견하지 못한 카페들을 합치면 그 수는 제법 될 것 같다.

파리 노트르담 대성당 주위에는 어떤 카페가 있을까?

'노트르담의 종루에서'. 카페명을 너무 잘 지은 것 같다. 노트르담 대성당이 바로 옆에 있으니 그냥 '노트르담'이라고 카페명을 붙였을 것 같은데… 노트르담의 곱추 콰지모도는 성당의 종지기며 그가 주로 있는 곳은 종루다. 종루에서 일어나는 스펙터클한 이야기의 전개를 이 카페에 와서 커피 한 잔 하면서 한번 회상해 보시기를…
이 카페에 온 관광객들 중 카페명의 뜻을 모르면 이 카페에서 차를 한 잔 하는 의미가 반감될 것이다.

노트르담 성당에서 프티 퐁 다리를 건너면 바로 세익스피어 앤 컴퍼니 책방과 카페도 있다.

카페 콰지모도, 노트르담 성당의 종지기 이름이다. 카페 차양에 카페, 바, 브라스리라고 3개의 업종을 표기했다.

카페 에스메랄다. 이탈리아 여배우 지나 롤로 브리지다가 1956년 영화 〈파리의 노트르담〉(노트르담의 곱추)에서 에스메랄다로 연기를 했다. 1950년대 세계 최고의 여배우 중 한 명이었다. 겨울철인데 햇빛이 있으니 사람들이 테라스에서 햇빛을 받으며 담소를 나누고 있다.

작품명 : 노트르담 드 파리, 윤석재作 (photographic)

파리의 카페 주인들은 부지런하다. 특히 관광지
근처에 있는 카페 주인들은 더 부지런하다. 아침
6시에 문을 열고 테라스로 테이블을 옮긴다.
그리고 직접 테이블을 닦고 메뉴판까지 세팅한다.
생미쉘역에서, 트로카데로역에서, 그리고 여기
비라케임역 카페에서, 관광지에 붙어 있는 카페는
사업은 괜찮겠지만 고달플 것 같다.
역시 돈은 쉽게 벌기가 어렵다.

Chocolat chaud
Cappuccino
Breakfast
Minute Maid
Salon de Thé
Breakfast
IOLANDA
IOLANDA
IOLANDA

작품명 : 카페와 소녀들, 윤석재作 (photographic)

CAFE
BREAKFAST
BREAKFAST
RESTAURANT
PIZZA CREPES
Breakfast
Plat du jour
Breakfast
Crêpes
Lunch
Diner
Crêpes
Confiture
Beurre Sucre
Nutella
Grand Marnier
Noix de Coco
29

100년 이상 된 파리 문학 카페 방문기

평화로운 오후에 평화다방Le café de la Paix에서

1862년에 오픈한 카페 드 라 페Le café de la Paix는 '평화의 카페'지만 '평화 다방'이라고 하는 게 더 좋은 표현일 듯싶다. 초록색 차양으로 단장한 아주 큰 카페이자 레스토랑으로 지하철 오페라역을 나오면 바로 옆에 있다. 오페라극장(오페라 가르니에)이 앞에 있어서 위치도 아주 좋은 곳이다.

오스만 남작이 파리 개조 사업을 할 때 동시에 오페라극장(오페라 가르니에)이 탄생했고 이 극장 앞으로 이탈리앙 대로와 카퓌신느 대로가 지나간다. 카퓌신느 대로와 이탈리앙 대로에는 19세기 아주 유명한 고급 카페들이 들어선 곳이다.

카페 드 라 페는 카퓌신느 대로Bd des Capucines에 일부 공간이 접해 있다. 이 카페를 처음 갔을 때는 나의 유학 시절인 1986년 여름이었다. 그날 오후 날씨는 햇빛이 강렬한 듯했으나 공기는 습하지 않았고 더위를 견딜 수 있을 정도였다. 나는 외국인 여대생과 함께 이 카페의 테라스에서 유학 말기에 모처럼 여유로운 시간을 즐기는 중이었다.

대학 졸업 여행으로 파리에 온 그녀를 우연히 알게 되어, 나는 파리 관광 가이드를 자청하여 그녀와 함께 파리의 주요 관광지를 돌아다녔다. 그러던 중 오페라극장(오페라 가르니에)에 와서 건물의 외관만 감상하고 바로 앞에 있는 카페 드 라 페에 들러서 음료수로 목을 축이고 피로를 잠시 풀었다. 물론 이 카페가 얼마나 전통이 있고 유명한지는 알지 못했다.

아마 그녀가 아니었다면 당시 나의 주머니 사정상 찻값이 제법 나갈 이런 대형 카페에 가는 것은 꿈에도 생각하지 못했을 것이다. 테라스에는 주로 미국인 관광객들이 진을 치고 있었고 사이사이에 다른 국가 관광객들도 파리의 여름 오후를 즐기고 있었다.

'평화의 카페' 테라스에서 커피 혹은 페리에나 맥주를 시켜놓고 선글라스를 낀 채 여름날 오후의 햇빛을 마냥 즐기는 사람들의 광경을 보노라니 그 자체가 평화스러웠다. 그들은 '여유'가 넘쳐 나고 있음이 느껴졌다. 카페의 테라스에 있는 여성들의 옷이 1900년 초기의 스타일이었다면 파리의 벨 에포크 때의 카페를 연상시킬 정도로 '카페 드 라 페'는 100년 전 분위기를 그대로 지니고 있었다.

우리는 오후 4시까지 그 카페에 있었는데 마침 근처에 있는 기둥 시계를 보고 시간을 알게 되었다. 나는 그녀에게 말했다.

"10년 후 오늘 이 시간에 다시 같이 이곳에 있으면 좋겠다."

동화 같은 이야기였다. 그로부터 두 번째 이 카페를 다시 찾은 것은 2016년 12월이었다. 실로 유학 이후 약 30년 만에 나는 사진 촬영을 하기 위해 이곳을 다시 찾았다. 물론 직장 생활할 때 파리로 출장을 온 적은 몇 번 있지만 개인적인 일로 파리를 찾은 것은 파리 유학 이후 처음이었다.

나는 한 달간 파리에 체류하면서 유학 시절에 사진을 찍었던 곳을 다시 찾아가 같은 구도로 사진 촬영을 했다. 오페라극장 근처에서 사진 촬영을 마치고 카페 드 라 페에 들러서 테라스에서 커피를 시키고 천천히 마셨다.

카페 드 라 페의 테라스는 앉은 사람의 머리 높이 정도에 투명 플라스틱으로 보호막을 쳐두었다. 오페라극장(오페라 가르니에)은 관광객이 많은 곳으로 이런 곳은 당연히 외국인 관광객을 노리는 소매치기들이 많다. 카페 손님들이 무심코 탁자에 올린 핸드폰이

5월 중순인데도 테라스 쪽을 샤시 문으로 막았다. 보통 때는 앉은 사람 키높이로 소매치기 방지를 위해 플라스틱 투명 가림막을 설치했다.

나 의자에 둔 핸드백을 들고 도망치는 이들로부터 도난을 방지하기 위해 업소 측에서 고심한 끝에 테라스 탁자 주위로 투명 칸막이를 해둔 것 같았다.

옛날에는 겨울에도 테라스가 완전하게 오픈되어 손님들이 밖에서 추위와 함께 커피를 마시곤 했다. 사실 파리의 겨울은 기온이 영하로 떨어지는 날이 많지 않으며 바람도 불지 않기 때문에 우리의 겨울보다는 훨씬 덜 춥다.

나는 테라스에서 모처럼 여유를 가지고 오페라 가르니에도 보고 건너편 고급 제품을 파는 중세풍의 건물도 보면서 파리가 아름답다는 것을 다시 느꼈다. 대로변에 조각이 아름답게 되어 있는 100년 이상 된 중세 혹은 근세풍의 건물들을 바라보노라면 나도 중세 시대의 파리에 있는 느낌을 받는다. 더군다나 파리의 겨울은 가끔 비가 뿌리면서 때론 겨울 안개와 함께 날씨마저 우중충해서 정말 중세 시대의 도시에 온 것 같은 착각을 불러일으킨다.

나는 유학 시절 파리의 칙칙한 겨울을 싫어했지만, 이제는 겨울 안개가 가끔 엄습하는 그런 어두침침하고 음습한 파리의 겨울 분위기에서도 운치를 느끼는 나이가 되었다. 처음으로 여유를 갖고 카페 드 라 페 내부의 실내장식을 보면서, 아니 '감상하다'라는 표현이 더 적절할 것 같은 느낌이었다.

황금색으로 장식을 한 카페 드 라 페의 내부 모습. 2018년 5월

카페의 내부 모습은 코린트 양식의 기둥 몇 개를 비롯해 온통 황금색으로 채색되어 있어서 격식이 있으면서도 매우 아름답게 꾸며 있었다. 카페 홀의 천장에는 르네상스 양식의 천장화가 몇 개 있었고 곳곳에 조각들이 배치되어 예술적으로 잘 조화된 분위기다. 2층으로 올라가는 계단의 벽은 격조 높은 아르데코 양식으로 도배하고, 심지어 화장실조차도 고급스럽고 우아한 벽지로 도배되어 있었다.

2018년 5월에 다시 이 카페를 찾았다. 유학 당시 이 카페의 테라스에 앉아서 오렌지 주스를 마셨던 것을 생각하며, 재작년 겨울에 이곳을 방문해서 테라스에 앉았듯이 나는 또 테라스 쪽에 자리를 잡고, 카페 알롱제(카페 아메리카노와 유사)를 주문했다. 찻잔에 딸려 나온 가격표에는 6유로가 찍혀 있었다.

커피 한 잔에 6유로인 카페 드 라페

2년 전에 비해 바뀐 것이 있다면 그때는 테라스에 낮은 투명 플라스틱 보호막이 있었는데 지금은 아예 온실 창처럼 바람도 들어오지 못하게 천장까지 다 막아놓았다. 파리의 5월은 가끔 춥기도 하다. 아마 더위가 본격적으로 시작되면 천장까지 가린 보호막은 사람 어깨높이 정도까지 내려올 것 같다.

2018년 5월 한 달 동안 파리에서 사진 촬영하면서 난 이 카페를 여러 번 들렀다.

나폴레옹 3세 시대의 실내장식을 한 이 카페는 100년 이상의 전통과 품위를 지키려는 노력과 정성이 곳곳에 배어 있다. 2019년 언제부터인지 모르지만 일 년 이상을 카페 드 라 페는 내부공사를 한다는 공지 사항을 홈페이지에 고지했었다. 리모델링을 했는지 내부공사만 했는지 모르지만, 카페를 개조하는 데 1년 이상의 기간을 소요한다는 것은 나로서는 이해하기가 쉽지 않았다.

우리나라식으로 공사를 한다면 카페 하나 개조하는 것은 6개월도 안 걸릴 일이다. 그런데 돌아보면 2020년 한 해의 공사는 카페 드 라 페에게 행운을 안겨준 기간이다. 2020년과 2021년은 전 세계가 코로나 팬데믹으로 최악의 경기를 겪었다. 파리의 카페라고 이 코로나를 피해 갈 수 없었을 것이다. 전 세계 많은 음식점과 커피숍들이 문을 닫아야 했던 최악의 시기에 카페 드 라 페가 공사를 한 것은 기회 손실 비용을 최소화한 신의 선택을 받은 셈이다.

'카페 드 라 페' 테라스에서. 평화롭고 낭만이 넘치는 듯한 분위기로 '벨에포크'를 연상시킨다.
바로 뒤쪽에 있는 건물이 '오페라 가르니에'다. ILFORD 필름 사용 1986년 8월 촬영

MAROQUINERIE
TABAC
Caffe — Ristorante

로게이 거리 Rue Montorgueil

350년 역사를 지닌 파리 카페의 전설 프로코프 드디어 방문하다

2016년 12월 어느 날 나는 카페의 전설 프로코프를 방문했다. 이곳은 파리에서 사진 촬영을 하며 한 달간 체류하는 동안 반드시 들러야 할 곳으로 미리 생각해둔 곳이었다. 프로코프에 대한 정보를 너무 많이 알고 있었기 때문에 상당한 호기심과 관심을 가지고 방문했다.

이 카페가 위치한 도로는 눈에 낯설지 않았다. 유학생 시절 카페 프로코프가 있는 앙시엔느 코미디 거리Rue de l'Ancienne Comédie를 지나친 기억이 어렴풋이 살아났다. 그러나 나는 당시에 이 거리에 그 유명한 카페 프로코프가 있었다는 사실은 전혀 몰랐다.

유학 시절에 난 카페에 관심이 없었고, 또 파리 오기 전 한국에 있었을 때는 우리나라 사람들 대부분이 커피의 진정한 맛을 모르던 시절이었다. 더군다나 유럽의 카페 문화는 몰랐을 때였으니, 나 역시 커피의 맛이나 파리의 카페에 대해서는 전혀 알지 못했다. 그러니 이런 역사적인 카페가 이 거리에 있었다는 사실을 모르는 것은 당연한 일이었다.

300년 이상 된 카페가 파리에 있었다는 정보조차도 없었던 그때는 우리나라가 경제적으로 발전하는 데 정신이 없어서 그랬는지

내부에 장식되어 있는 정면의 볼테르 초상화. 왼쪽에는 17세기 이 카페의 창업자 프로코프의 초상화가 있다.

해외 문화와 정보를 공유하기에는 역시 초라한 시절이었다. 그날 오후 1시쯤에 프로코프를 방문했다. 커피를 마시려고 당당하게 들어갔다. 그런데 점심시간이어서 그런지 내부에 있는 손님은 모두 식사 중이었다. 나도 엉겁결에 커피를 포기하고 식사를 해야 할 판이었다.

예약 없이 왔지만 카페 직원은 친절히 안내했다. 직원의 안내로 나는 딱 하나 남은 2인용 테이블에 앉을 수 있었다. 내 바로 옆 테이블에는 아시아인 4명이 식사를 하고 있었다. 직원이 메뉴판을 가져왔다. 메뉴는 불어와 영어로 되어 있었다.

유학생 시절에는 학교 식당에서 식사를 거의 해결했기 때문에 외부의 프랑스 식당을 이용한 적이 없었던 나는 프랑스어로 된 식사 메뉴가 무슨 음식인지 가늠하기 어려웠다. 아는 단어가 있으면 그냥 어떤 재료로 된 음식인지 유추할 정도였다.

다행히 메뉴판에는 내가 아는 프랑스어 단어들이 몇몇 있었다. 무슨 음식을 골라야 할지 모르는 사람을 위해 고민하지 않게 해주는 세트 메뉴도 있었다. 전채와 메인 식사(Entrée엉트레/Plat플라), 혹은 메인 식사와 디저트(Plat플라/Dessert데세르), 그리고 풀코스인 전채와 메인 식사와 디저트(Entrée엉트레/Plat플라/Dessert데세르)를 선택할 수 있도록 3종류의 세트 메뉴로 구분되어 있었다.

2층의 내부 홀 모습. 프로코프는 1, 2층을 사용하고 있다.

두 가지가 한 세트로 된 것은 20유로 정도였고 풀코스는 28.5유로였다. 메인 식사(플라plat)는 고기와 생선 중에 선택하면 된다. 나는 풀코스 요리를 선택했으며 전채는 계절 수프를 시키고 메인 식사는 생선(대구)요리에 디저트는 아이스크림을 선택했다.

음식이 나오는 동안 내부 장식이 궁금해서 주위를 둘러보았다. 나만 주문한 식사를 기다리는 중이었고 주위에 있는 손님들은 모두 즐겁게 이야기하면서 식사 중이었다. 내가 앉은 좌석에서 보이는 홀의 왼쪽 상단부(천장)에 《인간과 시민의 권리선언Déclaration des droits de l'Homme et du citoyen》이 유리 진열장 안에 커다란 벽보로 붙어 있었다.

프랑스혁명을 시사하는 이 자료는 로베스피에르, 당통, 마라 등의 혁명 세력이 이곳을 애용한 역사적인 카페였음을 알려주고 있었다. 미리 이곳을 공부하며 갖게 된 많은 궁금증이 머리에 아른거렸다.

볼테르는 이곳에서 하루 종일 커피를 마시며 무엇을 했을까? 루소와 디드로 등 계몽주의 학자들은 여기서 무엇을 토론하고 계몽주의 사상을 어떻게 다듬고 퍼뜨렸을까? 미국인 정치가 벤자민 프랭클린과 토머스 제퍼슨은 처음 누구의 소개로 이곳을 찾았을까? 당통은 여기서 얼마큼 술을 마시고 격분하고 떠들었으며 로베스피에르, 마라와 무슨 이야기를 주고받았는지?

그리고 가난한 장교였던 나폴레옹은 왜 여길 그렇게 기웃거렸을까? 여길 출입하던 그가 황제가 될 것이라고 꿈엔들 생각했을까? 베를렌느와 에밀 졸라가 여기를 좋아한 이유와 누구와 이곳에서 교류했는지? 이곳을 찾은 당대의 유명 인사들의 옷차림과 내부 모습은 시대별로 어떠했을까? 등등 온갖 생각이 다 들었다.

하얀 크림소스가 덮인 대구 요리가 나왔다. 생선 살이 연하고 씹기가 편해서 금방 다 먹었다. 디저트로 아이스크림을 시켰는데, 아이스크림은 혼자 먹기에 너무 양이 많아서 남겼다. 옆에 앉아 있던 아시아인들은 파리를 여행하던 한국인 가족들이었다. 그들과 눈이 마주치자 나는 그들에게 가볍게 목례를 했다.

18세기 프로코프 카페에서 볼테르가 사용했던 대리석 탁자를 현재까지 보관 전시하고 있다.

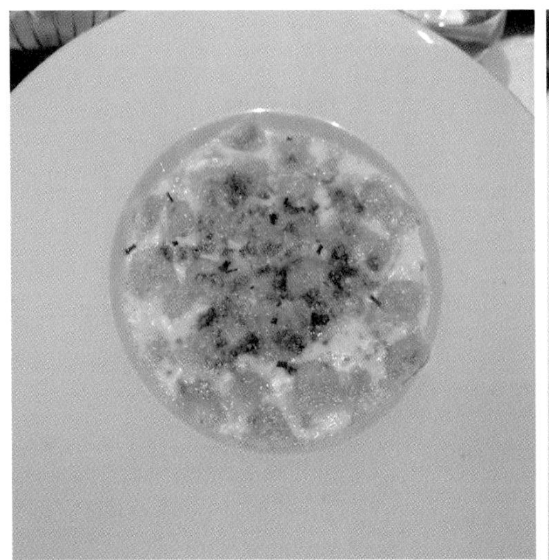

프로코프의 점심 세트 메뉴. 전식, 메인요리, 디저트로 구분되어 두개의 조합, 전식+메인요리, 메인요리+디저트 중 하나를 선택하든지 혹은 3가지 전부 다 시키는 것으로 되어 있다. 두개의 조합은 21.50유로, 세개 다 시키면 28.50유로. 나는 3가지 다 시켜서 먹었는데 아이스크림이 너무 많아서 남겼다. 전식, 메인요리, 디저트는 각각 3가지 종류의 메뉴가 있어 그중 원하는 것 하나씩을 선택하면 된다. 내가 먹은 메인요리는 버터에 대구를 구운 요리였다.

나폴레옹이 쓰고 다녔던 모자를 프로코프는 현재도 보관 전시하고 있다.

카페 프로코프를 나오면서 볼테르가 사용했던 책상과 나폴레옹의 모자가 보관되어 있는지도 확인하고 싶었다. 볼테르 책상은 물론이고 루소 책상도 있었고, 나폴레옹 모자도 잘 보관된 것을 사진에 담았다. 볼테르의 테이블에는 책을 얹어 놓은 것을 미루어 봐서 책상 용도로 사용한 것으로 추정된다.

나는 프로코프 내부를 여기저기 훑어보고 싶었다. 그리고 카메라로 이곳저곳을 사진으로 남기고 싶었지만, 체면을 차리느라 점잖게 몇 장만 촬영했다. 어떤 한국 작가가 글을 쓰기 위해 파리의 유명 카페 내부를 허락 없이 마구 촬영하다가 웨이터로부터 제지를 당했다는 것을 어디에선가 읽었기 때문에 더 조심스러웠다.

이미 프로코프에 대해 자세히 알고 왔기 때문에, 또 식사 시간이어서 장소가 붐비었기 때문에 사람들이 없는 곳에 있는 몇몇 기념비적인 장식물만 사진에 담았다. 사람들이 많고 복잡한 곳에서는 카메라로 촬영하는 것보다도 자연스럽게 핸드폰으로 한 두 컷 촬영하는 것이 좋다. 그리고 정말 제대로 사진을 찍으려면 사전에 허락받고 찍는 것이 안전하다.

2층의 다이닝룸에 볼테르 흉상이 벽에 설치되어 있는 것도 눈에 띄었다. 카페 프로코프는 이제 카페 레스토랑Café restaurant, 즉 카페를 겸한 식당으로 바뀌었다. 아마 식사 시간 외에는 커피를 팔 것이라고 짐작하지만 정확한 정보는 아니다. 프로코프 카페 뒤편에는 테라스가 있고 테이블이 대여섯 개 있다. 뒤편 테라스가 있는 조그만 골목길은 중세 시대의 분위기가 느껴진다.

2018년 5월 다시 파리를 방문했을 때도 프로코프에 갔다. 식사 예약을 하는 것이 번거롭고 또 굳이 식사할 필요성을 못 느꼈기에 오데옹역에 있는 당통 조각상을 찍으려고 갔을 때 프로코프가 바로 근처에 있어서 건물 앞면과 뒤쪽에 있는 테라스를 카메라에 담았다.

헤밍웨이의 집필실 라 클로즈리 데 릴라La Closerie des Lilas

2016년 12월 나는 헤밍웨이가 나의 카페라고 선언한 '라 클로즈리 데 릴라La Closerie des Lilas'를 방문했다. 헤밍웨이가 그의 에세이 《파리는 축제》에서 이 카페를 자주 언급해서 도대체 어떤 곳인지 궁금도 하고 또 그의 문학적 발자취가 있는 곳이어서 무척 가보고 싶었다.

팡테옹 뒤편에 있는 콩트르스카르프 광장(파리 5구)에 먹자 골목이 있고 재래시장도 있다. 헤밍웨이가 파리에서 살던 집도 바로 근처에 있다. 주말이 되면 북적북적하는 곳이다.

카페 클로즈리 데 릴라의 외부 모습. 2016년 12월 방문함.

헤밍웨이가 파리 시절 자주 갔던 라 클로즈리 데 릴라La Closerie des Lilas는 카페이자 그의 집필실이었다. 이 카페에서 그는 많은 글을 썼고 친구들과 당대 유명 예술가들을 만나고 교류했다.

파리에 도착한 이후 제일 먼저 방문했던 카페가 라 클로즈리 데 릴라였다. 카페에 도착했을 때는 오후 3시 무렵이었다. 카페의 바깥 전체를 큰 나무 박스에 심은 푸른 잎의 나무와 꽃으로 두르고 여기에 크리스마스 장식을 해놓았고 입구만 개방되어 있었다.

카페에 들어가서 자리를 잡은 후 나는 당연히 카페인 줄 알고 커피를 시켰다. 웨이터는 아무말 없이 커피를 갖다주었다. 그러나 그곳의 주업종은 레스토랑이라는 것을 커피를 마시는 동안 알게 되었다. 내 옆의 한 테이블에서 중년의 남녀가 가벼운 식사를 하고 있는 것을 알아챘다. 다행히 식사 시간을 벗어나서인지 커피를 주문해도 웨이터는 아무 소리 없이 갖다주었다.

내가 앉은 곳은 바Bar가 있는 자리였다. 내부 시설은 특급 호텔의 바를 연상시키듯 우아하면서도 깊이가 있는 분위기였다. 내부는 간접 조명으로 오렌지빛이 났으며 전반적으로 좀 어두웠다. 마침 바의 홀에는 한 테이블에만 손님이 있었고 웨이터도 없기에 체면 차리지 않고 여기저기를 둘러보았다.

바의 한 테이블에 '헤밍웨이'라고 쓴 동판이 붙어 있는 것을 발

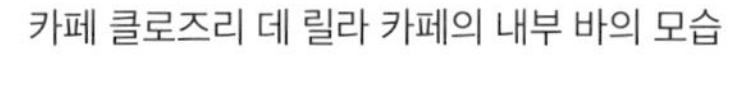
카페 클로즈리 데 릴라 카페의 내부 바의 모습

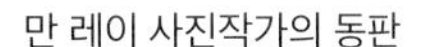
만 레이 사진작가의 동판

장 폴 사르트르 이름을 새긴 동판의 테이블

견했다. 아마 이곳에 헤밍웨이가 주로 앉았던 모양이다. 그리고 유명인들의 이름이 새겨진 조그만 동판이 몇 개의 테이블 가장자리에 각각 붙어 있었다.

프랑스 실존주의 사상가 장 폴 사르트르, 프랑스의 문인 폴 엘뤼아르와 앙드레 지드, 미국인 사진작가 만 레이Man Ray 등의 이름들이 동판에 새겨져 있었다. 나는 몇 개의 테이블에 있는 조그만 동판에 새겨진 이름을 하나씩 카메라에 담았다.

이 카페가 지금은 1920년대의 모습은 아니지만 분명 헤밍웨이와 또 그와 교류한 유명 아티스트들이 이곳에서 그들만의 예술적 동지애를 느끼면서 커피를 마시거나 혹은 술을 마셨을 것이다. 이곳을 찾은 많은 유명 문인이나 화가들이 그들의 생활인 문학 혹은 그림을 이야기하고, 그들의 세계를 이해하며 대화를 나누었을 것이고, 때론 고통을 위로하며 혹은 소소한 삶의 즐거움이나 향연을 즐긴 장소라고 생각하니 감회가 남달랐다.

내가 사진을 몇 커트 찍을 때 저 멀리 구석 쪽의 테이블에서 금발의 여성이 글을 쓰고 있는 것을 뒤늦게 알게 되었다. 세련되고 우아한 40대 금발의 여성이었다. 테이블에는 몇 권의 책과 서류 같은 것들이 있었다. 나는 그 여성이 작가인지 혹은 기자인지 아니면 평범한 여성인지 궁금했다.

순간 이런 생각이 들었다. 20세기 초반 몽파르나스의 문학카페 중 하나였던 이 카페에서 헤밍웨이와 다른 문인들이 글을 썼듯이 그 후예답게 누군가도 저렇게 테이블에 앉아서 열심히 글을 쓰고 있구나. 헤밍웨이의 에세이 《움직이는 축제-파리는 축제》에 있는 글 중 '생미쉘에 있는 좋은 카페'라는 소제목의 글이 있다.

"한 여인이 카페로 들어와 창가의 테이블에 홀로 앉았다. 그녀는 무척 아름다웠다. 빗물에 씻긴 듯 해맑은 피부에 얼굴은 방금 찍어낸 동전처럼 산뜻했고, 단정하게 자른 머리카락은 새까만 까마귀 날개처럼 뺨을 비스듬히 덮고 있었다. 나는 그녀를 바라보았다. 그녀의 존재는 내 집중력을 흩어놓고 마음을 설레게 했다. 내가 지금 쓰고 있는 글에, 혹은 다른 글에라도 그녀를 등장시키고 싶었지만, 거리와 카페 입구가 잘 보이는 방향으로 앉아 있는 것으로 보아 누군가를 기다리고 있음이 분명했다. 나는 다시 글쓰기를 계속했다."

이 글에서 헤밍웨이는 카페에서 글을 쓰고 있었고, 젊은 여인이 홀로 누군가를 기다리고 있는 장면을 묘사했다. 카페 라 클로즈리 데 릴라에서 나는 아무것도 하지 않고 테이블에 앉아 있었고 반면에 어느 금발의 여성이 글을 쓰는 데 열중하고 있는 것을 헤밍웨이의 글과 상황이 조금 다르지만 비교해보았다.

이 글을 썼을 때 헤밍웨이는 이성에 관심이 무척 많을 20대였지만 이미 결혼한 몸이었다. 결혼한 헤밍웨이가 직업상이든지 혹은 습관적이든지 카페에서 글을 쓰면서 옆에 있는 여성에 마음이 끌려서 집중력을 잃게 되었다고 솔직한 심정을 밝힌 것을 보면, 그는 인간의 원초적 본능에 충실하기도 했던 사람이었음을 알 수가 있다. 이런 기질이 일반인보다 더 강력했던 탓인지 그는 결혼을 4번씩이나 했다. 더군다나 두 번째 부인은 첫 번째 부인 해들리의 친구 폴린이었다.

나는 30분 정도 앉았다가 나왔다. 나오면서 좀 더 기웃거렸는데 테라스 쪽은 투명유리로 보온실을 만들어놓은 것을 알게 되었고 그쪽에는 사람들이 좀 있었다. 그리고 바와 별도로 레스토랑 공간이 따로 있었으며 그곳에도 손님들이 있었다.

아마 내가 점심시간에 가서 이 카페에서 커피를 달라고 했으면 거절당했을 것 같다. 라 클로즈리 데 릴라는 더 이상 헤밍웨이가 다닐 때의 카페가 아니었고 레스토랑을 주업으로 하면서 카페를 부업으로 하고 있었다.

테라스가 일품인 카페 레 드 마고

카페 레 드 마고를 알게 된 것은 파리에서 어학 공부를 마친 6개월 후쯤이었다. 이 카페에서 몇백 미터 떨어진 곳에 있는 에콜 데 보자르École nationale supérieure des beaux-arts(국립미술대학교)에 다니던 한 여학생과 함께 이 카페를 지나칠 때, 그녀는 사르트르와 시몬느 드 보부아르가 자주 갔던 곳이라고 나에게 알려주었다.

그러나 바로 그 카페 앞까지 간 것이 다였다. 그 이후로도 카페 레 드 마고와는 인연이 닿지 않았다. 파리에서 유학 생활을 몇 년 하는 동안에도 카페 레 드 마고나 에콜 데 보자르에 두 번 다시 갈 일은 없었다. 귀국 후 직장생활을 하면서 파리로 서너 번 출장을 갔지만 그때도 이곳에 들를 생각을 하지 못했다.

유학 후 30년이 더 지난 2018년 5월 파리에서 한 달 동안 사진 촬영을 위해 체류했을 때 비로소 카페 레 드 마고를 방문했다. 물론 2016년 겨울 파리를 방문했을 때 '카페 레 드 마고'의 외부 모습을 카메라에 담기 위해 두 번이나 방문했지만 그때는 '카페 레 드 마고'에 들어가서 커피를 마시지는 않았다.

카페에서 혼자 커피를 마신다고 생각하니 청승맞기도 하고 뻘쭘하기도 하여 썩 내키지 않았다. 파리가 낯선 여행자라면 관광 도중에 혼자라도 카페에 들어가서 커피를 마시는 낭만과 여유를 맛

본다거나 혹은 파리에 온 여행객이나 파리 사람들과 동화되어 같이 커피를 마시는 즐거움을 가질 수도 있겠다.

나의 경우는 카페의 테라스에 혼자 앉아 커피를 마신다면 거리의 행인과 그 뒤로 보이는 근대식 파리 건물들을 감상할 것이고, 혹은 과거 유학 시절을 회억하면서 감상에 젖을 것 같기도 하고, 혹은 아무 생각 없이 멍을 때릴 수도 있을 것이다. 이미 파리에 대해 어느 정도 아는 나로서는 그냥 혼자 카페에 앉아서 커피를 마신다는 것은 의미가 없는 일이었다.

이 카페는 길모퉁이에 건물이 있어서 벽이 90도로 꺾이는 바람에 양면으로 테라스가 있다. 그래서 여름에는 이곳의 넓은 테라스에 손님들이 넘쳐나고, 겨울에도 테라스가 남향이어서 손님들이 몰려 앉아 커피나 차를 마신다. 여름이건 겨울이건 상관없이 테라스에서 혼자 커피를 마시는 사람들이 가끔 있다.

카페 레 드 마고는 햇볕이 잘 드는 탓인지 겨울에도 테라스에 투명 플라스틱 혹은 유리로 가림막을 치지 않았다. 바로 옆에 있는 경쟁업소 카페 드 플로르는 겨울에 일부 테라스를 투명 플라스틱으로 방한벽을 만든다. 카페 레 드 마고의 테라스에서는 생제르맹 데 프레 대로와 두 개의 큰길, 즉 몽파르나스에서 나오는 렌느 도로Rue de Rennes와 또 다른 보나파르트 도로Rue Bonaparte와 마주치는 넓은 교차 지역의 공간을 바라볼 수 있다.

작품명 : 카페 레 드 마고, 윤석재 作 (photographic)

PLACE
SAINT-GERMAIN
DES PRÉS
RESTAU

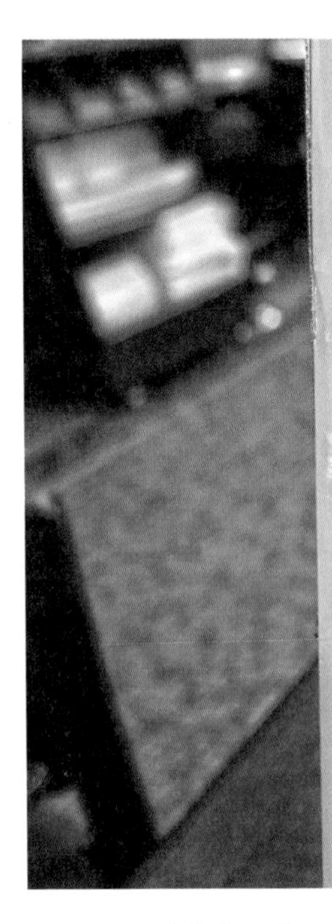

카페 레 드 마고 테이블에 비치된 안내서. 1884년부터 시작되었으며 현재는 카페 레스토랑으로 사업 중임을 알리고 있다. 프랑스의 유명한 시인들인 폴 베를렌느, 아르튀르 랭보, 스테판 말라르메가 주요 고객이었고 앙드레 브르통과 같은 쉬르레알리스트와 실존주의 사상가 장 폴 사르트르와 시몬느 드 보부아르가 이곳을 즐겨 찾았다. 앙드레 지드, 파블로 피카소, 어니스트 헤밍웨이 등과 같은 유명 예술가들도 즐겨 찾은 곳이다.

카페 레 드 마고는 바뱅역 사거리 모퉁이에 있는 카페 라 로통드와 오페라역 광장에 있는 카페 드 라 페와 함께 테라스에서 보는 뷰가 막힘없이 시원하고 주위 아름다운 건축물들과 길가의 행인을 많이 볼 수 있어 가장 파리다운 분위기를 느낄 수 있는 좋은 카페 중 하나다.

그해 5월의 어느 날, 나는 비즈니스 미팅이 있었다. 나는 만날

분에게 의도적으로 카페 레 드 마고에서 보자고 했다. 그래야만 홀로 이 카페에 오는 숙명에서 벗어날 수 있었기 때문이다. 약속 한 날은 만나는 시간보다 30분쯤 일찍 카페에 도착해서 테라스에 앉지 않고 바로 안으로 들어가서 자리에 앉았다.

5월의 조금은 더운 날씨여서 손님들은 안에 있지 않고 모두 테라스의 테이블에 앉아 있었다. 카페 안에는 나와 누구를 기다리는 히잡을 쓴 이슬람 여성, 그리고 대화 중이던 여성 두 명, 이렇게 네 명뿐이었다. 내가 카페 안으로 들어간 이유는 카페 레 드 마고Café Les deux magots의 심볼인 중국인 도자기 인형이 어디에 있는지 확인하기 위해서였다.

마고Magot는 일본 혹은 중국의 도자기 인형이라는 뜻이고, Deux는 불어로 '둘'이라는 뜻이다. 그러므로 레 드 마고는 '두 개의 도자기 인형'이라는 뜻이다. 나는 이 카페의 상징인 중국인 도자기 인형을 사진으로 수없이 봤다. 정말로 홀 안쪽 벽 위쪽에 모자를 쓴 도자기 인형 두 개가 설치되어 있었다.

가장 궁금했던 것을 보고 나니 숙제를 마친 기분이었다. 웨이터에게 내부 사진을 찍어도 되겠느냐고 물었더니 흔쾌히 허락해주었다. 내부의 벽 위쪽에 있는 도자기 인형을 사진에 담고 카페 내부 모습을 두서너 컷 사진기에 담았다.

파리의 100년 이상 된 전통적 카페답게 이곳의 가르송Garçon (소

카페 레 드 마고의 이름이 유래된 두 개의 중국 도자기 인형상이 기둥에 붙어 있다. 카페 천장과 맞닿아 있는 기둥 상부와 천장 디자인이 유니크하다. 주방이 살짝 보인다.

년의 뜻이지만 카페나 바의 웨이터를 일컫기도 함)들은 모두 흰 와이셔츠에 검은색 나비넥타이를 매고 검은색 재킷에 검은색 바지로 복장을 통일하고 무릎 밑까지 내려오는 흰색(혹은 검은색) 앞치마를 하고 있었다. 이런 복장이 프랑스 전통 카페에서 서빙을 하는 가르송의 옷차림이다.

파리의 고급 카페들의 가르송은 모두 이런 복장을 하고 손님들에게 서빙을 한다. 그러나 카페에서는 실제로 '가르송이라고 부르지 않고 남성일 경우 '무슈', 여성일 경우 '마담'이라는 호칭을 쓴다. 흔히 카페에서 주문할 때는 웨이터가 자기 쪽을 쳐다보고 있을 때 손을 들고 "실 부 풀레, 므슈(S'il vous plaît, Monsieur)"하면 웨이터가 주문받으러 온다. 프랑스 카페에서 전통적으로 서빙하는 사람들은 남성이었지만 요즘은 여성이 서빙하는 곳들도 있다.

약속한 사람이 도착해 나는 가르송을 불러 주문했다. 나는 아주 모처럼 튀르키예식 진한 커피 에스프레소를 시켰고 나의 손님은 카푸치노를 주문했다. 바로 옆의 카페 드 플로르와 함께 프랑스 실존주의의 산실이었던 카페 레 드 마고는 지금은 파리시민들보다 관광객이 많이 찾는 카페로 유명하다.

지역적으로 생제르맹 데 프레역에서 나오면 바로 이 카페가 보이고 또 6세기에 지어진 유서 깊은 생제르맹 데 프레성당을 마주 보기 때문에 이 성당을 찾는 관광객들도 바로 눈에 보이는 이 카페를 찾는다. 이 카페는 프랑스 영화의 배경으로 여러 번 등장했다.

카페 레 드 마고의 가르송(웨이터)들은 전통적인 복장(하얀 와이셔츠에 검은색 나비넥타이를 매고 검은색 조끼와 쟈켓)을 입고 무릎 밑으로 내려오는 하얀색 앞치마를 두르고 서빙을 한다.

생 루이 섬의 카페 골목

ESCALE-BATOBUS
HÔTEL DE VILLE
Bureau de Poste
16 Rue des Deux-Ponts
GLACE
RESTAURANT
SAUF
VENTE A EMPORTER

파리에서는 낭만도 넘치고, 사랑도 넘친다.

사르트르와 보부아르의 사무실 카페 드 플로르

2016년 겨울에 파리에서 약 한 달간 체류하고 귀국하기 하루 전 일요일에 '카페 드 플로르'에 들렀다. 이 카페를 방문하기 전에 나는 두 번이나 와서 외부 모습을 촬영했지만, 카페 내부에는 들어가 보지 않아서 방문할 날을 기다리고 있었다. 마침 귀국 하루 전날 우연히 한국인 젊은 친구들 2명과 함께 생제르맹 데 프레에 있는 유명한 스테이크 식당에서 점심식사를 하게 되었다.

남자는 대학생으로 미국에서 공부하면서 겨울 방학을 이용해 파리 여행을 왔고, 젊은 여성은 디자이너로 한국의 직장에 휴가를 내고 파리로 여행 중이라고 했다. 보통 프랑스인들은 식당에서 식사 후 그곳에서 바로 커피나 기타 음료를 마시는 것이 일반적이다. 그러나 나는 '카페 드 플로르'를 반드시 가봐야 했기에 젊은 친구들과 점심을 하고 나서 같이 '카페 드 플로르'로 이동했다.

우리가 카페 드 플로르를 향해 걸어가는 동안 비가 추적추적 내렸다. 또한 하늘도 우중충했고 겨울 안개의 습기로 축축한 한기를 느꼈다. 이런 우울한 날씨에는 기분을 전환해줄 수 있는 따뜻하고 분위기 좋은 카페가 사람들을 유혹할 것 같았다.

아니나 다를까 카페 드 플로르에는 손님들이 많았다. 점심이 지난 때였지만 빈자리가 없을 정도로 손님들이 가득 찼다. 실내는 조명이 밝았고, 테이블과 테이블 사이는 겨우 사람 한 명이 지나칠 정도로 다닥다닥 붙어 있었다. 우리는 카페 알롱제Café allongé (엑스프레소Expresso 커피에 물을 더 섞은 것)를 시켰다.

파리에서 커피는 역시 엑스프레소를 마셔야 제맛이지만 이 맛에 익숙한 사람이 아니면 너무 강하다. 나는 젊은 친구들에게 아메리카노와 거의 맛이 비슷한 카페 알롱제를 추천해주었다. 이들은 아마도 스타벅스의 아메리카노에 익숙할 것으로 생각했기 때문이다.

카페 내부를 촬영하고 싶었는데 손님들이 너무 많아서 카메라 앵글에 담을 수가 없었다. 큰 렌즈가 장착된 DSLR 카메라로 카페 내부를 촬영했다가는 손님들이 인상을 찡그리거나 혹은 웨이터가 제지할 수 있다는 생각에, 또 사람들의 초상권을 생각하니 카메라를 들이댈 용기가 없었다. 할 수 없이 카페 드 플로르의 커피잔과 메뉴판을 보조용으로 들고 다니는 손바닥 크기의 카메라를 꺼내서 찍는 것으로 만족해야만 했다.

커피잔과 찻잔에는 카페 드 플로르의 초록색 로고가 새겨져 있었다. 나는 카페 드 플로르의 간단한 역사에 대해 젊은 친구들에게 설명해주었다. 프랑스의 실존주의 사상가 장 폴 사르트르와 그의 계약 결혼녀 시몬느 드 보부아르가 옆집 카페 레 드 마고에서 아지트 삼아 지내다가 카페 드 플로르의 난방이 더 따뜻해서 이곳으로

5월 중순의 카페 드 플로르. 오른쪽 테라스를 보면 앉은 사람 머리 높이 만큼 투명 보호대로 외부 길거리를 차단하고 있다. 이는 아마도 소매치기를 방지하기 위한 장치인 것 같다.

옮겼다는 사실과 이 카페에서 커피만 마시고 점심과 저녁은 다른 곳에서 먹고 다시 이 카페로 돌아와서 자기들 사무실인 양 하루 종일을 보냈다는 일화를 알려주었다.

이 카페 어디가 그들이 늘 앉았던 자리인지 궁금했지만, 웨이터들이 너무 바빠서 묻지 못했다. 나와 함께 온 젊은 친구들의 다음 관광 스케줄이 있어 오래지 않아 우리들은 카페에서 나왔다.

카페 드 플로르가 유명한 업소라 그런지 다른 카페보다는 커피 값이 조금 비쌌다. 그러나 100년 이상 전통을 이어온 가게이며 세계적으로 유명한 문예인들이 이곳에 들러서 카페의 가치와 명성을 드높게 해주었으니 이름값을 생각하면 그 정도 가격은 수긍이 되었다. 우리는 카페에서 일어나 다음 목적지인 퐁피두 센터로 함께 갔다. 카페 드 플로르는 1920년대 다다이즘과 쉬르레알리즘 추종자들의 카페였고, 1940년대에는 사르트르와 시몬느 드 보부아르, 까뮈 등 프랑스 실존주의자들의 사상이 물들었던 사무실(?)임을 익히 알고 갔지만 손님들이 너무 많아서, 또 같이 간 젊은 친구들과 커피를 마시느라 카페의 분위기를 제대로 음미하거나 혹은 이런저런 생각을 할 겨를이 없었다. 단지 카페 드 플로르라는 역사

카페 드 플로르의 이름이 새겨진 컵과 찻잔

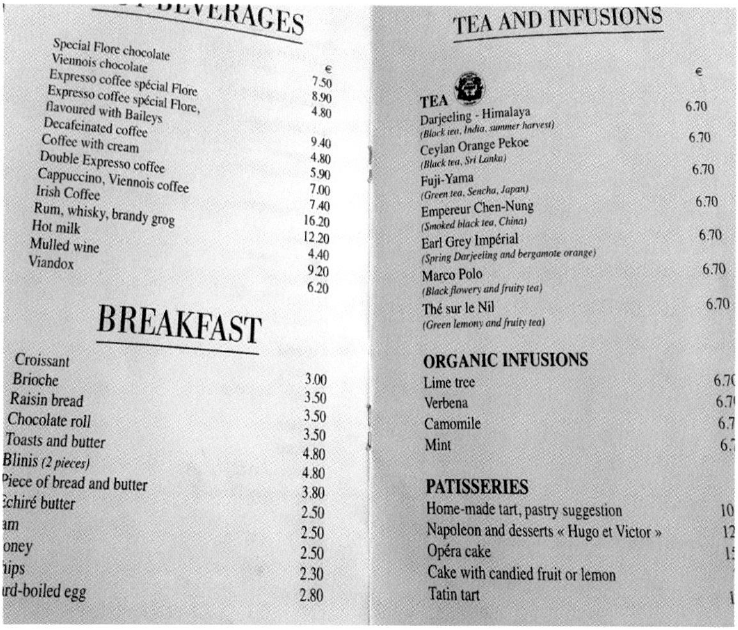

BEVERAGES

€

Special Flore chocolate 7.50
Viennois chocolate 8.90
Expresso coffee spécial Flore 4.80
Expresso coffee spécial Flore, flavoured with Baileys 9.40
Decafeinated coffee 4.80
Coffee with cream 5.90
Double Expresso coffee 7.00
Cappuccino, Viennois coffee 7.40
Irish Coffee 16.20
Rum, whisky, brandy grog 12.20
Hot milk 4.40
Mulled wine 9.20
Viandox 6.20

BREAKFAST

Croissant 3.00
Brioche 3.50
Raisin bread 3.50
Chocolate roll 3.50
Toasts and butter 4.80
Blinis *(2 pieces)* 4.80
Piece of bread and butter 3.80
chiré butter 2.50
am 2.50
oney 2.50
ips 2.30
rd-boiled egg 2.80

TEA AND INFUSIONS

€

TEA

Darjeeling - Himalaya 6.70
(Black tea, India, summer harvest)
Ceylan Orange Pekoe 6.70
(Black tea, Sri Lanka)
Fuji-Yama 6.70
(Green tea, Sencha, Japan)
Empereur Chen-Nung 6.70
(Smoked black tea, China)
Earl Grey Impérial 6.70
(Spring Darjeeling and bergamote orange)
Marco Polo 6.70
(Black flowery and fruity tea)
Thé sur le Nil 6.70
(Green lemony and fruity tea)

ORGANIC INFUSIONS

Lime tree 6.7
Verbena 6.7
Camomile 6.7
Mint 6.

PATISSERIES

Home-made tart, pastry suggestion 10
Napoleon and desserts « Hugo et Victor » 12
Opéra cake 1
Cake with candied fruit or lemon
Tatin tart 1

카페 드 플로르 메뉴판의 음료, 간단한 식사용 빵, 제과 종류와 가격. 2018년도 방문

와 이야기가 있는 카페를 방문했다는 것에 의미를 두었다.

2018년 5월에 다시 이 카페 앞을 두 번이나 와서 사진만 찍었다. 대신에 옆에 있는 경쟁업소인 카페 레 드 마고에 가서 커피를 마셨다. 20세기 초 중반 이 카페에서 활약했던 역사에 남은 주인공들은 모두 하늘나라에 가 있고, 그들의 정신을 계승할 새로운 세대가 이곳을 방문하겠지만 나는 그들이 누구인지 아직 모른다.

100년이 넘는 역사를 가진 카페, 그것도 세계 역사에 길이 남을 유명 사상가와 예술가들이 문턱이 닳을 정도로 많이 찾았던 카페, 오늘도 그 카페들은 문을 열어놓고 파리 카페의 전통을 지켜나가고 있다.

비디오 아티스트 백남준 선생님과 라 쿠폴에서의 대화

파리 유학 초기 나는 몽파르나스 라스파이유 대로 214번지(214 Boulevard Raspail)에 있는 소르본느 대학 부설 어학원에서 기초 프랑스어를 배우면서 프랑스 대학에 들어가기 전 3개월 동안 어학원과 기숙사를 쳇바퀴 돌 듯 갔다 왔다 했다.

어학원을 다닐 때 어학원 근처에 있는 바뱅Vavin역과 라스파이유Raspail역을 주로 이용했지만 가끔은 좀 더 멀리 있는 몽파르나스Montparnasse역을 이용하기도 했다. 내가 다니던 어학원은 지하철 4호선 바뱅역과 라스파이유역 사이 한가운데 있었다.

나는 어학원에 갈 때는 라스파이유역을 이용했고 기숙사로 돌아올 때는 바뱅역을 선호했다. 기숙사로 올 때는 시간적 여유가 있어서 일부러 눈요기를 할 수 있는 바뱅역으로 갔으며 시간이 한가할 때는 번화한 몽파르나스역까지 가서 생경하고 신기한 파리 모습을 눈에 담는 즐거움을 누렸다.

바뱅역은 몽파르나스 대로와 라스파이유 대로가 합쳐지는 사거리 코너에 있으며 실제는 몽파르나스 대로에 위치한다. 몽파르나스 대로는 파리 6구와 파리 14구를 관통하기 때문에 바뱅역의 어느 출구를 나오느냐에 따라 구역Arrondissement(아롱디스멍)이 달라진다. 어학원에서 수업을 마치고 바뱅역을 갈 때마다 나는 빨간 차양에 검은색과 붉은색으로 외관을 단장한 고급스럽고 장중함이 느껴지는 카페를 반드시 지나쳐야만 했다. 이 카페는 삼십 년 후에 안 사실이지만 1898년에 오픈한 유명한 '르 돔Le Dôme'이었다.

난 당시 카페에 가서 커피를 마실 관심과 여유도 없었고 더군다나 호사스러운 고급 카페는 갈 엄두도 내지 못할 형편이었다. 집에서 보내주는 비용은 경제적으로 빠듯했고, 또 공부에 정신이 팔렸을 때라 다른 곳에 눈을 돌릴 여유가 없었다.

나는 수십 번 이상 그 카페(레스토랑처럼 여겨지기도 했음)를 지나쳤지만, 그곳이 어떤 카페인지 좀 더 심하게 말하면 무엇을 하는 곳인지 아무런 관심도 생각도 없이 지나쳤다. 만약 내가 지금 파리에서 유학 중이고, 몽파르나스의 그 카페가 1920년대부터 유명한 곳이었다는 사실을 알았다면 그냥 지나치지는 않았을 것이다.

호기심에 한 번쯤 들러서 여유 있게 커피 한 잔을 마셨을 것이다. 아마 지금 파리에서 유학하고 있는 학생이라면 바로 찾아가서라도 커피를 마실 것이다. 지금은 한국의 스타벅스에서 마시는 커피값이나 파리 유명 카페에서 마시는 커피값에는 별 차이가 없다. 물론 외식비는 서울보다 파리가 훨씬 비싸지만, 커피값이나 맥도날드 같은 햄버거 값은 비슷하다.

우리나라의 경제 수준도 유럽의 선진국과 엇비슷하니 한국에서 스타벅스를 즐겨 찾는 젊은 층은 파리에 가서 고급 카페에서 커피를 마셔도 가격이 부담스럽지 않을 것이다. 그러나 30년 전에는 사정이 달랐다. 파리와 서울의 물가 차이는 매우 컸고, 당시 파리 생활 초짜인 내가 좋은 카페에서 커피를 마시는 것은 조금 부담스러웠다.

또 스스로 초라하다고 생각하던 시기였다. 내가 파리로 공부하러 갈 때 파리에 대해서 아는 것이라고는 에펠탑, 개선문, 루브르 박물관 등이었고 루브르에는 유명한 모나리자 그림이 전시되어 있다는 것과 파리는 패션의 도시이며, 아름다운 중세 건물이 있는 도시고, 또 오랜 역사의 소르본느 대학이 있고 센강이 아름답게 흐른다(실제는 탁한 강물이지만)는 정도만 알고 있었다.

조금 더 붙이면 미식의 나라, 달팽이 요리의 나라, 포도주의 나라라는 것까지는 알았다. 솔직히 이게 파리에 대해 그때 내가 아는 모든 정보였다. 물론 프랑스의 사상가, 문인, 화가 등에 대한 아주 적은 티끌만큼의 상식 이상의 지식은 있었다. 당시 대한민국의 99.9% 사람들이 아마 나와 같은 수준 정도로 파리에 대한 정보를 가졌을 것이다.

당시에는 세계 여행이라는 것은 꿈에도 생각 못할 때였다. 이런 열악한 상황에서 100년쯤 된 유명 카페가 파리 몽파르나스에 여러 개 있다는 사실을 모른다는 것은 평범한 사람들에게는 당연한 일이었다.

요즘은 파리에서 100년 이상 된 카페라고 인터넷에서 찾으면 몽파르나스 바뱅역 사거리에 문호 헤밍웨이와 화가 피카소 등 1920년대 세기의 아티스트들이 즐겨 갔던 네 개의 유명한 카페가 있다라는 정보쯤이야 금방 얻을 수 있다.

프랑스어 수업을 받은 지 한 달쯤 지나서야 조금의 여유가 생겼고, 나의 시야는 조금씩 넓어졌다. 길 건너편의 카페도 그제야 나의 눈에 들어왔다. 그쪽은 노천카페가 있었던 걸로 기억한다. 그곳의 카페가 라 로통드와 르 셀렉트였다는 것을 당시에는 알지 못했다. 사람들이 길거리에 펼쳐진 탁자에 앉아서 차를 마시면서 오후의 햇빛을 즐기고 있는 모습이 가끔 보였다.

파리는 늦가을부터 봄까지 부슬비가 자주 내리며 약간 습한 서안 해양성 기후를 가졌다. 우리나라 기후는 여름에 비가 많이 오며 고온 다습하고 겨울이 저온 건조하지만 파리는 여름에 팍팍 찌는 더위가 아니고 약간 서늘하면서 건조하고(이런 날씨로 가정에 에어컨이 거의 없다) 겨울에는 비가 자주 오면서 습하고 기온은 영하로 잘 떨어지지 않아 온난 습윤하다.

그래서 부슬비가 자주 내리는 늦가을과 겨울에 프랑스어 어학원을 다녔기 때문에 내가 매일 지나치는 바뱅역의 카페들이 비가 온다고 길거리에 벌려 둔 테이블을 치웠는지 혹은 그대로 두고 장사했는지 기억이 잘 안 난다. 그렇지만 그 카페 앞 길거리 테이블에서 사람들이 차를 마시는 걸 본 기억은 있다.

파리지앵, 파리지엔느들은 겨울에 햇빛이 조금이라도 나면 카페의 테라스에서 커피나 음료수를 마시면서 일광욕을 즐기는 것이 버릇처럼 되어 있다. 그래서 날씨가 좋은 날은 카페의 테라스는 커피를 마시는 사람들로 언제나 붐빈다. 하지만 내가 늘 지나치던 바뱅역의 고급 카페(르 돔Le Dôme)는 그해 겨울에 테라스를 오픈하지 않은 걸로 기억된다.

그렇게 그해 늦가을과 겨울에 프랑스어 기초 과정이 끝났다. 그 다음 해 봄 시즌에는 프랑스어 중급반 과정으로 소르본느 대학 근처에서 어학을 공부했기 때문에 나는 몽파르나스에 있는 카페들을 더 이상 볼 기회가 없어졌다. 나는 1년 정도 프랑스어 공부를 한 후에 대학에 갈 수 있었고 파리 8 대학교에서 영화와 비디오아트를 전공했다.

비디오아트의 창시자인 백남준이라는 비디오 아티스트와 비디오아트라는 생소한 장르를 학문으로 접하게 되었다. 학부의 커리

큘럼은 아주 다양했는데 영화, 방송과 시청각, 비디오아트, 사진, 저널리즘 등에 관한 과목들을 2년 동안 마음대로 선택해서 학점을 취득할 수 있었다. 나는 영화를 주 전공으로 하면서 비디오아트 강의도 수강하며 백남준 선생님의 비디오아트 세계를 서서히 알게 되었다.

대학에서 프랑스 비디오 아티스트이자 백남준 연구가인 장 폴 파르지에Jean Paul Fargier 교수의 강의를 들으면서 결정적으로 백남준 비디오아트에 대해 더욱 관심을 가지게 되었다. 한 학기를 마칠 무렵 나는 파르지에 교수님이 독일에서 학생들을 가르치고 작품 활동 중인 백남준 선생님과 연락하는 관계라는 것을 알게 되었다. 대학 과정을 1년 마치고 난 후 나는 백남준 선생님을 만나서 인터뷰를 해야겠다는 생각이 강하게 들었다.

파르지에 교수님에게 "백남준 선생님의 전화번호를 받을 수 있을까요?" 하고 물으니 선뜻 백 선생님의 전화번호를 알려주었다. 나는 파리의 길거리 공중전화 부스에서 독일에 계신 백남준 선생님에게 국제전화를 했다. 당시 파리에서는 공중전화로 국제 통화를 할 수 있었으며 요금이 비쌌기 때문에 5프랑짜리 동전을 많이 준비해야 했다.

처음 전화는 실패였다. 백남준 선생님은 시간이 안 나니 만나기 어렵다고 했다. 나는 며칠 간격으로 전화를 계속했다. 젊음과 패기 앞에는 염치도 좌절도 통하지 않았다. 7번째 통화에서 백 선생님은 인터뷰를 허락했다. 백 선생님은 독일 노이스Neuss의 주소를 나에게 알려주고 찾아오라고 했다.

노이스는 뒤셀도르프 옆에 있는 소도시였고, 당시 백 선생님은 뒤셀도르프에 있는 대학에서 강의 중이었다. 독일에 가기 전까지 나는 파리에 있는 미국문화원에서 백남준 비디오아트 작품을 분석했다. 미국문화원에는 유매틱U-matic(당시 방송용 비디오테이프 종류 중 하나)으로 백남준 선생님 비디오아트를 잘 보관하고 있었다.

인터뷰 전날까지 미국문화원에서 백 선생님의 대표작이자 히트작인 〈글로벌 그루브Global Groove〉(1973년 작품으로 보스턴 공영방송국 WGBH에서 방영), 〈조곡212Suite 212〉(1975년 작품, 뉴욕 공영 채널 WNET에서 방영), 〈과달카날 진혼곡Guadalcanal Requiem〉(1977년 작품, 뉴욕 공영 채널 WNET에서 방영) 등을 여러 번 반복해 보면서 궁금하거나 질문할 것들을 메모했다.

나에게는 역사적인 날, 1984년 5월 16일. 아침 일찍 파리에서 기차를 타고 독일로 갔다. 인터뷰 날 저녁 무렵에 백 선생님의 독일 집에 도착했다. 방에 들어가니 포장된 박스로 방이 잔뜩 어질러져 있었다. 백 선생님은 이사 가기 전날 나에게 인터뷰할 기회를 주셨기 때문이다. 난 미리 준비해 간 질문지를 바탕으로 한 시간 이상 질문을 하고 답변을 들었다.

1984년 5월 16일 저녁 백남준 선생님의 독일 노이스Neuss 자택에서 인터뷰를 끝내고 사진 촬영을 위해 포즈를 잡아 달라고 했더니 뉴스위크지를 들고 보는 모습을 해주셨다.
사진 : 윤석재

그런데 인터뷰하고 나서 주요한 질문을 빠뜨린 것을 알게 되었다. 왜 일본으로 유학을 갔는지? 백 선생님이 일본으로 유학할 때쯤 6·25전쟁이 터졌거나 전쟁 중이었다. 일본에서 왜 쇤베르크 음악을 연구했는지? 왜 독일에서 플럭서스에 가담해서 피아노, 바이올린 등을 부수고, 여성 구두에 물을 담아서 마시고, 자기 팔을 칼로 그어 자해하는, 이해 못할 예술 행위를 하였는지? 마지막으로 1982년 말 파리 퐁피두센터에 400여 대의 TV를 이용한 설치예술Installation art 제목을 트리칼라Tri-color라고 했는지?

트리칼라는 이중적 의미가 있다. 하나는 칼라TV에서 쓰는 빛의 삼 요소가 R-레드, G-그린, B-블루이며, 또한 프랑스 국기를 트리칼라라고 했다. 프랑스 퐁피두 센터에서 작품 전시를 했기 때문에 전자적 예술 메시지를 담은 트리칼라와 프랑스 국기 삼색기를 일컫는 트리칼라. 그래서 이렇게 중의적 의미를 갖는 제목을 붙였지 않았을까 하고 추측했다.

이런 기본적인 질문을 해야 했는데 백남준 선생님의 초기 비디오 설치예술Video Installation 작품과 미국에서 활동했던 작품 중심의 질문에 그쳤다. 지금이야 글로 쉽게 쓰고 있지만, 정말 그때는 파리에서 어떻게 독일의 조그만 도시를 찾아갔는지 젊으니 가능했던 일이었다.

당시 파리에서 기차로 노이스Neuss로 갈 때 독일의 쾰른역까지 갔는지 혹은 뒤셀도르프역까지 갔는지 기억이 나지 않는다. 만약 쾰른역까지만 갔다면 거기서 기다렸다가 다른 기차를 타고 뒤셀도르프역으로 가서 다시 거기서 또 다른 기차를 타고 노이스역으로 갔을 것이다.

이 글을 쓰면서 확인해보니 파리에서 뒤셀도르프까지 탈리스Thalys라는 고속기차 편으로 3시간 45분 만에 도착하고 뒤셀도르프에서 노이스까지 기차로 15분 정도 거리라고 나와 있다. 지금의

1984년 5월 16일 저녁, 백남준 선생님과 독일 노이스 자택에서 인터뷰를 마치고 사진 촬영을 함.
사진 : 윤석재

인터넷 정보와 교통편으로 노이스에 가면, 반나절 만에 어렵지 않게 백 선생님을 찾아갈 수 있다. 그러나 당시의 여건에서는 하루가 꼬박 걸렸다.

시간으로 하루 종일 걸렸다면 파리에서 뒤셀도르프역까지 기차가 바로 간 것은 아닌 것 같다. 그리고 노이스역에서 분명 택시를 타고 백 선생님 집을 방문했던 것 같고, 인터뷰를 마치고 모텔은 예약도 하지 않았는데 어떻게 여관을 찾아갔는지 참 힘든 하루였다.

요즘은 해외 인터뷰를 해도 화상 인터뷰나 혹은 이메일 인터뷰로 집에서 쉽게 할 수 있지만 당시에는 이런 통신 시스템이 없었기 때문에 비용과 시간을 들여서 외국까지 가야 했다. 아마 이런 비용이 들고 어려운 교통 문제를 처리하는 것은 당시 KBS나 MBC, 혹은 주요 일간지들의 파리 특파원들이나 할 수 있는 일이었다.

사실 그들이 백남준 선생님과 이런 인터뷰를 해야 했다. 왜냐하면 1984년 새해 첫날 백남준 선생님이 미국과 프랑스의 방송사와 공동으로 제작한 〈굿모닝 미스터 오웰〉이 KBS와 함께 위성 중계된 후 한국에서는 한동안 백남준 신드롬이 태풍처럼 세차게 대한민국을 스치고 지나갔었다.

우리나라 사람들은 비로소 백남준이라는 세계적인 아티스트를 알게 되었고 동시에 비디오아트라는 것에 눈을 떴다. 나는 파리에 있었기 때문에 그 방송을 보지 못하고 나중에 녹화된 것을 보았다.

항상 돈에 쪼들리는 유학생이 인터뷰를 위해 파리에서 독일 노이스에 있는 백남준 선생님을 찾아간 것은 지금 생각해도 대단한 용기였다. 눈앞에 뚜렷한 목적이 있으니 돈도 문제가 되지 않았고, 아시아 변방의 촌놈이 파리에서 독일의 노이스까지 어떻게 갈지도 두렵지 않았다.

백 선생님과 인터뷰를 한 그날 밤 독일 노이스의 한 여관에서 인터뷰 녹음한 것을 들어 보았는데 녹음이 제대로 되지 않았었다. 순간 당황했지만 백 선생님과 대화하면서 글로도 써둔 것이 있었기에 기억나는 대화 내용들을 부랴부랴 노트에 자세히 적어두었다. 새벽에 잠이 들었고 다음 날 아침 노이스를 출발해서 파리에 오후 늦게 도착했다.

바로 인터뷰 내용을 잘 정리해서 한국의 중앙일보가 발행하는 〈계간 미술〉이라는 잡지에 기고했다. 백남준 선생님과의 인터뷰 글은 특집기사로 게재되었다. 또 한편으로는 프랑스어로 번역해서 파르지에 교수에게 리포트로 제출해서 학점 하나를 따는 일석이조의 효과를 보았다.

1984년 1월 1일 새벽 벽두 〈굿모닝 미스터 오웰〉을 선보인 백남준 선생님은 1984년을 마감하는 12월에 〈바이 바이 미스터 오웰〉이라는 작품을 시연하려고 파리에 오셨을 때 다시 뵙게 되었다.

1984년 12월 5~7일, 3일간 파리 주재 미국문화원에서 백남준 선생님의 〈바이 바이 미스터 오웰〉의 작품 시연회가 있었다. 나는 3일간 줄곧 미국문화원으로 가서 백남준 선생님의 비디오 시연회를 사진에 담으면서 지켜보았다.

시연회가 끝난 직후 나는 기사를 작성해서 한국의 미술 전문 잡지사에 송고했다. 이렇게 함으로써 나는 백남준 선생님의 곁으로 한 걸음 더 가깝게 다가갈 수 있었으며, 그의 작품 세계에도 좀 더 근접할 수 있었다. 1984년 12월 13일, 백남준 선생님과 두 번째 인터뷰를 파리에서 할 기회를 만들었다.

1984년 12월 7일 파리 주재 미국문화센터에서 비디오 퍼포먼스를 마치고 백남준 선생님과 나의 교수님 장 폴 파르지예 교수님이 대화를 하고 있다. 장 폴 파르지예 교수님은 파리 8대학교 비디오아트 부문 교수이면서 백남준 연구가다. 또한 프랑스에서 유명한 비디오 아티스트로 활동했다.
사진 : 윤석재

비디오 퍼포먼스를 마치고 파리 주재 미국 문화원 원장과 기념사진을 찍은 백남준 선생님.
그런데 두 분다 눈을 감고 행복한 모습이다.
사진 : 윤석재

파리에서 활동 중인 물방울 화가로 불렸던 김창열 화백님도 함께 모시고 인터뷰했다. 나는 미술에도 어느 정도 조예가 있었기에 두 분을 모시고 인터뷰하는 데 큰 어려움은 없었다. 인터뷰 장소는 파리 몽파르나스에 위치한 유명한 카페 라 쿠폴La Coupole이었다.

백남준 선생님과 김창열 화백님과 나와의 대화는 현대 예술, 현대 미술, 비디오아트 등 주로 두 분의 예술 활동에 관한 것이 주요 내용이었다. 인터뷰가 거의 한 시간 정도 되었을 무렵 백남준 선생님은 갑자기 자리에서 벌떡 일어나서 밖으로 나가셨다. 나도 의아해 하면서도 동시에 궁금해서 사진기를 들고 따라 나갔다.

백발의 중년 서양인 신사에게 백남준 선생님은 다가가서 인사를 했다. 나중에 백남준 선생님이 자기가 만난 사람은 피에르 레스타니Pierre Restany이며 유명한 예술평론가라고 귀띔해주셨다. 피에르 레스타니가 2003년 타계한 지 10년이 훨씬 지나서 포보스Fobes지에 백남준 선생님에 대한 글을 쓸 일이 있어서 인터넷에서 조회해 보며, 비로소 그에 대해 구체적인 정보를 알게 되었다.

당시 백남준 선생님이 왜 그렇게 인터뷰 도중 황급히 자리를 박차고 밖으로 나가서 그를 만났는지 시간이 지나서야 그 이유를 알게 되었다. 그는 누보레알리즘의 창시자였으며 예술 비평가로서 세계적으로 명성이 드높은 분이었다. 그래도 이름을 기억해서 그 분의 위상을 알게 된 것이 다행이었다.

세계적으로 활동하는 예술가는 세계적인 예술 비평가와 관계를 잘 맺어놓아야 한다는 사실을 백남준 선생님은 뼈저리게 잘 알고 있었다. 19세기 말 인상주의 화가들이 좀처럼 명성을 얻을 수 없었던 것은 당시 유명한 예술 비평가가 인상주의 화가들에 대해 평가절하했기 때문이었다.

피에르 레스타니는 당시 내가 백남준 선생님 덕분에 인사하게 되었던 그런 유명 인사가 아니라 차원이 다른 유명 인사였다. 카페 이야기를 하려고 했는데 너무 애둘러서 말한 것 같다. 이미 앞서 이야기했듯이 내가 백남준 선생님과 인터뷰를 한 곳이 몽파르나스의 '라 쿠폴'이었지만 백 선생님과 인터뷰할 당시에는 이 카페가 어떤 카페인지 전혀 몰랐다.

그때 백남준 선생님과 김창열 화백 두 분 중 누가 라 쿠폴을 인터뷰 장소로 정했는지도 기억에 없다. 나는 학생이었기 때문에 내가 이런 으리으리한 카페를 알 리 만무했고, 내가 이곳을 인터뷰 장소로 정한 것이 아니라는 사실만 확실히 알 뿐이다.

하지만 내가 프랑스어 어학원에 다닐 때 많이 지나쳤던 이 카페는 1920년대 파리 몽파르나스 시대부터 아주 유명한 카페였다는 것을 지금으로부터 5년 전쯤에 〈몽파르나스의 유명 문학카페들〉 라는 제목으로 짧은 글을 쓸 기회가 있을 때 그 놀라운 정체를 알게 되었다.

비디오 아티스트 백남준 선생님과 누보 레알리즘의 창시자이며 예술 평론가 피에르 레스타니가 대화를 할 때 촬영함. 1984년 12월 13일 파리 몽파르나스 거리 카페 '라 쿠폴' 앞에서
사진 : 윤석재

내가 백 선생님과 김 화백님을 모시고 라 쿠폴에서 인터뷰한 것은 저녁 무렵이었다. 카페는 넓고 으리으리했으며 주황색이 감도는 밝은 조명에 눈이 부셨지만 형광등에서 나오는 그런 값싼 조명빛이 아니었다. 우리는 테라스에서 내부로 조금 들어선 구석진 자리에 앉아 인터뷰했다. 주위에 손님들이 많은 관계로 시끄러웠다. 백 선생님은 페리에 탄산수를 시킨 것 같았고 김 화백님은 커피를 시킨 걸로 기억된다. 나는 오렌지 주스밖에 몰라서 그걸 시켰다.

1920년대부터 파리 몽파르나스에서 가장 유명한 카페 중 하나였던 라 쿠폴은 헤밍웨이를 위시한 당대 유명한 문학가들이, 그리고 피카소를 비롯한 그 시대 유명한 화가들이 즐겨 찾았던 카페였다. 나는 이 카페가 어떤 역사와 스토리를 가진 곳인지 알지도 못한 채 또 우연히 이곳에서 세계 최고의 비디오 아티스트 백남준 선생님과 또 당시 파리에서 어려운 생활을 하면서 정열적으로 그림을 그리던 김창열 화백님을 모시고 예술 이야기를 당당히 할 수 있었던 것이 자랑스러웠다. 내 나이 26세 때였다.

1920년대 헤밍웨이와 피카소 같은 세기의 유명 문인과 화가들이 즐겨 찾은 이 유명한 문예文藝카페에서, 1980년대 중반에 동일

1984년 12월 13일 몽파르나스의 카페 라 쿠폴에서 두 분과 인터뷰를 마치고 거리로 나온 비디오 아티스트 백남준 선생님과 김창열 화백님
사진: 윤석재

1984년 12월 13일 몽파르나스의 카페 라 쿠폴에서 인터뷰 했을 때 김창열 화백님은 그의 작품의 대명사가 된 물방울 그림이 어떻게 실현될 수 있었는지를 알려주었다. 캔버스에 한자를 이용한 그림을 그렸는데 항상 무언가 부족하고 불만이었다고 했다. 하루는 그림을 그리다가 마음에 안 들어서 마당에 캔버스를 집어 던지고 그래도 못마땅해서 캔버스에 세수대야로 물을 퍼부었다고 했다. 그런데 캔버스에 맺힌 물방울들이 햇빛에 반사되어 영롱하게 빛을 발하는 것을 보고 순간적으로 "저거다" 하고 머리에 엄청난 충격이 왔다고 했다. 이후 그는 세계적으로 유명한 물방울 작가가 되었다.
사진 : 윤석재

한 카페에서, 세계적인 비디오 아티스트 백남준 선생님과 예술을 주제로 이야기할 수 있었다는 것은 내가 1920년대로 되돌아가서 그 당시의 예술적 분위기를 느끼면서 시간여행을 즐겼다고 할 수 있을 것 같다.

또한 20세기 초 헤밍웨이와 피카소와 같은 거물급 아티스트들이 즐겨 다니던 라 쿠폴 카페에서 20세기 말 또 다른 거물급 아티스트 백남준 선생님과 짧은 시간이나마 함께 했다는 사실은 유학 초기 프랑스어 어학원을 다니면서 몽파르나스 바뱅역 카페들의 존재감에 무지하여 그냥 모르고 수없이 지나쳤던 당시의 애석함을 상쇄하고도 남았다.

백 선생님과 김 화백님과의 인터뷰 내용은 당시 〈공간〉이라는 건축·예술 전문지에 기고해서 특별 기사로 나갔다. 이듬해 초에는 퐁피두 센터에서 칸딘스키 작품전을 대대적으로 했다. 파리에서 에콜 데 보자르(국립파리미술대학교)에 가려고 그림 공부를 잠시 했던 나는 그림에도 관심이 많아 칸딘스키에 관한 프랑스 책 몇 권을 사서 부족한 독해력 실력에도 불구하고 칸딘스키 예술론에 대한 장문의 글을 썼다. 그리고 역시 〈공간〉 잡지에 발표하려고 한국의 형님에게 원고를 보냈다.

〈공간〉에서는 두 달 연속으로 나의 파리발 예술 기사를 특집으로 게재했다. 후일 귀국한 뒤 알아본 결과 형님은 나의 글에 대한 원고료를 받지 못했다고 한다. 어렵게 유학하면서 시간과 열정을 바쳐 노력해 쓴 글을 보상해주지 않은 잡지사에 대해 당시에는 분노가 치밀었지만 이내 잊었다. 요즘 말로 '열정페이'라는 것이 이런 건가 싶다.

주요 일간지에 유명 화가의 옛날이야기를 구수하게 풀어내는 미술계의 어떤 분을 1년 전에 만난 적이 있다. 그는 내가 이런 말을 하자 당시 〈공간〉 잡지는 원고료를 안 주기로 유명한 곳이었다고 했다. 아무튼 이 잡지사는 경영난으로 한동안 폐간하기도 했다.

30년이 지난 겨울 어느 날 오후에 나는 라 쿠폴을 찾아갔다. 30년 전에 찍은 라 쿠폴의 사진과 같은 구도로 다시 사진을 찍고 싶었기 때문이다. 백남준 선생님과 인터뷰했을 때 밤에 찍은 라 쿠폴 사진을 프린트해서 들고 갔다. 파리의 겨울날은 어둑어둑했고 거리의 상점들은 어느새 불을 켠 상태였다.

라 쿠폴의 간판에도 불이 이미 켜져 있었다. 지금의 간판을 보니 상단 좌측과 우측에 큰 글씨의 네온사인으로 각각 바 아메리칸Bar American과 브라스리Brasserie가 적혀 있고, 그리고 간판 중앙에 제일 크게 쓴 라 쿠폴이라는 상호에 네온사인이 들어와 있었다. 그리고 차양이 있는 곳에 살롱 드 떼Salon de Thé, 브라스리Brasserie, 레스토랑Restaurant, 프뤼 드 메르Fruits de mer(해산물)라고 차례대로 적혀 있었다.

내가 찍은 30년 전의 라 쿠폴 사진에는 간판 상단 중앙에 라 쿠폴La Coupole이라고 크게 네온으로 반짝이는 상호가 적혀 있었고, 차양에는 바 아메리칸Bar American, 브라스리Brasserie, 레스토랑Restaurant, 댄싱Dancing이라고 쓰여 있었다. 오늘날 라 쿠폴의 간판에는 중앙에 라 쿠폴La Coupole이라는 상호와 함께 모든 단어를 동일하게 쓰고 있으나 댄싱Dancing이라는 단어가 프뤼 드 메르Fruits de mer(해산물)로 대체되었고 살롱 드 떼Salon de Thé라는 단어가 하나 더 추가되었다.

카페 라 쿠폴을 파리에 다시 와서 찾은 것은 2016년 12월 20일 오후 4시쯤이었다. 그리고 백남준 선생님과 이곳에서 인터뷰한 것은 1984년 12월 13일 초저녁 무렵이었다. 32년이 지나서 그것도 절기를 우연히도 잘 맞춘 12월 겨울에 나는 라 쿠폴을 참으로 오

1985년의 12월의 라 쿠폴. 칼라 빛을 만드는 코킨COKIN필터를 사용해서 촬영(Kodakchrome 400 슬라이드 필름). 간판에는 라 쿠폴La Coupole이라는 상호명과 함께 댄싱Dancing, 브라스리Brasserie, 레스토랑Restaurant이라고 쓰여 있다. 무도회를 할 수 있음을 알 수 있다.

2016년 12월 20일 라 쿠폴을 방문했을 때

랜만에 찾은 셈이다.

이미 고인이 되신 두 분, 백남준 선생님과 김창열 화백님과 내가 이 카페에서 현대 예술을 진지하게 이야기했던 것이 까마득한 옛날의 일이 되었지만, 지금도 여전히 장사하고 있는 라 쿠폴의 간판 한가운데서 네온사인으로 빛나고 있는 라 쿠폴La Coupole이라는 글자처럼 아직도 나의 뇌리에는 그때의 기억들이 뚜렷이 각인되어 있다.

감정이 무디어진 나이에 과거의 추억을 아름다운 나날들이었다고 애써 들추어내는 것을 모든 사람이 긍정적으로 받아들이지는 않는다. 돌이켜 추억해보는 것이 덧없을 수도 있고 허망해질 수도 있다. 한국을 떠날 때 부풀었던 마음과 실제 파리에 도착한 후에 라 쿠폴을 찾아갔을 때는 마음이 조금 달라졌다. 나는 라 쿠폴에 들어가지는 않았고 밖에서 사진만 찍었다. 2018년 여름에 다시 이곳을 찾았지만 역시 라 쿠폴에는 들어가지 않았다.

라 쿠폴의 건너편에 있는 르 셀렉트와 라 로통드에는 테라스에서 사람들이 커피를 마시는데 라 쿠폴의 테라스에는 커피 마시는 사람이 없어서 라 쿠폴이 식당으로 완전히 변한 것인가 하는 생각에 들었기 때문이다. 다음에 파리에 갈 때는 꼭 라 쿠폴에 들어가서 식사든, 커피든 둘 중 하나는 꼭 해볼 생각이다.

오픈 당시 몽파르나스 지역에서 예술 활동을 했던 27명의 화가들이, 라 쿠폴의 실내장식을 아르테코 형식을 빌려 꾸몄다는 유명한 일화가 있다. 돈으로 환산하기 어려울 정도의 실내장식 작품을 만들어준 그들에게 지급된 것은 작업할 때 제공했던 식음료뿐이라고 한다. 바뱅역 사거리의 4개 유명 카페 중 가장 막내로서 문을 연 라 쿠폴은 100년이 조금 안 된 95년의 역사 속에 수많은 이야기를 간직한 채 아직도 손님들을 만나고 있다.

크리스마스 시즌의 샹제리제

참고문헌

단행본

Louis-Sébastien Mercier, *Tableau de Paris*, 1781, e-book

Roger de Beauvoir, *Le Café Procope*, 1835, e-book

Auguste Lepage, *Les cafés politiques et littéraires de Paris*, 1874, e-book

Auguste Lepage, *Les cafés artistiques et littéraires de Paris*, 1882, e-book

Victor Hugo, *Quatrevingt-treize*, 1874, e-book

William H. Ukers, *All About Coffee*, 1935, The Tea and Coffee Trade Journal Company

Jean-Claude Bologne, *Histoire des cafés et des cafetiers*, 1993, Larousse

Christophe Lefebure, *La France des cafés et bistrots*, 2007, Éditions Privat

Loràнt Deutsch, *Metronome*, 2009, Éditions Michel Lafon

Émile Zola, *L'assommoir*, 2010, Gallimard

Ernest Hemingway, *A Moveable Feast (Paris est une fête)*, 2011, arrow books

Ernest Hemingway, *The sun also rises*, 2006, SCRIBNER

Mary McAuliffe, *Dawn of the Belle Epoque*, 2014, Rowman & Littlefield

Mary McAuliffe, *Twilight of the Belle Epoque*, 2017, Rowman & Littlefield

Mary McAuliffe, *When Paris Sizzled*, 2016, Rowman & Littlefield

기무라 쇼우사브로, 《빛과 꿈의 도시 파리 기행》, 김수진 역, 예담, 2001
김복래, 《파리: 혁명과 예술의 도시》, 살림, 2004
노엘 라일리 피치, 《파리 카페》, 문신원 역, 북노마드, 2008
로랑 도이치, 《파리지앙 이야기》, 이훈범 역, 중앙books, 2013
로랑 도이치, 《파리 역사기행》, 이훈범 역, 중앙books, 2013
마크 스틸, 《혁명만세》, 박유안 역, 바람구두, 2008
메리 매콜리프, 《벨 에포크, 아름다운 시대》, 최애리 역, 현암사, 2020
메리 매콜리프, 《새로운 세기의 예술가들》, 최애리 역, 현암사, 2020
메리 매콜리프, 《파리는 언제나 축제》, 최애리 역, 현암사, 2020
서정복, 《살롱문화》, 살림, 2003
앙드레 모루아, 《프랑스사》, 신용석 역, 김영사, 2016
어니스트 헤밍웨이, 《태양은 다시 떠오른다》, 김욱동 역, 민음사, 2012
어니스트 헤밍웨이, 《파리는 날마다 축제》, 주순애 역, 이숲, 2015
어니스트 헤밍웨이, 《헤밍웨이, 파리에서 보낸 7년》, 윤은오 역, 아테네, 2004
에릭 메이슬, 《보헤미안의 파리》, 노지양 역, 북노마드, 2008
에밀 졸라, 《목로주점 1, 2》, 박명숙 역, 문학동네, 2011
우스이 류이치로, 《세계사를 바꾼 커피 이야기》, 김수경 역, 사람과나무사이, 2022
윌리엄 H. 우커스, 《올 어바웃 커피》, 박보경 역, 세상의아침, 2012
탄베 유키히로, 《커피 세계사》, 윤선해 역, 황소자리, 2018
크리스토프 르페뷔르, 《카페를 사랑한 그들》, 강주헌 역, 효형출판, 2008

웹사이트

https://www.louvre.fr
https://www.musee-orsay.fr

https://www.carnavalet.paris.fr
https://histoire-image.org/fr
https://www.paris-pittoresque.com
https://www.pariszigzag.fr
http://www.montmartre-secret.com
https://www.histoires-de-paris.fr
https://www.paris-bistro.com
http://boowiki.info
https://www.histoire-pour-tous.fr/histoire-de-france
https://www.france-pittoresque.com
http://www.dionyversite.org
http://afriendinparis.com
http://www.terresdecrivains.com
https://www.histoires-de-paris.fr
https://www.histoire-pour-tous.fr
https://www.sortiraparis.com
http://www.paris-promeneurs.com
https://www.france-voyage.com
http://www.impressionniste.net
https://arthive.com
http://www.montmartre-guide.com
https://www.paristoric.com
http://www.cosmovisions.com
https://www.nautesdeparis.fr
https://www.lesparisdld.com
https://www.bonjourparis.com
http://www.racontemoilhistoire.com

https://www.thoughtco.com
http://autourduperetanguy.blogspirit.com
https://www.web-books.com

이 책에 나오는 파리의 유명 카페와 레스토랑의 홈페이지

프로코프 https://www.procope.com
카페 드 플로르 https://cafedeflore.fr
레 드 마고 http://www.lesdeuxmagots.fr
라 클로즈리 데 릴라 https://www.closeriedeslilas.fr
라 쿠폴 https://www.lacoupole-paris.com
르 셀렉트 https://www.leselectmontparnasse.fr
르 돔 https://www.restaurant-ledome.com
카페 드 라 페 https://www.cafedelapaix.fr
푸케스 https://www.hotelsbarriere.com/fr/paris/le-fouquets/restaurants-et-bars/fouquets.html
라 메르 카트린 https://lamerecatherine.com
라 본느 프랑퀘트 https://www.labonnefranquette.com
라 메종 로즈 https://lamaisonrose-montmartre.com
라팽 아질 http://au-lapin-agile.com

파리 카페

350년의 커피 향기

1판 1쇄 발행 2022년 8월 16일
1판 1쇄 발행 2022년 8월 24일

지은이 윤석재
펴낸이 김영곤
펴낸곳 (주)북이십일 아르테

TF팀 이사 신승철
출판마케팅영업본부장 민안기
마케팅1팀 배상현 한경화 김신우 이보라
출판영업팀 이광호 최명열
제작팀 이영민 권경민
진행·디자인 다함미디어 | 함성주 유예지

출판등록 2000년 5월 6일 제406-2003-061호
주소 (10881) 경기도 파주시 회동길 201(문발동)
대표전화 031-955-2100 **팩스** 031-955-2151 **이메일** book21@book21.co.kr

ISBN 978-89-509-2623-6 03810